黄昏后

杨知寒 著

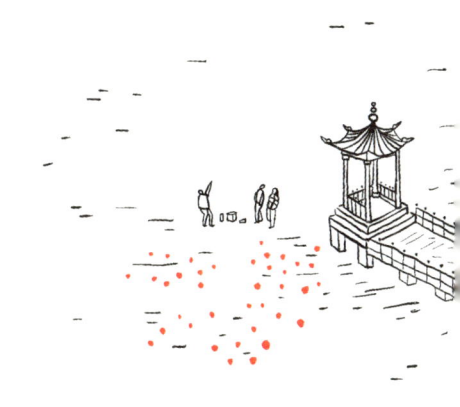

中信出版集团|北京

图书在版编目（CIP）数据

黄昏后 / 杨知寒著. -- 北京：中信出版社，
2023.7 (2023.12重印)
ISBN 978-7-5217-5660-9

Ⅰ.①黄… Ⅱ.①杨… Ⅲ.①中篇小说－小说集－中国－当代②短篇小说－小说集－中国－当代 Ⅳ.
① I247.7

中国国家版本馆 CIP 数据核字 (2023) 第 068771 号

黄昏后
著者： 杨知寒
出版发行： 中信出版集团股份有限公司
（北京市朝阳区东三环北路 27 号嘉铭中心　邮编　100020）
承印者： 嘉业印刷（天津）有限公司

开本：880mm×1230mm　1/32	印张：9.75　　　字数：180 千字
版次：2023 年 7 月第 1 版	印次：2023 年 12 月第 3 次印刷
书号：ISBN 978-7-5217-5660-9	
定价：58.00 元	

版权所有·侵权必究
如有印刷、装订问题，本公司负责调换。
服务热线：400-600-8099
投稿邮箱：author@citicpub.com

目录

美味佳药	001
百花杀	061
黄昏后	089
起舞吧	119
爱人	145
描碑	175
喜丧	199
三手夏利	225
寻金之旅	249
海山游泳馆	281

美味佳药

你们能信吗

在那个面恶嘴损的赵乾

那个笑容硌硬人的赵乾心里

其实藏着漫天野火

和无数举火把的人

你们不信

当你们只是习惯性地忽略灰尘一般

忽略我

……

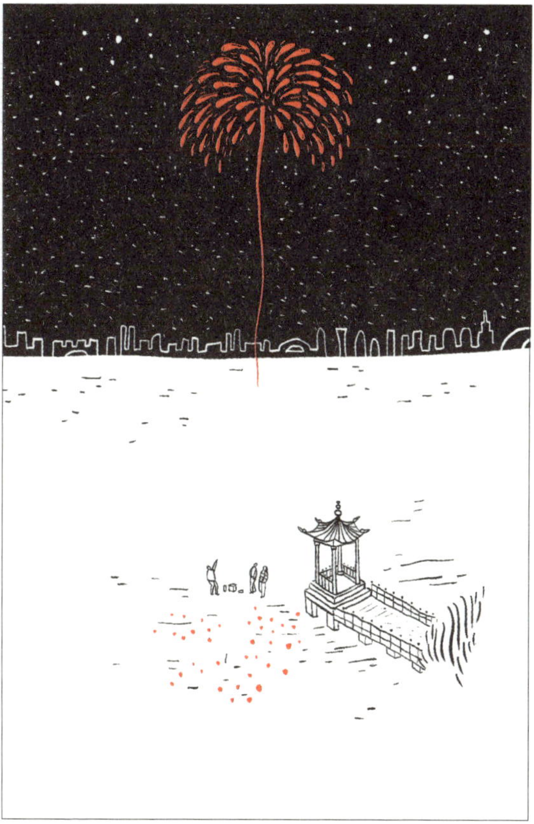

一

喉咙里憋着东西，我确定有什么一定憋在那儿，憋住的东西不会顺利往下滑，始终停在一个位置上，掉不下，上不来。这种情况次数太多，小时候我奶认定我是真被什么给卡住了，带去医院，无果，大夫举着刚照完的片子，言语不乏暗示，即大人别对孩子说的话，太往心上放。往后再说憋得慌，就没人信，只有我妈，还会帮我揉肚子，但哪能对症。我渐渐习惯，状况一来，喝上一大口可乐，像给下水管倒溶解剂一样，往死给自己疏通。疏通十来年，还是去照片子，大夫这回告诉的人是我爸，你儿，骨头快碎成渣了，怪不得现在走道儿费劲。我爸说，不能，他那是胖，压的。又过几年，我在南方上完大学，再回来，家人们围住看我，只觉得惊奇。我瘦得像变成另一个人，虽然还是腿脚不好，一瘸一拐，腿上几个关节总不敢使劲用，用就嘎嘣响。但既然能从胖瘸子变成瘦瘸子，毛病就还是骨头脆的事。毕竟一直我也没停了拿喝可乐，当喝解药的办法。渐渐别说打嗝，连呼吸，都能闻见自己腔子里的酸。所幸我也不怎么说话，我嫌累挺。

始终觉得，别人不喜欢我，不怪自己，怪始终没碰上那些注定和我去将就的人。时间早晚问题，早晚能有结果，如此笃定，原因就在眼前我这群家人身上。从小就没停了研究他们，研究都在内心，但成果颇丰，也形成一套理论：就这些人里，没一个是招人喜欢的。可他们该结婚也结婚,该生子也生子,该有工作也去上班,像我爷和我奶,也能走到相濡以沫。如今他俩坐在桌首,两张老脸往一块儿一搁,看着都银发银丝,笑意慈祥,跟礼品店里卖的老夫妻娃娃似的,摇晃着拨浪鼓一样的胖脑袋,在头上飘着一生一世,这样的艺术字祝福语。我爸打三十岁上开始谢顶,坚挺十来年后,终于决心剃了秃瓢。此刻他锃光瓦亮站起身,脚在桌下碰我的坏腿,一块儿往起站。我站了,他祝酒,我附和最后一句,每每如此,感谢二老养育之恩。感谢是得感谢,我一杯干了,谁也不敢劝一句,他们都有点儿怕我。这种态度打什么时候开始,记不清了,许就是在我咕嘟咕嘟边灌可乐,边脸红脖子粗的时候,齐齐,我姑的女儿上来要抢,被我一巴掌扇飞开始。这事我记得,当时,我妹哭,我爷骂,我爸指着我鼻子喊犊子,喝完最后一点儿可乐底儿后,我像大力水手刚吃完菠菜,上去给了他个电炮。发现声音居然随后,神奇地集体消失,家人也都丧失了表情。我爷曾在背后,不止一次,小声指着我不利索的腿脚说,纯纯讨债来的。我装没听见,怕再一转头,给他还能活动的那半边身子,也吓瘫痪了。我不怕他瘫痪,怕我奶更不好料理。毕竟她看着傻,实际也真傻,不能多担事儿。

我现在自己住南马路上一套小屋里,带电梯,十一楼。说是小屋,就一个屋,带个厕所。每次回来我奶家这幢小楼,都看不出这里一点儿变化。屋里没一套现成家具,全是在我爷我奶结婚前，我爷托厂里打的，每寸木纹都见包浆，摸着滚滑。客厅餐厅功能两用，灯照永远不亮，一到晚上看得人眼睛发酸，上厕所且得加小心，两三平方米的小方形里，进去还得迈两层门槛。人坐马桶上，会觉得棚顶特别矮。好在小时候用的深粉色卫生纸，如今再见不着，那纸磨屁股。给我爷、我爸磨出两代痔疮来。在用纸上省的钱，远不抵俩人手术费，让我爷懊丧了许久。除去客厅，一个两人并肩就转不了身的厨房外，还有俩屋，难为怎么设计盖的。每屋都站不能超过四人，就这还分出了大小。大屋进门一步是床，小屋床沿靠门脚，东西都往床下搁。过去爸妈带我住大屋，墙上挂着一张海滩风景画，作为屋里唯一的装饰，靠盯着它，我度过了整个童年。从脱色，看到没了色，再看就跟黑白画似的，海不见蓝，沙不见金。我爷我奶住的那屋更局促，常年通风不畅，充斥一股废品站的味儿。全因我爷爱攒东西，听说八几年的报纸都留了两捆。当年不扔，现今认定有历史价值，更死活不肯。连留不留给我爸，都在心里掂量了几十年。

今天这顿饭，在一年前张罗下来。当时我还在南方，听我爸在电话里嘱咐，务必赶回，庆祝我奶七十大寿。我姑和齐齐要坐晚上飞机到，目前她们生活在上海。我姑刚被上海某大学聘为了副教授，出息大到，连我姑父的工作、妹妹的上学，也一块儿都给解决掉。最牛的，住房也安排了一套，虽说没产权，到底是在最繁华城市里落下了脚。我妈透露给我说，你姑在备孕了，要生二胎。今晚我妈来不来，我心里没准。她和我爸，在我上大学后头一年，悄悄离婚，看样子是想瞒我。想起这些，会觉得我妈挺有意思。她总以为我看似冷漠，内心其实软得和兔子一样，常对我抱诸多不切实际的希望。都说知儿莫若母，可她知道我，就跟我知道宇宙多大，人类打哪儿起源似的，似有个见解，其实隔岸观火，看了个大概。快六点钟，桌全摆上，菜色都黑漆漆的，打眼就知道，今天这顿，由我奶出品，除了一道黑白菜，是我做的，还见点儿鲜亮色。老姑一家终于敲门，带进来冰天雪地的白哈气，站门口俩人这顿跺脚。我那不到十五，体重已达一百六十斤的妹妹，跺得尤其地动山摇。看她一眼，她不动了，装看不见我，高傲全写在她们母女脑门子上。六点过半时，我知道我妈不会来了。她会在每天的六点十五下班，她伺候的那家人，每到六点回来人。

杯一齐举到我奶下巴上时，她热泪盈眶，咧一口假牙，手不忘捋上根根白的短头发，准备说生日感言。她会在每个合家团聚的日子里，都不忘感言，常是像现在这样，对一桌饭，模仿新闻联播里的领导口气，说她今天如何感动，如何知足。她还会说下面这句，在我第一次看到外国电影里别人家一桌吃饭时，立马联想到她这句话。我奶几乎在进行餐前祷告，充满感恩，又出于国人的朴实，不感谢神，她感谢饭。感动又感谢，我奶抖着手里的酒杯说，能吃上这么一桌丰盛的，美味佳药。她不知道肴念几声，谁也没纠正她。我妹嘚瑟想笑，被我斜去一眼，咋不药死你呢。

二

我揣袖子在小区门口站着，周围有几个摊儿，卖冰棍儿的哗啦啦摆了一地，远看书摊儿似的，冰棍儿都放得相当板正，十个一排，共有五排。左边蹲着个大姐，手边放着桶，往里看看，装了两桶冻梨。此刻大姐正跟一对老头儿老太太砍价，从十个十块，砍到十个八块，十个七块五了，我终于听见头顶有人喊：赵乾老师，五楼，把左！喊完，人头迅速从窗里消失，窗关得也快，跟就他知道外边冷似的。我不清楚喊我名的，究竟是等会儿要教的学生，还是学生家长，走过那老两口身后，没忍住我也喊出一个价，七块拿着了。我说完拐腿跑进楼群。

来之前我妈说，这个朱叔，人特别好，先前在单位时，很帮衬她。现在人家有需要，咱互相帮助，还能给我解决工作问题，何乐不为？我没好意思点破，她上那两天班的地方，算不上正经单位，是在我高中食堂里，台北炸鸡柳的铺位后头，给人炸鸡柳，调色素奶茶。朱叔也不过是个承包了两年食堂的过路贩子，第三年就被我们学校开了。毕竟再不开他，直接影响一茬儿学生的发育，男孩愣拔不上个儿，女孩都胸部奇大，没给他判两年算不错，还帮？我妈在电话里说，他儿子，和你以前情况挺像的。不爱说话，但认学，听话，他爸跟我说，他儿志向可高了。我问，多高？我妈说，和你一边儿高。我在小屋里睡了快一白天，醒来看见地上都是可乐瓶，和外卖吃完没扔的塑料盒，胃里直犯恶心。窗帘整日想不起拉开，人也是等尿憋急了，才起身去回厕所。冷不防看见自己镜子里的脸，总感陌生，就这么睡，还是挂上了一双黑眼圈，在鼻梁上冒出好几个粉刺头儿。不挤，都自由培育吧。挂电话后，我在床沿上干坐，想打开电脑，玩会儿游戏，更想就这么睡死过去。可我睡不死。手机里除了我妈刚打的电话，整日一点儿响动也没，眼前情形在我从南方回来前，都已考虑过了。同学们都该上班了吧。学文科的男孩，按说也好找工作，可我就是不想工作，想像狗一样万事不忧，先混一阵，解解心乏。学习、上进、立业这些事，我从六岁到十八，为之努力，吃过足够苦头了，结果证明，学好学赖，对我并无意义。它们毕竟也没让别人许诺给我的梦境，哪怕照射一点儿进现实。

　　朱叔家也不大，但比我家亮堂、体面得多。我进门时，朱叔已穿上外套，准备出去，一手抓着黑手包，一手给我递拖鞋。小赵，你可来了。他一笑，我跟着笑，我会挤出来相当难看的弧度，我知道。同寝室的室友四年下来都没适应得了我的笑，说我一笑就让他们想起马加爵。朱叔愣了下，背转进卧室，跟老师开会回来，拍自己班教室门似的，口气带着恫吓，快出来，见人。一个看不出年龄的人挪出身体，我看他，他低头，顿时我一点儿不自卑。他扁肥的脚掌踩在一双粉色棉拖里，两手背腰后，声音沉稳，像唱美声。男孩说，我叫朱怀玉，可以叫我怀玉，请问老师怎么称呼？我说，叫我老师。朱叔拍我肩膀说，一会儿就该熟悉了。小赵，帮我给他补补历史、地理两门。他们老师说，这孩子吧，数学、英语上想再有个冲刺，费劲了。现在离高考不剩多长时间，抓紧补补能死记硬背的东西，分抓点儿是点儿。我这边先走，有事来电话。费用嘛，咱俩礼拜一结。朱叔又从冰箱里给我掏出瓶矿泉水，在朱怀玉耳边说了几句，后者一概应承，点着肥大的脑袋，头不抬一下，声音闷闷的。我喝着水，跟朱怀玉往里屋走，听身后朱叔把门带上，防盗门滋啦一声响。朱怀玉默默引路，他屋里窗帘也没全开，一股烟在头顶缭绕，熏得呛鼻子。反正他爸也走了，我问他，你抽什么牌子烟？挺香啊。

他说，老师开玩笑了，我不吸烟。我说，那这啥意思？他说，刚上完香。说完他世故地点头，就差跟我双手合十，或作个揖了。朱怀玉坐在学习桌前，旁边给我留好一个座位，四下看，发现他屋里还有菩萨，有个龛。拿红布罩三面，龛前放香炉、水果、几串佛珠、地上有蒲团，铺了蓝布，留两个膝盖印在上头。一张毛笔字贴在前方墙上，写道，知止不殆。除此外，桌上就没几本书，看着书页也崭新。我端详他，朱怀玉侧脸对我，视线正对桌上一本摊开的练习册，神态如对佛经。桌上还有个大录音机，当下我毫不怀疑，按开了，放的绝不会是英语听力，得是大悲咒之类的曲子。他问我，老师，咱怎么开始呢？我回回神儿说，先确认下情况。你这几模，考多些分儿？朱怀玉嘶了口气，没怎么刮的小胡子长得杂乱黢黑，散在两张厚嘴唇上。他脸也是黑堂堂的，和朱叔脸型一致，看年龄也直赶他爸。他想了半天说，不好意思，有点儿惭愧。这小子是真能整景儿，我追问，到底多些？他说，怎么说呢，进步还是容易进步的。我问，空间挺大？他点头，挺大。问他，到四百了吗？朱怀玉摸着嘴上的黑毛，羞愧一笑，快到了，两百六十七。

后面课上，我尽量不问他问题，晃着手里练习册，我抿嘴笑，张嘴笑，突然对这份工作充满热情和宽容。像是能第一次站在个不一样的台阶上，去看待这世界上比我还弱的人，想观瞧他是如何生存的。可以想象，像朱怀玉这样的人，绝不会只在学习一件事上不如意。在学校，他会受到从同学到老师的全方位欺凌，等被扔进社会——我都迫不及待，想看他那时怎么哭的，情景将会比看到游戏里的怪物剩一丝残血，坠入深渊时，来得更有趣味。从他家出来时，天还没黑，我在北风里走，兴致高昂，敞怀迈瘸步，绕远道回小屋，路上连打几个滑刺溜。

晚上我在游戏里虐怪时，我妈电话没到，我爸电话来了，劈头问我，上回啥时候搓的澡？搁平时，我早撂电话，今天还认真想了想，俩月得有。他在电话那头一样热情迸发，鼓动我，现在来他澡堂呗，经理不在，客人也不多，爸给你好好搓一回，奶、酒，都给你拍上，再去大厅看会儿节目，都免费。我咧嘴笑，鼠标又点几下，说，今天我上班了。他不太信，啥工作，这么快？我说，给人补习。他说，行吧，先干着。干好了来爸台里接班，跟你说那个普通话考试，放心上，抓紧考。我乐得更厉害，电话挂了，还没忍住笑。其实，每当我想起，我爸白天在广播里念：我是记者赵博，晚上再到雾气熏腾的澡堂子里给人搓泥灰时，就想乐，比看什么搞笑节目都管用。就我所知，我爸在电台，多年来靠一月两千的工资生存，苟活不见亮儿，不是说不说得好普通话的问题，是他根本就口吃。每回在广播里，除了他第一句说的，我是记者赵博，再没整句子能念完。也许这是他干上十来年，都转不了正式编的原因，也许还有深的理由。初学给人搓澡时，他一脸忍辱负重，当晚我奶直给他烧了一桌菜，望着儿子的秃瓢，她满含深情与悲壮。儿，美味佳肴，你啥时吃，啥时有。妈活一天，经管你一天。啊，儿？给人好好搓。记着，出来进去都戴口罩，别被人认出，你是记者赵博。说罢母子垂泪，当时就给我看得，拍桌狂笑。一个四线广播里的编外记者，认啥？认磕巴啊。

三

我给朱怀玉当补习老师，已经当了一个月。学校会在过年期间放十天假，作为高考前最后一个长假期。那十天，我们将朝夕相处。朱叔告诉我，他要回外县老家过年，想把朱怀玉留下补习，让我最好搬来住下，说有我看着，他放心些。我觉得搬不搬不重要，重要的是给他看儿子，钱要再加。搬来后第一晚，我在朱怀玉床上睡着，床边放着我带来的行李包，里头装两套衣服、一套牙具、几双袜子几条内裤，再就是一本书。在我睡着前，他还挑灯夜读，我醒来后，却看见朱怀玉站在床头正翻我行李，被我突然睁眼，吓了个好死。不知半夜几点了，我俩僵看对方一阵，终于听清刚才的响动，不是哪个疯子外头燃的炮仗，而是一屋之外，有人咣咣砸门。我问朱怀玉怎么回事，他兴奋异常，居然小跑去开门，语气温柔体恤，没冻着吧，姐？我有些无措，抓过被朱怀玉翻出来的那本《牛虻》，半扣脸上，装在睡觉。

一个穿白羽绒服，戴绒球帽子的女孩走进来，边脱外套，边说她没带钥匙，更打听我是什么人。原以为我是她弟弟同学，朱怀玉说是老师时，女孩半天没动静。我听着周围声音，女孩突然把我脸上书拿走，我俩便对视了。她挑着细眉毛说，嗯，老师睡眠不好。哪来的老师啊？看着还没我大。书在她手里翻翻，又举给朱怀玉，就教你这个？我摩挲把脸，靠在床背上，也问朱怀玉，这什么人？他说，姐，我亲姐姐。我不太信，朱叔怎么从没提，也没见她来过？女孩把书扔下，抱膀朝我乐，就你还审上人了。我说，是朱叔托付我，这十天照看朱怀玉，我算他十天里的监护人。咋的？她说，不咋，你可以下岗了。接着她脱下毛衣上两只套袖，转身去厕所，放水洗脸，朱怀玉跟随其后拿毛巾，递水杯。我坐在床上，看窗外夜色深沉，周遭楼群里一个个黑洞洞的窗户眼，有点恍惚，没全从睡眠中清醒，不知自己身在何地。我在朱怀玉房间衣柜里翻找，还有没有别的被子，打算搬外头沙发上睡。女孩洗漱好后，嘴里咬着发圈，腾手给披散了的头发重新束好，瞪我一眼，还没走？我说，工钱不是你给我开的，你没资格赶。要么现在给朱叔去电话，他让我回家我就回。大半夜的，哪儿还有车。女孩说，真赖。我说，明早八点，还要给你弟上课，你少废话，我要睡了。女孩气得走进另一个始终屋门紧闭的房间里，我从没进过，也没见有人从里出来过，原来是她的房间。朱怀玉捧一床被子给我送到客厅，解释说，我姐脾气不好，赵老师，别往心里去。我说，你也别废话了。还有，别再动我东西。书可以看，不许折页，不许画线，不许舔吐沫。

早上我被鞭炮轰醒，耳边还有其他动静，阵势不小，像刀枪剑戟齐着舞动，厨房里热火朝天，看表，还不到六点。裹被子坐起来，又一次思考自己在什么地方。显然，这不是我成长中有过的场景，否则我会怀疑仍在梦中，是梦见了过去的片段。我不记得自己具体多少年，没吃过热腾的早饭，常是一瓶牛奶，加半袋吐司面包，揣好在校服袖子里。冬天，用身体焐热，站在人挤人的公交车厢中，随摇晃吃完。经过厨房，看见女孩手拿笊篱，在沸水里掭来掭去，闻见了面味儿。那么她是起早就包了一锅饺子,空气中还有韭菜香,应是韭菜鸡蛋馅。我没吱声,女孩听见我起身,也只将侧脸露出来,没个问候。走进厕所,我拿凉水拍了拍脸,洗漱好后,路过朱怀玉卧室,门还关着,细听,里头呼噜没一个。若是他能每天早起一个点儿来背文科,在这节骨眼儿上,成绩还能蹿一截,毕竟人清晨记忆力是最好的。他没这么做,也没人提醒,按说我有这个义务,可我又只想做好分内中的事。

女孩在厅里支下一张折叠桌,在朱叔布置出的一堂红木家具中,这张桌子显得不伦不类,上了岁数。我不好意思,想动手帮她干点儿,又想自己未必能做好,问她要不要叫朱怀玉起床,女孩说不用。她动作干练,神情冷漠,兀自端一盘饺子,半瓶老醋,一碟萝卜干咸菜上桌,看我一眼说,厨房还有凳子,想吃自己搬。我搬来在桌边坐下,盯着一盘里二十来个饺子,寻思锅里可能还有,是家里没盘子了?她今天穿了件淡蓝色的高领毛衣,牛仔裤,皮肤倒白,脸上细看却有雀斑。身材很瘦,发育一般,见我愣着,将筷子横在碗上,说,没承想你也能这么早起。我得早走,饺子就下一盘,剩下的在屉上,给我弟留的。你要想吃,可以吃两个,但不敢说管饱。我笑了,你家这么招待人?她说,谁说我要招待你了,你又算我什么人。我索性不吃,有点儿憋气,准备看会儿电视,刚按开,她就给我闭了,说怕吵她弟弟睡觉。合着她刚才在厨房里上演全武行,客厅没安门,就为了吵我。我盯着她,她正有滋有味给自己夹饺子,蘸醋，韭菜香从被咬破了的饺子肚里逸出来，她边嚼边看我，像我就是台无声的电视节目，让她看得很有意思。我问，你是不是有点儿毛病呢？她说，我要是你，醒了就该卷包滚了。我爸脑子不好，遗传我弟都有点儿脑子不好，没看人眼光。雇你要是有用，打开始就别让朱怀玉上学，念私塾多好。我又问，你在哪儿上班？她说，五院。你想咋的？我不信她是大夫，当护士还差不多，得是那种从不给你宽心，添堵才是一绝，扎针一针扎不定，要连戳三四个眼儿，还埋怨你血管长得不好的一类护士。想想，有点儿同情她，但凡有些本事的年轻人，哪有留在这儿的。我是自愿变废，不算。她算自愿在了哪儿？越细看，越得承认，朱怀玉他姐有些姿色。便说不咋的，想单纯认识认识你。

在寒流暖流，德国鲁尔区和南北回归线间回到现实，是正午刚过，我和朱怀玉前后离开书桌，补课不能补一天，他不休息，我也得享受生活。告诉他厨房有饺子，他跟我出来，看我穿鞋说，我姐是真好。我没接茬儿，外头飘雪，开门能闻见楼道里也有一股火药味儿，除了每年至此的一点儿鞭炮响，你都不能信，其他时间里城市中还藏着这么多的人，各猫在各的屋子里存活。瞧见朱怀玉浓黑的小胡子，问他怎么也不想着刮一刮。他又低头，说他不会。也刮过，刮出许多口子。想到过年朱叔也没把他带回老家一起，他还有个不知打哪儿冒出来的姐姐，我心里生出不少疑团。可估计朱怀玉不会告诉我。这点他和他姐倒像，说话从不走正常神经，一个架着火炮砰砰发射，一个掉着书袋闷闷不吭。到我走的时候，朱怀玉还低着头，似送别好大一团空气。

又一个年到来了。今天除夕，约定好，晚上都在我奶家见面。下午我回家打会儿游戏，睡了一觉，再看外头，已点亮不少红灯。沿结了冰的湖面往我奶家走，一路棉鞋踩得雪地咯吱响，路上过往的脸，无不行色匆匆，各有各自着急赶赴的地方。落座后，是千秋惯例，我爸祝酒，我奶提杯，今年我姑一家没赶回，除了我爷我奶，桌上就我们一家三口。饭是我妈下午过来做好的，一道酱烧鱼，炖好后放我边儿上。他们絮絮谈话，我则一筷头一筷头地分解鱼肉，看电视里无声的春晚表演，花团锦簇，一团下去，一团上来。烟雾和酒味渐渐在桌上缭绕，年年如旧，哭声会埋伏在最后，像颗几乎要被遗忘了的哑弹。我妈开始拿纸巾，点上她两只肿眼泡周围的眼泪。一张小圆脸上，四十来年中，浮现出的永远是低眉顺眼和委屈巴巴，我都看厌了，我爸更是，搡她说，乐意哭，下桌哭去。我奶不说话，有冷眼观瞧的意思，待我妈又哭一阵，我那坐在轮椅上的瘫爷爷干脆把半杯白酒泼过去。我还置身电视节目里，精神被花团锦簇包围着，看一团下去，一团上来，眼花缭乱，感到平静。

我不断抽烟，烟灰掸到脚面上一片灰迹。我爸自己下楼去放炮仗，和十来户从没交集的邻居站一起，从窗上看，他的秃瓢好认，他一人放鞭的架势，也很好认。毕竟别人家都三五成群，有大人，有老人。老人嘱咐小孩别离太近，小孩则不断跑在鞭炮周围，连他们帽子上的绒球，也跟着一跳一跳。让我想到女孩儿的帽子上也带绒球，是粉色的，想到她白色的长款羽绒服、粉白的脖子和手臂。散桌时，不到九点，我走到我爷我奶面前，三人都无话。还是我爷先破题，看啥？你都工作了。我奶劝我，大孙，有句祝福就行，奶奶早包好包儿了。我只说，新年快乐。我爷恼怒地挥手，走，走。我等我妈跟我一块儿出楼道，我俩将在出小区后的岔路口分离。我不知道她现在住哪儿，但她说有地方住，我也就没细问。烟花在离我俩头顶不远处爆裂开，我瘸着腿在前，半天不见她跟上，回头看，我妈原地仰头，傻看着烟花，两手交叉，都塞进她的套袖里。她薄薄两瓣紫嘴唇全咧开，跟孩子似的，包不住一口四环素牙。临别前，我妈从一只套袖中掏出封红包来。我接了，听她带哭腔说，妈还是希望，你能快乐。

四

我没想到自己今晚会登上这些台阶，来到别人家门口，理由仅是，在这个年与年交割的夜里，不想再独自睡去。门很快开了，开门的是朱怀玉姐姐，张手拉我进，态度与昨晚和今早相比，像变了一人，毫不察觉我此刻心上是多火辣辣的。毕竟，这是有生来，头回有同龄异性亲热待我。她脸上红霞一片，招呼朱怀玉快再添个杯，老师来了，得尊师重道。还喜滋滋地给我展示姐弟俩今晚的伙食，早上剩的饺子，加晚上炖一条鱼，就算家人团聚，大年三十儿。朱怀玉呆瞧着我，他杯里是茶水，颤巍巍给我递上一颗烟，被他姐劈手夺去，离近时，我闻见她身上酒味浓烈，再看桌下，绿瓶子跟保龄球似的列成几行，桌上还剩半瓶白的。便知这姑娘酒量在我之上，一时不敢跟她碰。见我矜持，她巴掌拍我肩膀，震得我杯里酒洒一半儿，她说，没想到啊，没想到。风雪之夜，还有客人。怎么称呼啊，贵客？我说，赵乾，乾隆的乾。她说，什么破名，听着追名逐利的样儿。我请问她芳名是怎么脱俗的，女孩双手撑在脸下，摆出个葵花向阳模样，笑嘻嘻说，秀秀，朱秀秀，基本秀色可餐，基本秀外慧中。朱怀玉目不转睛，看着他姐。让我怀疑，我进门前，现场就是这么个现场，在木讷的朱怀玉跟前，朱秀秀一人包揽了春晚上所有节目，从相声到小品，如今又祸祸到歌舞上。厅里不足十平的面积，成就她扭着秧歌步，一颦一笑，一扭一摇，一手君妃，一手塔山，仿佛登台在维也纳歌剧院，身段儿看不出咋好，嗓门儿十足亮堂。像在屋里就炸开了几挂鞭。

喝到深夜，我和朱秀秀已亲热地脸贴脸，抱在了一起。朱怀玉始终警惕，留神时间，不知到几点了，他默默捡走桌上碗筷，把酒留下，一人在厨房里刷碗。我不敢放掉朱秀秀，放掉这个脱离孤单的机会,虽然理智仍存一线,在和自己说,你并不太中意她。手还是不受控制,往她细瘦的腰身去,上移,下探。她总能在我以为她要醉倒的时刻,如回光返照,给我一个不算羞辱的嘴巴子。抽到五个还是六个的时候,恍惚听见,朱怀玉回到自己房间,放起了佛乐,从他屋里又再飘出,那股熏眼睛的紫烟袅袅。朱秀秀突然问,你觉得我爸人咋样,我弟人咋样?我说,对你爸不了解,对你弟,好奇占比更大。没见过像他这样的小孩儿,说他什么都怕吧,他好像什么都不在乎。说什么都不在乎吧,他好像什么都揣着点儿担心。担心和怕是两码事。因为他信教嘛,你爸也信?朱秀秀摇头,不信。她说这是朱怀玉做过的,唯一勇敢的事儿。他只在这件事上一如既往反抗我爸,以此做交换,别的什么他都听我爸的。朱秀秀又笑,说她其实很清楚,自己这一家,在外人眼里,要更为可笑。她说,朱怀玉不会在学业上有什么能耐,他很能坐住凳子,却是空坐。空空如也地坐着,站着,活着,这些他都会做得很好,吸收知识就不行。我想朱秀秀说的是打坐,可难道打坐不用理解教义?朱秀秀告诉我,朱怀玉不是在打坐,也不会念什么经。他每天按点儿回屋,在蒲团上跪下,念的是阿弥陀佛,对不起。念一遍佛,就像跟佛打了个招呼,再说对不起,是说自己的心里话。他是为我俩的妈,去和佛说对不起。见朱秀秀忧伤起来,我劝她喝酒,轻声问,对不起什么?她说,朱怀玉信,我妈这辈子过得苦,死得早,人生到最后几年成了疯子,都是命里业债。他希望她下辈子能活得好。他还信，自己这辈子让人瞧不上，是上辈子欠下了业。这事儿要怪我妈。我弟从小在她身边长大，那时她就已经疯了的。她告诉朱怀玉，自己身上有债主，他身上也有。我当然都劝过，没什么用，最没办法的时候跟我爸一起，绑过她几回，想给送医院。但这种病治不好。最后几年里她一人被丢在老家，我爸把朱怀玉也从她身边带走了，到市里念书，可带不走朱怀玉已经接受了的童年教育。我还记得啊，有年回老家，看他们娘俩的背影，双双跪在菩萨前，低眉、弯背，被紫烟笼罩，看着那么荒唐，可他俩眼里的彼此，又那么相爱。我妈是朱怀玉唯一的知己，哪怕她是疯的。她一走，朱怀玉魂儿也跟着去了，变成个彻底的傻小子，可以被任何人随意指挥，做我爸最忠诚的孝子，接班人。我啊？我爸眼里从来没我。当他后来发现一个他好些年不管不顾的姑娘，长成了大姑娘，和他在同一座城市里狭路相逢时，这老王八蛋简直吓坏了。

朱秀秀贴我耳朵根下，又突然说句话，让我感到喉咙里再度不上不下，卡了枣核，卡了个原子弹。我咳嗽不止，跑到他家冰箱前，想找碳酸汽水喝。幸运的是，还真有瓶大雪碧。不幸则是，在看到我憋成紫色的脸，逐渐被灌进去的汽水拯救，恢复常态后，朱秀秀也恢复常态，再不跟我提，关于睡不睡的事儿。她看看我的瘸腿，又看我的脸，说，原来你毛病不止这点儿，基本废人吧？回到桌上，我杵着自己的脑袋，费劲抬头，看清眼前的朱秀秀，是以怎样的眼光看待我。她言下之意，我太过熟悉，和多数人一样，是抱有稍纵即逝的同情，和将长久伴随的印象，即这样个人，活着没大价值，活着拖累旁人。不一样的，是朱秀秀眼神里还有另一层内容，让我感到恐惧，更后知后觉，体会到比睡一睡这件事，深刻得多的兴奋。今晚她给予我很多第一次，让我终于亲耳听到有人对我说出那句，等待已久的话：你到底预备在什么时候，把仇恨全给放出来？我们都笑得不行，一屋之外，烟花沸腾，每到年节，总有那个被释放到夜空去的时刻，花团锦簇，一团上，一团下。我抓上朱秀秀的手，告诉她，咱俩都有不小的仇恨。有关我的，具体一切，还没计划好。但如果能有同伙，哪怕拉对方下水，我的心也全无愧疚。你可以当我是个自私透顶的人，这点从一开始我就没打算隐藏。你呢？你其实也是。要不，你今晚不会和我说这些。

当晚躺在朱怀玉家的沙发上，我什么也没盖，屋里很热乎，朱秀秀睡了一会儿自己起身回房，把门带上。世界归于安静，我眼前再度出现，出现了无数次的设想：我爷，我奶，我爸，我妈，我小姑，我妹妹，包括我小姑即将到人间的第二个孩子，都会和这夜晚一样，集体安静，灵魂出窍。所有人的世界都会在相近时刻，在一张团圆餐桌上，走入终结。那将他们召集在今生，结为家人的缘故，也会送他们出今生，到下一站地。他们将在站台上整齐地继续等待。到那时刻，我们都是等车的陌生人了，因客气，对待彼此，反生出许多今生没有的温柔来。

五

我是赵乾，冬天到了，我准备写遗书了。

其实我一直有写点儿什么的习惯，没让别人看过，多是闲愁杂绪，也写过小说，讲一个生来两只眼睛都呈金色的少年英雄，是如何独步武林的。写到最后，英雄茕茕孑立，众叛亲离，脚踏一片寂静江湖，两眼都生了翳。在去南方上学的前一天夜里，我在屋里生了个火盆，把它们全烧了。父母闻见自我屋里散出的浓烟，想确认我是不是抽了一条塔山。是离家前的愁绪吧，大概他们这么安慰彼此，毕竟那一晚，都没人来敲我的门。还记得的，是那晚面对屋里飞烟，我的喉咙从没那么痛快过，是有什么被短暂地给烧灭了活气。说回遗书，此刻坐在电脑前，我用脚拨拉开地上的外卖盒，以及半空的可乐瓶，踌躇了好几个点儿，还踌躇在一个开头上。上学时老师讲作文，强调说开头就要把人拿住，能用排比用排比，给人往蒙了排，阅卷老师一蒙，就容易喜欢。我最终写下的是：生活是一盏灯，我把它灭了，因为它从来就不怎么亮；生活是一盘菜，我把它撤了，因为它从来就不怎么香；生活是一把刀，我把它抽了，因为它扎得从来就不深；生活是一堵墙，我把它推了，因为它立得从来就不稳。

思绪飘回过去家中，自己住的屋里。家里头婆媳战争进展到我上初中时，父母终于取得阶段性胜利，从奶奶家搬出住了，十四岁时，我拥有了第一个属于自己的房间，一个可以不用跟任何人解释，想哭就哭，想笑就笑的窝。我屋里只摆着从奶奶家带过来的一张乌木床，一个爷爷打的铁皮柜子，当柜子，也当桌，弄把椅子来，就能在上面完成我的学习任务，再搁下所有沉甸甸，养人又埋人的练习册。我一直记得那个屋子里所有细节。它的上一家住户是对老夫妻，铜包的窗框，早长满了锈，每块地板之间，都生有半指宽的缝，有块地板上恰好有个圆孔，我在里头塞了一颗围棋黑子，十分合适，再也拿不出。屋里有水暖气片，床摆在它旁，半夜冻醒来，我总会摸摸它微温的铁片，就像小时候，和爸妈挤一张床睡觉时，摸见的，不知属于谁的一寸皮肤。屋里墙皮脱落的地方，被我贴上了几张圣斗士星矢的海报，看着它们，我会做拯救世界的美梦。梦里快意恩仇，能用手臂传出光束，一甩开去，消灭学校里所有嘲笑我是瘸子和胖子的声音。我还能用治疗术让妈妈重获新生，长出她没嫁给我爸前，留在照片上的相貌。更能在我爸每次深夜醉酒归来时，扫他的臭嘴，将他震出到百里开外的地方。在那儿，唯一陪伴他的将是我爷。他们会被流放去一片鸟不拉屎的岛，致力于收集所有生活素材，废纸废布废木头，最终无事可做，除了看守他们无用的财宝，幻想他俩是他们世界里的王。

至于我奶，我设想的是，隔一周放她去岛上看望爷俩，给他们做一桌黑漆漆的美味佳药。我爷将吃一口吐一口，吐一口打她一拳;我爸也跟着打,他边打,我奶边哭。三人循环往复,哭声将他们团结在一起。无数个孤单凄惨的夜晚,我靠幻想活,靠仇恨教给自己做人的道理,还靠可乐维持生存,说着说着,我已对排比信手拈来,意识到不能轻易写下去,陈诉痛苦过于容易,而容易不属于复仇的一环。我已蛰伏其中二十三年,因此我决计写下一篇最好的悼文,流传后世,让它出现在每一台教育青年人心理健康的晚会屏幕上,再复印成册,辗转到每一个少年犯手里。当他们读到我写下的遗书时,会在冰冷的看守所里颤颤发抖,热泪奔流,为所有做过和没做过的恶念,给自己下跪,祈祷他们各有的明天。

除夕过去,到年初五,朱秀秀基本没出现,回来了也和我没几句话。但我知道,那晚我们说过的一切,都已刻进彼此记忆,不容忘却。有次上完课朱怀玉突然问我,他可以和我聊聊那本我带来的《牛虻》吗,我说,行。看完了?他说,没看完,看到亚瑟回来了,再次见到琼玛,她已认不出来他。我当然记得那本书里所有段落,从翻翻就能掉页和上头遍布的可乐污迹来看,我看过不知多少遍。他说的内容,一度让我非常迷恋,试想复仇最美妙的部分,不就在此?除了主人公自己,无人知晓背后的因果和审判,除了主人公自己,其余人都以为,事情业已过去。我和朱怀玉一起站在他家阳台前,他为我开了窗户,还偷摸吸两口我吐出的烟,滚圆的小肚子在他穿的墨绿色毛衣下,原形毕露,随呼吸一动一动。我说,我看书不多,就这一本，翻来覆去读。其实你该多看看别的书，学习之外的。懂我意思吗？他说，开卷有益，对不？我说，不对。我这话单指是你。你就别对学业抱太大希望了，有工夫多看看这世界其他部分。他点头，老师说得有理。其实我也是第一回看小说。我挺惊讶，那你容易迷上，真的。朱怀玉说，我爸总跟我说，少想别的。所以我基本都不想。我会想想的，是我买的老子的《道德经》，话不是都能看懂，但都是字，我也认识字，能看下去。我问，悟了吗？他说，谈不上，我是觉得老子状态挺好。他能想说什么说什么，说完让人费死劲去猜。我一直怀疑，是不是总说让人听不懂的话，人就能高看你一眼？我不知道朱怀玉想得对不对，我有过类似想法，却不是凭借和他在同一年纪里，掌握的其他学问。我曾试图让自己在所有人都竞赛的学业上，一骑绝尘。也真曾做到。可除了让老师不再针对我，让瞧不起我的同学渐渐对我敬而生畏，并没换来其他。连我当时喜欢着的班花，也没在我傲人的成绩前，多跟我说一句，同学，你好。我的心越来越贴近于牛虻，死心到了南美洲，受尽人间凄苦的牛虻身上。后来他以战斗者的姿态回归故地，看待他人总一派轻蔑，收获了褒贬不一的名声，再无幻想地去做事和做人。牛虻用慢条斯理讲话，来掩盖口吃，用绫罗绸缎的衣裳，掩盖身上的伤口和被人打残了的瘸腿，用恶语伤人，藏住他心里火山喷涌般的热情和执念，更用面具似的嬉笑，藏住他对琼玛的爱，和最后那份善良。我絮絮说了一些，说到朱怀玉眼里放光，我直盯着他笑。他或许觉得这是超越了师生关系的友情,于我内心,更像看到了一只家养的猪,表情居然有了属于人的向往,人的热情。

晚饭时朱秀秀意外回来了,羽绒服下还穿着白大褂,头发盘成一团,一个黑夹子竖在脑袋上,没别好,天线似的。那晚我下厨,拿他家冰箱里剩的鸡蛋和青椒,炒了一盘,外卖叫了两碗米饭,正和朱怀玉闷头扒拉,抽空提问他,洪都拉斯首都是哪儿?他被我问得噎住。朱秀秀听见,端出给自己现下的一小锅方便面,加入我俩,坐桌上翻我一眼。安抚弟弟跟安抚儿子似的,说,你赶紧咽,别想别的。她也让他别想别的,朱怀玉笑了。饭后朱秀秀在厨房里刷碗,我假装拿东西,在她身后走来走去。她突然说,不想上班了。我问,是跟我商量呢?她想拧紧水龙头,但拧不紧,水滴总慢慢积蓄着,她便拿了个不锈钢盆子,接在下头。我不知道她心里正在想什么,但朱秀秀看一滴水,看了很久。她回头说,你的事儿,不许牵扯我弟弟。明不明白?我说,压根儿扯不上他。你怎么这么说?她又说她不想干了,早有此意。打算高考之后,带朱怀玉上南方。我问,朱叔知道吗?她说,他和我是一个想法,但我们都不会带上彼此。我俩都想带朱怀玉走,不管我俩谁带他走,对他来说都是另一种活法。我问,我一定得支持你吗?朱秀秀一笑,你可以支持我,那样我也会支持你。我知道你想干什么。我追问,我想干什么?对话声都越压越小,朱怀玉在他自己屋,听动静,又念经了。朱秀秀说,她可以帮我,真的,我们可以互相帮一帮。她这些话,让我又想起我妈,女人是不是都喜欢互帮互助?还是都只为自己想做的事,去找个合乎理由的借口。朱秀秀和我脸对着脸,她又一次拿走我手里攥成圆桶的一卷书,《高中地理疑难详解》。我现在最大的疑难就是她。听她说,这几天晚上,朱怀玉睡着后,她会把《牛虻》拿来看,跳着看,已经知道结局了。她继续笑,知道你为啥喜欢这本书。我问,为啥?朱秀秀背转向我,钢盆里已落进一盆底的水,仍有水滴缓缓在水龙头上蓄积,预备一跃加入。她说,因为你和姓牛的,都是瘸子。

六

我爷在瘫痪前,还没这么精神。先前他嗜睡,现在却能瞪直眼睛,在轮椅上耗一整个白天,孜孜不倦,研究晚报上的错别字。我疑心别是纠错有奖,我奶告诉我,真有,一字一块钱。你爷现在一天往五块钱的指标奔。要是当天没有,他就翻早先的报纸。此刻我爷一人坐在纷繁的纸片前,正搁下放大镜,杵倨横丧,嘴里骂骂咧咧。我奶谄媚地给他递去苹果,他咬了一大口,再度递回,我奶再顺他的牙印啃下去。他是因为听见我奶刚才说他被人骂了的事,才不高兴的。原来我爷昨天和我奶去超市,看见卖姜的货摊上立了一块牌子,写,掰权罚款。他本就哆嗦的手里，正掰好一杈生姜，被售货员逮了正着，罚款五元。我爷张口问候对方祖宗十八代，连祖坟外头的人也没饶了，爹妈奶奶立时飘于半空，盖住了店里放的流行歌曲。最后还是在对方诅咒我爷瘸三代人的送别语中，由我奶扔下五块钱，推着老英雄匆匆出战壕。我爷今天立志找出十块钱的错，不然觉都睡不着。我奶没忍住又透露给我这些，被我爷在脑袋上骂出了花。我盯着他，老东西，闭嘴。他也盯回我，泛紫的嘴唇束成小口。我上手去摸他的秃瓢，哄孩子似的，这就对了。被他使狠劲，一巴掌打走，同时嘴里喷口浓痰，向我射来。我没躲开，我奶紧着给我擦。不用她，我起身，去我爷那个各样工具都置备齐全的老屋里，掂出一把钳子来。他口齿不清看着我说，我是你爷，我看着你长大。我蹲在他轮椅前头，脸上还挂着他口腔里的味道，憋着呼吸说，是，我给你卸个轮子吧。

我给你卸个胳膊腿儿吧。我教你走直线，你倒是走啊。疼？忍就不疼了，我主要就锻炼你个忍。看见饼干就伸手，你就要。那是你姑孝敬我的进口饼干，他妈哭？跟你死妈一个德行，外头号丧去。说完，我爷照着我十一岁的腿骨打去，手里拿着一把钳子，砸，一砸定音，你是瘸子了。

老赵，你这干啥呀，就一个大孙子。好孙儿，不哭，不吱声，咱不理爷爷。奶奶都心疼，好孙儿，再走两步，你不疼，你能走。听话，等你妈回来了不许和她说噢，不许说是你爷给你打的，说自己摔的，你这么说，奶奶还能疼你。不这么说，就是挑唆我和你妈打仗了。那样的话,你爸妈就得离婚,你就没人要了,嗷?奶奶抱着我的半截身子,看我的两条腿悬在空中,在她的吆喝声下,我上下蹬腿,仿佛空中骑行,的确没有障碍。

我奶扑在轮椅前,不许我卸。按说今天我不该来,但必须来,给他们送上这两包朱秀秀拿给我的,兴安岭小叶木耳。我奶在骂声中送我出来,我俩一起走在除夕当晚,我妈仰头看烟花的那条路上,仍一前一后。不同的是她精神矍铄,一头短促银发,看着都红光满面,比我妈寿数要长。她追上来说,别理你那死爷,他老糊涂了,我都不爱搭理。我两手插进棉袄兜里,默默打量她。记起家里曾说起过,我奶为何要在当年那个波涛汹涌的年代里,下嫁给戴着"臭老九"标签的我爷爷,只为爱他鼻梁上卡着一副眼镜片,说它们看着那么透亮,跟着显得镜片后的人,也那么知情理。或许人都会在其他地方,收获来自不同人不同的评价。我不想说话,感觉喉咙又发紧。回去一路上,我压步子走,怕速度快了呼吸急。这么做,我才能撑到汽水流进身体的时刻。

回去,见我妈等在楼下,她总是这样,不提前联系我,会突然抵达,好像也对最终能不能见到我,抱随缘心态。她穿着十年前的褐色羽绒服,还是戴双臂的蓝花套袖,棉布口罩将她本就高原红的一张小脸,盖住了三分之二。剩下三分之一,都由那双动物性的眼睛里带出信息,像里头刚下过场雪,还挂着冰霜。我妈每次来,都携带这样的目光,虽然她从没告诉我理由,但其中充盈的,对自己崽子的怜爱,还是每一次,都让我感到难受。她说今天下午不用过去给人看孩子了,雇主一家去北京过节,她可以休假一回。说着,她跟着走进我狭小的家,没由我说什么,已经熟练地边撸袖子,边奔去厕所和所有脏污了的地方。我坐在沙发上看电视,看不断重播的春节晚会,有两个瞧着脸熟的笑星,正演出一场喜剧尾巴上的教育课。他俩一时泪水涟涟,都长出我妈的样子来。喝完地上剩的两口可乐,我打出嗝,再从兜里掏出烟,点了一颗。我妈问,你今天什么时候去朱家,他家那个儿子能离开人吗?我说,能,不是残废。我妈没说话,半晌她从墙后偷露出半张脸,看我神情如何。我问她,你这活儿,打算干到什么时候?她说,我才刚收拾。我说,说你给那家人干,到什么时候。她想想说,快了,这种主顾,没有长的。她手里的活儿跟着停下,站在原地,看我抽烟,看我看电视。我瞧她,有话?她点头,愿意跟妈去南方吗?我问,多南?她说,佛山。我挺惊讶她能说出一个具体的地方,看来早有计划。她说,你朱叔跟我说,想去佛山办个厂,要是你愿意,他一块儿安排你。我问,可乐厂啊?我妈说什么工作她没问,但觉得朱叔是真心想帮我。我招呼她过来一块儿坐。

我妈又瘦了,离近看,脸上肉一条一条的。她搓着手上红白不一的皮肤,手背上先前被我爸烫下的几块烟疤,一受冻,就通红成梅花,看着醒目,仿佛受苦的艺术。她转头看我,儿,总得想想你以后。我说不想去。她问,为啥?我说,没为啥,去了没意思，不是我想干的。我现在就想待在家。你无非担心我待废了，你没必要。我又没啃老。她说，妈怕别人看不起你。我问谁看不起了，朱叔？她说不是，是我爸，是我爸总在和她说，她把我给惯废了。我说，也许他只是看不得我自在。我比他过得自在多了。她说，天下父母，哪有这么想自己孩子的。把烟掐灭，我严肃看着她，我奶是这么想的，我爷也是这么想。所以让他们儿子，让我爸一辈子活得窝窝囊囊，没大出息。事实不就这样吗？她又有要哭的趋势，我心里烦，别过脸去。再回头，看我妈正从深处呕出一口气，身体前倾，人看着更干瘪了。我想拍拍她后背，或帮她捋一下头发，很难做到。半晌我问，预备什么时候上佛山？从她眼神里，我知道自己说准了，好些事，也叫我猜准了。朱叔人怎么样我不知道，希望能比我爸对她强。我告诉她的是，妈，我去不了，在这儿我有女朋友了。没告诉她的是，妈，其实你也去不了。除非，那天你不来。

七

朱怀玉各门功课都有一定程度的提升，他先前所言非虚，进步空间，的确挺大。他不断和我畅想，关于他毕业后的打算，总而言之，他一定要跟我屁股后头走。照朱秀秀说的，是拿我拜了大哥。殊不知，大哥眼前路并不长，紧着掐算，最多剩两站地。一站是技术关，一站是心理关。我想得已很清楚，只是不能和人商量，心里常憋得慌，面对朱怀玉天真的眼神和劲头，我哼笑，无法陪他沉浸其中，像他也无法，真沉浸于做个好学生的梦。朱怀玉说，他往后想做个手艺人，做微雕，做紫砂壶。还想做和尚，做道人，做个吃斋的好人。有时我会和朱秀秀一起听他讲，眼神偶尔各掠过他头上，默默交织住，再无奈双双看回他，像看回我俩的孩子。老天作证，我真觉得这十天，是我人生里最好一段时候。我虽没得到爱，也没被爱束缚住，我计划仇恨，又到底还没实践它。我清楚自己的人生会停在具体哪一刻，我看着那个爆炸键，在眼前平稳安放住，随时间慢慢往前耗。一切都不耽误每到晚上，和朱秀秀、朱怀玉一双姐弟，看同一场电视节目时的平淡与温情。温情，就是不必开口。情绪流动像小股的电流，它滋滋作响，可不叫人受痛。

我终于和朱秀秀说，请你，教我做道菜。朱怀玉正睡午觉，今天朱秀秀没值班，从早到晚在家。她手刚离了水槽，听我这么说，腰上围裙重新束紧了，也不问什么，将我带到锅台前。我问，家有白菜木耳没，这菜好像就这俩原料。她从冰箱里给我拿了半棵白菜，木耳装袋里，往外倒，拿小碗接着，问我，使多少？我说，试验品，不用多。她倒了一碗底，接水泡上。我问，木耳泡多久能吃？朱秀秀抱着肩膀，说，半个点儿就行。你是一点生活常识没有，这些年咋过的日子。少爷啊？我心情不错，咧嘴大笑，看表情，朱秀秀也是给吓一跳。于是问她，我笑起来真这么吓人？她说，吓人，跟没笑过似的，连嘴也是现割的。我已经习惯朱秀秀的对话方式，但到底不好意思，看着水盆里的木耳，不用一会儿，它们就从枯叶似的小片，膨胀成黑色的肉朵来。朱秀秀默默打量我，不知道她都看到什么，可她神情语气都变了，一声叹息后，手把手教我做菜的一切，热锅凉油，先热锅，再爆锅。噼里啪啦声响，白菜先下，炒软了搁木耳，倒上少许酱油和糖，盐最后放。

我用铲子压锅里的白菜，让它快些干瘪。几滴油迸裂开，跳到脸上，我直咧嘴，被朱秀秀推去身后。说我既然第一回学，还是以观察为主，学她手法看就好。我看着朱秀秀锅台后的腰，多宽，有多宽？两手一块儿差不多，能给抓很紧。她说，让你看，没让你卖呆。去，捡个盘，装菜。就着一盘黑白菜，下午酒，朱秀秀和我又坐在那张浸满油花的圆桌上，听电视音乐台里，放着九十年代琼瑶老歌，我无语问苍天哪，为何满腹柔情尽消磨。她喝着朱叔放家里的白葡萄酒，使白酒盅倒给我。一人一杯，酒香都混了营，中西合璧，格外上头。我掐着自己喉咙，希望它这时候无论如何不要噎，我有话说，我有攒了好久的话想说。朱怀玉却醒了。还是踏着他那双棉拖，步伐沉重，推开屋门，惊讶地发现我俩在喝酒。我说，你不行再睡会儿吧，下午晚点上课。朱秀秀招呼他，弟弟，你来。我手里酒盅顿时千斤重。朱怀玉坐我边上，被我剜去一眼。朱秀秀瞧见，酒盅直冲我，你啥意思？我一口干了，再看朱怀玉，只说欢迎加入。我还想说，我他妈没话说了。朱秀秀对着朱怀玉，眼含万般柔情，说，后天他就回来了。我们再不能这么逍遥了，是不？朱怀玉说，姐，我还是希望你多回家来。她说，姐会的。姐不想以后，姐想和你说明天。朱怀玉脸上突然有种奇妙的光彩，过去我从未见过，此时他看着就和七八岁大差不多，还脸红，还抿嘴偷笑，不是观察我，就是去观察他姐，更显出一种惶恐。我问，明天到底什么日子？朱秀秀说，明天是我弟十八岁生日。他生日大，每年都赶正月里。正月一忙，总被人忘了。今年想好好给他过一回。我说，那停课一天吧。朱秀秀和朱怀玉四掌相击，惹得我也没忍住笑。这回我笑，他俩都在笑，我没引来他们的害怕。过后我想，大约因为情绪相通。人情绪相通的时候，身边便没有异类。

晚上，我去订蛋糕，蛋糕店出门一条街，是我爸干搓澡的地方。那条街上没怎么亮灯，北风刮得凶，人都穿暗色衣裳，看步态，没几个岁数小的。我犹豫要不要过去看一眼。我想起了每一年自己的生日，想起因为和我爸生日相近，每年爷俩都分享同一个蛋糕。先给他过，蛋糕吃完放进老冰箱，制冷效果近乎无，到给我过时，奶油都放酸了。我突然瞧见了一张很像我爸的脸，戴着包耳朵的棉线帽子，正挑开澡堂的棉门帘，往外走，在夜空中呼出一团白气。有人跟着挑帘，在后头喊他，我爸看来十分热情，笑容憨厚，回身接过对方送来的，他先前可能忘在店里的东西，搁回到他自行车的前篮里。那个篮子，还是后编的,为给我放书包用。放了几年,往后他不再送我,我也不再和他于夜晚中照面,除了年节,除了真是被他醉酒吵醒的时候,父子俩失去了独处的时间和缘分。那些夜晚,我总缩在自己房间被子里,没一晚不在睡前反锁屋门,恐惧他来自酒鬼的打扰。现在我爸,早不是记忆中那个样儿。他灌风蹬车子,踩向十字灯岗中,光线越见璀璨,他背影看着越佝偻。我能想到,在他抓着车把的一副棉手套下,每个手指都晕了多少层的皱,人若总在热气里蒸着,是会变得懈松。站着看了一会儿,扭头往朱怀玉家走,路上收到朱秀秀的信息,奶油要多,水果别放酸的,我弟不吃酸。回她,知道了。我总是羡慕那些在冬天过生日的人,每当头顶像现在这样飘下雪来,我都羡慕生在冬天,死在冬天的人。前者老天给他们放礼花,后者还有老天,给他们撒纸钱。

八

晚上的蛋糕我一口没动,都分给朱怀玉和朱秀秀。他俩都珍惜这一天,感觉不当朱怀玉的生日过,也当个特别日子庆祝,朱怀玉今晚甚至喝了一点酒。奶油沾满他的黑胡子,看着像刮掉它们前,要涂上去的泡沫。朱秀秀送了个檀木手串给他,我送的,则是早想送的电动刮胡刀。朱怀玉木讷地一手拿一件，不知内心都转动什么，随眼眶一点点积蓄。当整点报时的钟声从身后响起时，他人打了个哆嗦，说这会儿该去念经了。话说完他屁股还犹豫在椅子上，是不想走。朱秀秀把他抱进怀里说，妈今天不会怪你的。你今天可以好好玩儿。朱怀玉还是说了声，阿弥陀佛，对不起。天早黑下，外头并不昏暗，有人在楼下放烟花，不远处公园结了冻的湖面上，也能隐约瞧见被灯泡围起的冰场，人影在上头绕圈滑行。我独自站在朱家阳台上抽烟，听见身后，姐弟两人又抱在一起，哭成一团。我想的是，人都说，儿的生日，娘的难日，从不想，儿到人间第一声就啼哭，是不是也有诸多不情愿。喉咙又不舒服，没忍住，我咳嗽了两声，被朱怀玉听见，他端着可乐杯子过来，看我喝下。身后一片安静，朱秀秀许是醉了。我俩面面相觑，同看晚间的焰火和灯照。他脸上泪痕未干，像个小兽犊子似的问我，赵老师，我到底是不是个废物呢？

我没回答，他胡子上还挂着一块奶油，我抹了问他，甜不？朱怀玉点头，他哪胜酒力，两手撑在窗框上，看着像个秤砣，量不清自己人生的分量，更别说，去掂量别人的。朱怀玉突然说起，他在老家度过的童年，和妈妈住在一起，就他们俩，长年累月，谁也不觉得孤独和奇怪，似乎别人家都会是这样过日子。他当然知道爸爸住在城里，也知道他为什么不在家，理由都是妈妈告诉的：你爸变心了，人也变坏了。朱秀秀在十五岁时离开老家，那年朱怀玉九岁，也是在一个过年的夜晚。妈妈在饭桌上监督姐弟俩,分别给朱叔打去电话。她期许地不是看看已拔起个子的大女儿,就是看看虎头虎脑的小儿子,巴望他俩中任何一人,能动用亲情,去帮她勾回失去了的丈夫和旧梦。口水从她嘴角直往下掉,滑成一条银线,无数次落饭桌上头,落在一个个无法接通的嘀声后头。朱怀玉转头看我说,我爸那天没有接电话。我妈实在受不了,抬手掀了年夜饭,人在满地饭菜里打滚,她抓自己,还不断朝空气里磕头。我姐也受不了了。我其实分不清,她那时是在扶妈妈,还是打妈妈。站在当中,我被她俩分别拽住一只手,往两个方向拉。我笑说,你还是个香饽饽呢。朱怀玉跟笑了下,在别的方面我不是。我问,后来呢?朱怀玉说,后来姐姐收拾东西走了,妈妈像找爸爸那样又去找姐姐,那阵子我总一个人在家,晚上面对满墙神佛,很害怕。姐姐一直没回来,我很快也被爸爸接走了。接我走那天,我妈还躺在医院床上,嘴终于不再往外吐沫子,之前她一直吐,一直吐,医院都不爱收拾了,满屋都是农药味。她抓紧我一只手,在我手上抠下五个血道子。朱怀玉把他那只黑胖小手放在身前,让我端详,道子已不十分清晰,内里却还能露出鲜红色,是抓得深透了。我不知道朱秀秀听没听过这一切,朱怀玉说,他姐其实不是护士。她只有初中毕业,进不了城里的医院干。朱秀秀现在一直在药店给人站柜台,有时要值夜班,兼给人打更。爸爸不喜欢她,嫌姐姐没有学历,说她早就废物了。

朱秀秀拿酒瓶磕着我俩身后的门框，示意她醒了，节目继续，进行到哪步了？我一时怀疑，老天爷其实正在满足我一直以来的愿望，他不是正给了我两个，愿意和我将就的人吗？天知道，我将做些什么，如果老天一直不把他们派给我，我会做得义无反顾。反正遗书已快写好一半，菜也即将练会，势在必行，只差一个日子了。我们各自把外套、帽子、手套穿戴好，踩得楼道台阶咚咚响，我几乎是跳着走完，有点逞强，但喝醉了的朱怀玉和朱秀秀，此刻都不会比一个熟练的瘸子，将步伐走得更稳重。三人摇摇晃晃，朱怀玉走在当中，被我和朱秀秀各揽着肩膀，向夜色进发，我们都被一样的寒风吹得脸色发红，眼睛发烫。经过公园外的烟花摊儿时，我们买了一些，带进古树参天、人影稀疏的园内岛上。破碎了边角的石砖椅，变作我仨的露营地。朱秀秀在石椅上坐，俯视我和朱怀玉将烟花抱去冰面，选好了头顶一块最安静的天空，正准备燃放。她尖细的嗓子未等花开，已叫嚷不绝，等花真在深蓝色的天空上冒开了，她声音又消止。朱怀玉一眨不眨地仰着头，没人知道他心里想什么。我和朱秀秀都在更早时候，贴近他一侧耳边，说了同样一句话，你不是废物。弟，祝你生日快乐。

和朱秀秀坐在石桌旁，我沉默下来，看烟花，再看她的眼睛，发现她看我的时候更多，光照不明，只有一霎的灿烂，能叫我看清她眼里布多少红丝。她说，赵乾，其实我不知道你要干什么，也不想问。但希望你知道，这些日子，我和我弟十分快乐。我说，你可以问。她说，你要杀人。我说，对。再问。她说，你要杀你家里人。我说，又对了。问我原因吧。她一回头，复又看我，和你的腿有关？我说，不用客气，和我的残疾有关，和我这儿有关。我指指喉咙，从外衣口袋里掏出一瓶两百五十毫升的小可乐，放到了桌子上，说，这是我的心宝，得随身带。我不知道自己什么时候，就会喘不上来一口气。那种感觉习惯了，也永远不可能习惯。朱秀秀说她明白，能试图明白。我也想了想，你知道我为什么不吃蛋糕？和朱怀玉一样，我也没什么机会享用蛋糕，不是没钱，是没人意识到，这是个应该买，应该让我吃到的东西。有一天晚上，家里人都睡了，那已经是我爸生日过完三四天后，快到我的生日了。我家那台冰箱保鲜不了这么久，我也不想再吃酸蛋糕了。所以那天夜里，我从父母房间里溜出来，到厨房，打开冰箱，努力不发一点声音，准备用手挖冰箱里的蛋糕吃。不敢开灯，好些奶油都被我糊到鼻子上。可我终于吃到了。朱秀秀笑问，甜吗？我摇头，已经酸了，但我就是忍不住一直吃，我怎么也忍不住。灯很快亮了。是我妹妹，她起夜，见我在厨房，满脸白，以为看见了鬼。她尖叫不休，人都被她叫醒，我爷，我奶，我爸，我妈，我姑。他们团团围着我，除了我妈都在笑。边笑边说我是个心机重的饿死鬼。饿死鬼，还心机重，我只有八岁，我不会是他们想的那样。朱秀秀起来，从身后抱住我。我抓着她胳膊，让她的手背压住我的嘴，我不想再打嗝，再像那晚一样被诅咒似的，在笑声中打嗝,打到我抱头鼠窜,找不到一个安全的角落。我的自尊心,我有自尊心啊,我的自尊心往后被活吊在喉咙里。隔三岔五,要用可乐杀一杀。

朱怀玉喊我们,烟花都放完了。他不敢走近,面无表情看着我和朱秀秀,像当年他困惑姐姐和妈妈的动作一样,分不清我俩是在彼此拯救还是互相放弃。这种问题的难度,超越他解答的能力。硫黄味儿在岛上窜离,远处,别人的烟花仍继续放出,我们静静观赏,身上已全空无。除了回程路上仍肩并着肩,手连着手,还拥有的,就只剩各自心底,那不能被继续说明的酸楚。

九

我曾问自己,是不是非得如此,没有别的希望在,别的路好走?当然有,我还这么年轻,虽说一直没干正经事,但我信,我会找到工作,来日养活自己,幸运的话,还能组建家庭,担负更多责任。我问自己为什么非得做这样一件事,我能预料它引起的影响,社会上的讨论,和对我的所有谩骂和攻击。孝道,在每个国人基因里刻下的痕迹,是太深,太不讲道理,它长久要求着单方面的容忍,要斑衣戏彩,要卧冰求鲤。我不要求我的家人自我诞生,就非得委屈自己喜欢我。喜欢不能勉强,毕竟我全不是按他们满意的后代模样,到来这个世界的。对他们我同样不能勉强喜欢。是爱,是所谓血缘,将我们组合到一个家庭里,而爱是责任。从小到大,没人教给我责任和爱会有亲密伴随的关系,让我总以为,责任是痛苦,爱又是传说。二十来年,我的活命离不开他们为我尽的责任,可我仍要说,更多是靠自己摸爬滚打过来的。如果一个人仅靠物质满足就能变得幸福,变得珍惜生命,那么大约是,他从来也没养成过珍惜自己精神的习惯。我却不是生活在荒岛之上。在我周围,有许许多多的参照,日复一日向我传达,你缺失,就算你假装不缺失,你低人一等,你努力证明着,不低人一等。若人被剥去骨皮,比试心灵,我很清楚,我会是如何惨败的。更会让你们看到,相比我的瘸腿,我丑陋和讨厌的个性,还更让人恶心得千疮百孔。于是我非得如此,为讨还二十来年生命里遭受的,惩罚伤害我和本该保护我不受伤害的家人们。他们有意也好,无意也罢,都实现了对一个人完整的摧毁,让一个人从生到死,也只能依靠他的亲人(仇人)们,从中去借取能量,而始终也没得到一段友情、爱情,哪怕只一次,得到他人的欣赏。看客要说,可怜人必有可恨之处,还会说,今天这样,也因为他自己。我想回答的是,站在地狱外面看地狱的人啊,你们长久远离烈火,已经不相信火能够烧人身上,将人烧焦。更不知道在东北这样的地方,人们性格多属开朗灵活,个体如何能走不出一场火阵。毕竟这儿有漫长的冬季,和那么乐于让人傻好着活完一生的天然牧场,喂人吃雪,再天生长出,所有降低沸点的粮食。可在我心里,火烧了二十来年,那么也许我,就是老天爷于万千之中,投下的一粒恶作剧般的残次品。能信吗?所有见过我,和我说过一两句话的人,你们能信吗?在那个面恶嘴损的赵乾,那个笑容惹人硌硬的赵乾心里,其实藏着漫天野火,和无数举火把的人。你们不信,当你们只是习惯性地忽略灰尘一般,忽略我。

我僵着手,让它不抖,不把字敲得太激烈。手机响了,我挺激动,想许是朱秀秀,其实我叫不清我俩现在的关系,但一定有点儿进展。这种进展总叫我忍不住幻想,更忍不住对自己叫停,总之,千难万难。没想到,却是上海人赵齐齐的信息。齐齐和我有微信,加上后不怎么说话,压根儿没兄妹情分,现在她能找上我,对我跟当头棒喝差不多,让我联想起小时候,多少次为她挨过的打,遭过的骂,手抖得更厉害。齐齐问我,现在有没有女朋友?我说,不关你事。她回个偷笑的表情,我没理,手机搁桌上,去厕所撒尿。再回来,看她发了个女孩的照片,美颜痕迹明显,下巴跟瓶起子似的,往上直翻卷。她说,这我同学,便宜你了。我发语音过去,不用,爱便宜谁便宜谁。齐齐打字回,我上课呢。告诉你,过这村可没这店了。我问,你才多大啊,你同学多大?齐齐说,上海本地的,家里两套房,就你还想咋的?我说,滚。她发了个翻白眼的表情。看我半天没回,又发张图,还是那个瓶起子下巴,照片上女孩脸也只露出下巴来，再往下，该露的都露了。我点上烟，放大端详一回，没大意思，基本没有发育。齐齐撤回图片，问我，现在愿意处了不？我问她，你妈知道你这样吗？她也发了语音，两秒，里头一声轻哼。再回我道，放心，没人会找你麻烦。你和她处呗，反正她啥你都看过了。我说赵齐齐，我能知道为啥吗？她说，因为我恨她。我们都恨她。我想象瓶起子被人扒光在学校某一墙角，拍下照片时的场面，想象她只顾着捂脸，周全不了上身和下身，想象赵齐齐一双铁臂，是怎么重锤她小腹的。刚才那张照片上，女孩小腹几个拳印儿，盲人才看不见。我感觉自己就差咬碎了牙，想给赵齐齐也扒光她，任人观看，更想让朱怀玉这样的小孩儿去踢她肚子，一下一下，踢到她吐。回手我把赵齐齐给删了，看她再发给我的验证消息是，祝你好死。

我乐得嘴缝闭不上，照厕所里的镜子，反复感恩天意。天意让我饱满了我的动机，好妹妹，算你一个吧。高三再度开学，年节彻底结束，和朱怀玉姐弟俩，再不能像那十天里，朝夕共处。我又回到了我的腐烂小屋，回到黑白颠倒，被网瘾和烟瘾两头包容的环境中。照着镜子，我好好收拾了番，冲过澡，刮掉了胡子，再给腋窝里抹点儿花露水，穿上最板正的格衬衫，准备到五点，下楼出门。赴我有生来第一场，可能也是最后一场约会。

在西餐厅吃完一顿提前买好优惠券的晚餐后，夜色将至，我送朱秀秀回药房。她在离药房一拐角的地方，吻我脸上一下。可以说猝不及防，可以说意料之中。我僵着笑容，痴呆一样，朝她全冻红了的脸，和绒帽子下头，没压住的纷飞碎发看。一时非常想伸出手臂，将她拥抱。朱秀秀对我说的是，不剩几个月了，等朱怀玉拿到毕业证，她就带他走。我可以和他们一起走，也可以随后赶上，在南方会合，这样行吗？我伸手碰了一直想碰的，她的白脖子。她撇撇嘴，笑意一掠过去，看我说，你要放弃那些想法，知道吗？从你找我拿木耳，到让我教你做黑白菜，我心里变得一清二楚了。我问，哪些想法？朱秀秀怀哀痛看着我，只能这么形容，她过去伶牙俐齿损尽我八辈祖宗的作风，已在什么时候，随寒冬逝去，一日日变得若隐若现，不再是确定的性格。我低头说，风大，快走吧。她站了一会儿，转头离开。离远看，我第一回发现朱秀秀居然走路内八，也是够古怪的。这发现让我笑得不行，像被人往鼻子里灌进了醋。

秀秀，怀玉，遗书也是信的一种，我最后说给你俩听。怀玉，我不能骗你说，你不是废物。在一百个人眼里，你都是废物，哪怕在你爸眼里，都如此。可你应该还记得牛虻，记得他在琼玛心目中，无论受多少屈辱，都仍是当年的亚瑟，往后的英雄。人的心，是最容易，也最不容易变化的。以你的智力来说，我希望你多听你姐的话，她爱你至深，所有爱你至深的人，都是你一生中可靠的灯照。别信其他，其他你把握不住。秀秀，我爱你。

十

我奶过几分钟就到厨房来,她实不放心,我到底能不能分清,开燃气和闭燃气的开关,是往哪两个方向走。明天到她七十大寿,我说,奶,我没挣下什么钱,也不给人补习了,没能力给你买好东西,当天给你做盘菜吧。我那儿没灶,想在你这儿练练手。我奶说,都行。泡这么些木耳?小盆里的确长满了木耳,她看着直可惜说,一次吃不了这么多,我也知道吃不了,可我就放了这么多。我说,剩下的泡好给你们放冰箱,想着吃啊。我奶歪脑袋寻思,说她好像在哪儿看过,木耳不能泡太久。我说,那就扔了,明天我过来,再泡一点儿。我爷始终听着厨房里的动静,"扔"是家里不能出现的词,一听到扔,我爷就恨不能给轮椅飙车,赶来阻止。他进来后,嚷着不扔不扔,虽然声大,气势已减弱许多,直躲在我奶身后,暗暗和我眼神交会。他还没忘了前一阵我试图卸他轮子的事儿。和全已花白的头发和胡子不同,我爷脸上一对眉毛始终黑而浓密,好像一件他自己也知道唬人的武器,除了拧眉,他也使不上别的回击了。

晚上我去我爸澡堂,想在大日子前洗个澡。路上给我姑去了个电话,讲了齐齐找我的事,我姑说她知道了。她那边听起来挺忙的,和我姑,从小到大的关系每每如此,我俩没话,即便她不忙,也没有话。她倒从没对我怎么不好,如果忽视也是不好的一种，那其实，她罪不至死。我已经好几年没见过她，但总会听到关于她的信儿，就像你即便从不出门，也会听到社会上又发明了什么，人类又突破了什么。我姑在家里，代表着永远的向上和高级。她似乎生来就该被崇拜，什么都做得好，很少被责怪，但我总觉得，看到她的每一次，都使我喉咙卡得更厉害。她修剪成利落短发的脑袋，架在人高马大的骨架上，也戴副眼镜，和电视里那些你清楚与自己永无交集的精英一样，即便她是你姑，你也从不该指望，她会把眼神落在你脸上，当真和你说句心里话。今天我能打电话来，她很意外，更意外我张口就说出了赵齐齐的恶行。小时候每当我和齐齐有矛盾，总由爷爷奶奶来裁决，即便是我打了她的那一次，在我姑进门听说后，她也只是安慰女儿，将齐齐穿着粉秋衣的小身体抱进怀里，说姑娘不难过，姑娘别放在心上。她对我的不责备，让我当时恨透了她。像齐齐不是被自己哥哥打了，而是被石头绊了一跤，被风吹出了感冒。我挺想试试的，这次，她总该跟我说点儿什么。

赵乾啊，她说，我姑始终叫我大名，言谈相当客气。不要总是仇恨你妹妹，她还小。我问，事儿你知道了，作为母亲，打算怎么办？我姑又在和边上其他人说话，再次说她知道，她会处理。我问，你其实一点儿不信，对吧？她说，姑明天回去，和你妹一块儿。到时让她和你道歉，这样好吧？我说，那个女孩怎么办？齐齐拍了人家的裸照。我姑一声叹息，你们啊，就是能闹。她再不说什么，我也无话好说，挂电话前，我最后向她确认，你怀孕了？我姑笑起来，啊，是。

澡堂我很少去，所有让我必须赤诚以待的地方，于我都像地狱。何况这里蒸汽腾腾，进了门，非得脱了精光，再剥层皮，才得离开。我倒是第一回看我爸飞着热汗，跟躺椅上的大哥，眉开眼笑，说受累，咱翻个面儿吧？我长久站在一束水流下，默默被浇，看清我爸所有动作，是既熟练又做不好。他不断被客人要求，没吃饭啊，不舍得使劲儿。每当此时，我爸就吞一口气，力量不为人知，全积蓄到澡巾上，犁地一样去开垦陌生男人的皮肤。落下的灰尘，就是他土地里的收获，不当穿，不当吃，还有点儿叫人恶心。如今我也躺到那张新换了塑料膜的椅子上，趴着，让他先来背部。我爸脱下澡巾，问能不能让他歇歇，今天活儿太多。他到旁边找了个空水龙头，给自己浇。那一刻，他不知道我正起身端详他。我想到的，是记者赵博。想赵博不该出现在这里。他该心怀中央台，惦着利比亚，成为电视里的战地记者，当着万户千家侃侃而谈，没一句磕巴的话。还想起青年赵博在他儿子小时候，对后者信誓旦旦，你爹我，力拔山兮气盖世。不比奥特曼能耐？

澡堂里，瓷砖暗黄，白雾腾空。几乎都是老头儿，都在池子里泡自己，跟泡瑶池似的，幻想益寿延年，更借此逃离现实中种种。我爸冲完水，一鼓作气，搓我的下巴颏、肋骨和大腿。搓着搓着，雾气中问我，还想添点儿服务不？我问有啥，他如数家珍,奶,酒,盐,醋。只有客人想不到,没有老师傅做不到。你又瘦了,咋整的?说着,我爸拍一下他好些年养出来的小肚子,手上缓了缓说,爷们儿,你吃劲儿啊。我说,过去我一百六十斤。我爸说,想不通,咋能减下那些肉的。一直想问你,是不在外地念书那几年,出什么难事了?你总也不说。我向后看他,他没看我,我爸嘴咬开醋包的一角,让我躺平,往下浇开,酸气弥散,到我背上凉凉的。我说,说了有啥意义。他没回答,醋水在他运劲下温柔地包裹着我,从没有过,被他这样柔和去对待。从几岁起,我爸不再抱我,也可能是我主动,先去拒绝了作为父亲的他,每一次笨拙的示好。很长一段时间里,我总恐惧他碰我,看到他的手,会让我神经紧张,毕竟随那只手带起的掌风,曾无数次刮痛我的脸。如今所有我被他清洁着的地方,几乎都没绕过他的揍,绕过他身体力行的教育课。他当时怎么叫我来着,肥猪,大傻儿子?我想起就笑,当他后来再也打不过我,我可以在任何时候想笑就笑。我一笑,他话顿时变得少。

冲冲去吧。他拍我的胳膊,想说记下手牌之类的话,到底没出口,和他并排站在水流里,他的身体,我的身体,两个世界上最大程度相似的灵魂和肉体,永远在面对面时感到尴尬。洗好后,我穿好衣服在外头抽烟等他,他以为我已先走,门帘挑开后看见我,下意识也惊讶地笑。给他递烟过去,他看看烟标,问我,不抽点儿好的?我说,不抽给我。他利落地点上火。借门里一点热乎气儿,我俩僵站在澡堂外头,谁也不知道有什么理由,要让彼此在冰天雪地里双双抽完沉默一颗烟。想起来,我问他一嘴,当年你俩离婚,谁先提的?他低头跺脚,不关你事儿。我说,我妈要走了,你知道吧。我爸不信,逗呢,她走得了?我扔掉烟头,给他把车推来,看我爸踩上去,将他泡皱了的两手,前后塞进都已破了棉的手套中。踩了踩车链子,他回身嘱咐我,你也干干正事儿吧。就我跟你说的普通话考试,抓紧。趁我还在岗,给你安排进台里完事儿。我直乐,逗呢?他剜我一眼,骂,小白眼儿狼。明天你奶生日,早点儿过来。说完,蹬车子,他蹬远了。

十一

一桌菜都是黑色,我炒的那盘黑白菜,摆在外围,见点儿鲜亮。在我姑带齐齐也入席后,一家人终于少有地团聚,除了我妈不在,可谁也不觉得多遗憾。我奶刚说完她那句代表性的祝酒,美味佳肴,家庭氛围是多么重要啊!重音勾在多么上,抑扬顿挫,定下基调。我爸起身,将放在桌下的寿桃蛋糕拿到厨房去,打算等晚饭吃完,再切它。我奶张罗大家动筷,眼神扫到黑白菜上,咧嘴说,这菜,乾乾做的,咱们今天都多吃,多猛攻它。我说,做得不好,但比较用心。我爸先起筷子,我从没觉得，时间可以这么漫长，一块普普通通的木耳，在他筷头上，被我想象成秤砣，两根木头又如何夹得住，如何能被安稳放进嘴里，滑到胃中？我想克制自己发抖的手，想在他放进嘴的前一刻，抢一句我的祝酒词，或任何能打断他的话。可我还是闭上了眼睛。门铃在响。睁开眼，我爸起身到对讲机前，问对方是谁。听不清答语，他也开了门。门开后，朱秀秀站在那儿。

她手里拎了两盒红通通的保健品，说从自己单位拿的，不成心意，今天贸然来，是想认个门儿。我的家人们，全都不知所措地或站起，或僵着表情，看待这如同天外来客的少女，是如何自来熟地，笑着问这个问那个，问，还有凳子不？凳子搬来，她插空坐去我边儿上。我看着朱秀秀，一看到她的眼睛，我就清楚了，她已经找着了我留的信，那封被我在今天出门前打印好，夹在《牛虻》里的信《牛虻》那一页中，应景写着亚瑟赴刑场前，留给爱人琼玛的话：在你还是一个难看的小姑娘时，我就爱你了。那时你穿着方格花布连衣裙，系着一块皱巴巴的围脖，扎着一根辫子拖在背后。琼玛，我仍然爱你。

朱秀秀总也坐不住，站起来，她拿我的酒杯，先敬我奶。这是奶奶吧？她看向我问，多少不好意思，跟着自我介绍，我叫朱秀秀，叫秀秀就行。我是赵乾对象，今天您过寿，来祝寿星生日快乐。我奶忙不迭跟着站，捧酒杯相碰，姑娘，你真是吗？大家都笑。朱秀秀说，奶，我真是啊，和赵乾，我俩都好多久了。他您还不知道，老藏着不说，今天算他长心，刚才临嘱咐我，也来参加生日呗。我才下了班，寻思没啥带的，拿了点儿壮骨粉和维生素过来，想您和我爷岁数大了，保养自个儿总没有错。我爷想跟着碰杯，有点儿踌躇，憋着不动。只见朱秀秀和我奶一人造了半盅白酒，都客气个没完。我不知道该说什么，朱秀秀带来的寒风，让我从刚刚灼热的呼吸中，暂时解脱，却又晕个不行。我爸在底下捅咕我，小子，行啊。我嗯一声，也喝了半盅。赵齐齐咯咯笑，不住打量朱秀秀。朱秀秀注意到了，隔远跟赵齐齐摆摆手，一副待小孩子的和蔼与包容，向我确认，这是妹妹吧？妹啊，老听赵乾说起你，说你学习可好，可聪明。我不信地看向朱秀秀，她还是我认识的那个没好脸儿的朱秀秀吗？来前她还化了妆，没醉脸上就有两块红，画得跟中国娃娃似的，透着喜庆和热乎。像她从来就这么待人接物的，嘴常咧着，不会觉得累。

我爸去和朱秀秀攀话，姑娘，我是赵乾父亲。朱秀秀和我爸跟去一杯，我爸被她吓着，姑娘，不急喝，先捋捋情况。他踹我，快点儿，你介绍介绍。我闷声说，这我对象，在药店上班，处两月了。我爸摸着他的秃瓢，跟朱秀秀讲，你看叔也没准备。朱秀秀嘴倒是快，爸，不用准备，我们小辈儿的，不给你们添麻烦就行啊。我插话，没到这步，真没到。朱秀秀笑着，赵乾，都是自己家人，你老装啥玩意儿。咱俩的事儿，你就一点儿没透风？众人再齐齐看我，像我和朱秀秀已该生米成熟饭、已该领证，更该在外有了个孩子。我没比其他人更能摸得清状况，只好说,你来讲。朱秀秀简直英姿飒爽,敬完我奶敬我爷,敬我爸,还敬我姑。姑,你就是姑吧?赵乾最佩服你,说你在上海,老大能耐,有文化,有水平,对他也是没说的,纯纯教诲,不遗余力。赵齐齐说,谆谆,是谆谆。我瞪她,还是应该药死她。朱秀秀给我一下子,斜楞人孩子干啥?妹说得对,嫂子我,是没大文化,但心里热乎。看到你们这家人,我就知道,赵乾所言非虚。再找不着这么相亲相爱的一家了。我一口酒好悬没反出来,拽她一把,坐下吧,倒霉娘们儿,话咋寻思说的呢。

但我也被她怄笑,这种感受前所未有,和设想中看见所有人都死我跟前的震撼,是相差不多。当所有人都怀着,小子,能耐啊,这样的眼神问候过来,酒也让人格外上头。我不敢再看朱秀秀一眼,怕这不过是死后的梦。朱秀秀又张罗吃蛋糕,看到桌上这么满,她自言自语,得找个地儿放啊,蛋糕呢?我说,有,厨房。她端起我那盘黑白菜,问厨房搁哪儿。所有人都指给她,姑娘,身后就是。我跟她一起到厨房,见朱秀秀以迅雷之势,将我做的菜倒进了垃圾桶。我揉她一把,还想给她一巴掌,我通红眼了,可我知道无论如何,自己也下不去这一巴掌。朱秀秀凛然说,身后可没有子弹等着你。你不是注定上刑场的牛虻,知道吧?我反问,拿你自己当救世主了呗?她说,不和你辩,现在不辩。说完,她像发现新大陆似的发现了厨房里的蛋糕,啊呜一声叫,惹所有人都急着问,赵乾把你咋了?朱秀秀笑嘻嘻地捧出蛋糕,问,为啥不先唱个生日歌,点蜡烛,许愿呢? 我再没理她,独自在厨房站着。听外头桌上,大家跟都被下了催眠似的,照朱秀秀吆喝的做。他们拆开了蛋糕外盒,在寿桃周围插下蜡烛,我爸关了灯,好些声部齐着唱起生日歌,由朱秀秀领唱:祝你生日快乐,快乐快乐,多快乐。她还加词,是加了我没能加入的词。片刻静默后,掌声稀落。再片刻,我猴子捞月似的想抓起垃圾里的木耳和白菜,徒劳无功,再也抓不出一盘菜。

全喝多了,除了在沙发看电视的,后来小猪似的打起呼噜的赵齐齐,当我再回到饭桌时,看到朱秀秀趴在我爷轮椅上,露半只眼,对我贼笑说,她现在可以回家了。我爷嫌弃得不行,赵乾,快给送走。我搀她走,除了近距离看我的朱秀秀,没人注意到我脸上泪痕新一重,旧一重,哭得眼泡都肿。走出楼房,我俩和还守在窗口看着,一头银发的我奶挥手。我奶喊,吃得咋样? 朱秀秀喊,没治了! 她靠在我肩上,我俩在路灯下坐下片刻。问她,朱怀玉在哪儿呢? 她说,家,准备高考。我说,替我告诉他,放弃数学和英语听力,多背几篇英语范文。她说记下了。我说,好容易准备的菜,就被你这么倒了。她说,我倒了,有谁说了什么吗? 我点头,是,没人在乎。朱秀秀转脸一笑,轻声说,那你干吗去在乎? 眼前车流和人影都很匆匆,这是第一次有异性靠在我肩膀上,只要靠上,顿觉自己软弱了。软弱,很软弱,我是死过一回的小鬼儿。

十二

往后的事,一半在我们设想的美好之中,一半没在,没在的一半,倒像是成全了前头。即我和朱秀秀一块儿去了南方,朱怀玉也顺利地被朱叔和我妈带走,飞到更远的佛山去生活。我已和家里断掉所有联系,似乎合该如此,也是最好的结局。朱秀秀进了杭州一家电子厂,我则进了一所教育机构,我俩活得都不累。每晚回到小出租屋,做饭,看电视,攒钱,计划旅行,日子泡进了令人昏昏欲睡的节奏中。有时晚上醒来,借月光看她,我会忍不住笑。我总想到那晚我奶过七十大寿,她作为一级演员表现出来的样子。毕竟那晚过去后,朱秀秀仍我行我素。当我有时加班回来晚了,她会温柔问候道,还没死呢。

又到一年年底,没考上任何大学的朱怀玉,早给我们来了信儿,说朱叔拧不过他,准备放他从厂里出去,念专门的佛学院。他希望有朝一日,能走进个收容自己的山门,过上真正想过的日子。他学会了发微信和上网,常在网上的社交平台发广告:朱怀玉,男,无不良嗜好,诚征好友。男女不限,贫富、智力不限。我看了和朱秀秀说,你弟还是应该出家。朱秀秀端着一锅没咋热透的紫菜蛋汤,甩狗似的甩给我,说,吃堵不上你嘴。你少影响我弟。朱秀秀和我,渐渐像找着了自己落生来就该留下的荒岛,再多一人就足够,岛上我两人伴随,无须计较男女,贫富,和智力。我已经攒了些钱,辅导了几个家里殷实的高考生，此刻便可以拍胸脯应承她，也应承朱怀玉，北方咱都待够了。什么雪啊，烟花啊，该看看往前没见过的景儿。朱秀秀咬了一嘴紫菜，黑黢黢地，抬眼瞧我，比如？我说，比如大海。她稍纵即逝笑了，我也呼出一口气，说知道，你想看大海。她说，没见过，听我爸讲过。他现在住的地方，离海不远，螃蟹二十买四个。我说，小螃蟹吧，指定没肉。她说，有肉没肉，那是海，是蟹。你咋知道是小螃蟹？我说，我妈学了，那点儿玩意，还不够她塞牙的。

可我还会做噩梦，还会在半夜或什么时候，感到喉咙塞得厉害。我坚持不去医院，朱秀秀这点最好，她从不勉强我，只嘱咐我勤刷牙，多喝水。所有让你感到不舒服的事，解不解决都看自己，不要去影响别人，这样就可以。她有她的善解人意。毕竟在我俩最困难的时候，冰箱里也从没短过碳酸汽水，在我腿疼的时候，她也会边看电视剧，边给我按。有时看到她心潮澎湃了，手下力道也没准，但我受用，疼也是生命的体验。在梦里，关于腿被打折，关于叫我忍耐，关于我爸的掌风，我姑的忽略，当然，还有那个小猪娃娃，赵齐齐的嘲讽，从未消失过，但越来越像一团风。梦里总是颠三倒四吹过去，吹得我于昏睡中也知道，吹风又能把人吹怎么样？可我永远不会说，那都过去了。在接下来的十一月份，在和朱怀玉约定好到三亚去见面的飞机上，好容易等着两张打折机票的我和朱秀秀，于起飞前漫长的等待中，开展了一次关乎未来的对话。

朱秀秀第一次坐飞机，看什么都新鲜，什么又都不敢露出觉着新鲜的样子，怕被看低。我替她拉起窗边的遮光板，扣好安全带。她眨着一双单眼皮看了看我，说，我妈也是一辈子没坐过飞机。我说，你还不到一辈子。她低头笑，是，我没到。我说，秀秀，对不起，我不敢结婚。她问，咋了你？我说，一坐飞机，我就想到坠机。我看了太多灾难电影。她说，想点儿好事吧。我说，想了，更不敢想。空姐来提醒说，飞机可能晚点，我们有各种饮料，二位选什么？看着推在过道里的饮品车，我不用选择，要可乐。空姐给倒了一杯，我接来，问朱秀秀要什么。她跟空姐说，一瓶啤酒，你搁这儿就行，别倒了。我压下朱秀秀的胳膊，和人家说，一杯水，谢谢。朱秀秀不可置信看着走了的空姐和车，问我，凭啥不给，不各种饮料吗？我后来无数次觉得她可爱，她可爱不自知。朱秀秀也有点儿不好意思，啜着纸杯里的水，说，别这么看我。我说，秀秀，我愿意和你永远这样。我不会是个好父亲，所以我们别要孩子了。我把你当女儿养，行吗？她喝着水，乐了。她坐着总是挪来挪去，座椅始终不能调到叫她舒服的角度上，掰狠了，被后头人踢了一脚。解开安全带，我起身看后头，后座是个戴眼镜的胖子，和我过去模样差不多。我没说什么，只是笑了一下。胖子却立时转过脸去。快起飞了，朱秀秀忍不住偷摸在我耳边说，你笑就像马加爵，不好看。但是你笑吧，真管用。

没让朱怀玉去机场接我俩，所有难为他的事儿我和他姐都不做，坐车到了朱怀玉住下的酒店，我们敲响他的门。现在不是旺季，这间离海不远的酒店价钱不高，朱怀玉已提前住了两天，给我仨开好一个套房。我和朱秀秀睡里头，朱怀玉在外，这样也不影响他每到钟点就得进行的，念佛和打坐。房间里檀烟袅袅，朱怀玉现在蓄了胡子，虽说视频里也见过他这样，再见到，还是吓我一跳，不敢以姐夫身份对他吆五喝六，怀疑他已在哪儿得了道，有了真神通。可朱怀玉还是朱怀玉，还会在给他姐一个僵硬的拥抱后，隔出几步，对我作揖，赵老师。我脱口而出，免礼。朱秀秀骂骂咧咧，边摆弄房间里所有设施，边回身瞪我俩，少丢人吧都。

先前自己来南方，我已见过海，再见到海，还是深深知道，这是不属于我基因里的，异世界的美梦。海滩上人不多，但跑跳着的青年男女，无不让你觉得，他们是真该生活在这儿，享受其中的人。椰林树影，金沙滩，蓝海岸，恍惚中我看到小时候在奶奶家看到的，房间里的塑料贴画，重现眼前。当时何敢料想，有朝一日，我身畔也会有一个姑娘，虽然朱秀秀看不上那些穿比基尼的女郎，只肯穿连体的深色游泳服，可当她走在我躺椅前头，不留神舒展下身体时，还是叫我万分得意。屁股和腰，都是我的，今天明天，都是我的。至于一个女人的子宫和来生，说穿了，我没半点儿兴趣。我深知自己不会做得好，如我深知自己在东北的最后一年，是如何度过去的，对于往后，便看得更清楚。海滩上放着旁边旅客带来的音响旋律，是首英文歌,朱秀秀受教育有限,朱怀玉受教育白费,那么惭愧惭愧,也只有我能懂,虽然我一样叫不清歌手是哪国人,歌属于哪种流派,但就如那年冬天,我们仨在一起看到的,视野有限的天空和烟花,何用相识?相识就是旧相识。

I want to know,

have you ever seen the rain?

……

I want to know,

have you ever seen the rain coming down on a sunny day?

我不相信谁都看过,谁都经历过。人的心,是最容易,也是最不容易变化的。

朱怀玉沾了满身沙子走来,我第一次看到他几乎裸体,想给自己眼睛戳瞎了。闭眼再睁开,身边如此真实,还真是金黄沙滩,碧蓝大海,三人都躺在白色沙滩椅上。我突然想阔气一把,跟朱秀秀商量,叫生猛海鲜来吃,叫顶级厨子给咱做。我已能想到,大个儿的蟹钳肉入口,是什么滋味。朱秀秀揶揄我,啥都吃,不怕有人给你下毒啊?知道来龙去脉的他俩,对着笑我。我只敢拧朱怀玉的肥脸说,非亲非故,下什么毒?他居然还笑,还能甩脱我手,奋力奔远,挑衅我去追。我当然追,差啥不追。一个瘸子去追一个胖子,对彼此来说,都是痛苦,也都是锻炼。

百花杀

十五岁时

她想当美术老师嘴里的

服装设计师

设计出花样翻新的女装

给商场里一个个体形袅娜的塑料模特

花枝招展地罩上

……

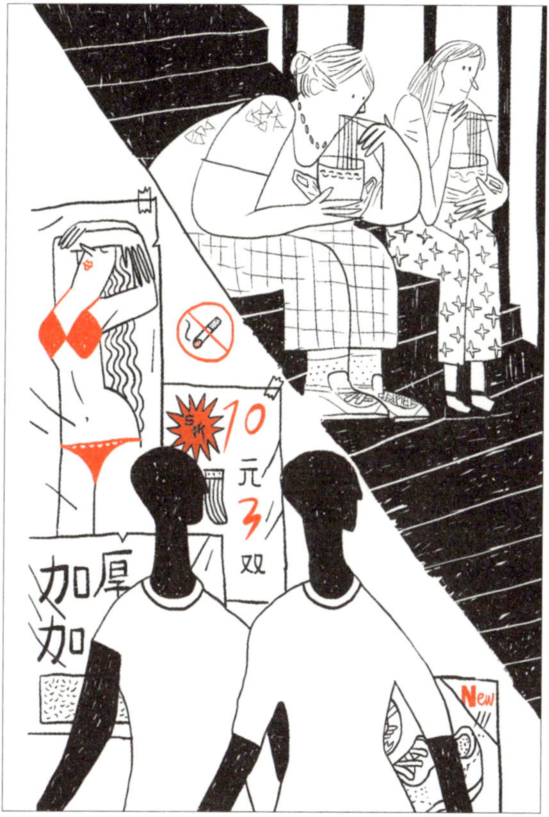
加厚
加加
10元3双
New

一

所谓进口小牛皮的黑钱夹捏在两根手指间，被徐英飞镖似的瞄着，准备往顾秀华后脑上摔。从徐英店里出来，把左第一家就是顾秀华的店，摔是一定能摔上的，就是值不值得摔，徐英还在酝酿。此刻顾秀华在一片塑料珠帘后坐着，背对她，瓜子一个接一个送口，有条不紊地嗑着，边嗑边唱，我在仰望，月亮之上，有多少梦想在自由地飞翔。徐英放下皮夹，思考摔出去后，事态怎么发展。如果只是吵架，顾秀华和她半斤八两，谁也得不着便宜；如果打起来，顾秀华目测一百五十斤往上，坐死她都轻易。徐英这时想要是赵庆在就好了，哪怕身边再多个女的呢，两张嘴也比一张嘴会骂人，两盆水也比一盆水泼得狠。她想往顾秀华头上浇盆尿，那才解气，该用脏东西来侮辱脏东西，何用小牛皮？回到店里，她将皮夹搁回货架上，也将墙上贴的，写有"概不议价"的纸，捋得更平顺点儿。

事虽不大，一旦想起，还是让人憋气。憋气很可怕，因它会向两个背道而驰的方向走，是该让烦恼的气球慢慢放气，还是慢慢打气，看它最后破裂？发展不同，决定一段关系走向不同。亲疏仇恨，往往也只落定在小事上，小事又怕积攒。徐英心里给顾秀华数着，加上今天这件，两三年中，对方下绊子，没十回也有八回，她已算得上仁至义尽。今早开门没多久，顾秀华就抢了她一个客，在徐英已将价格咬定，即将攻破一个买货大哥的心理防线时,顾秀华站她家门口喊,多瞧瞧,多看看,咱家有各式腰带、钱包、卡扣,品种齐全,童叟无欺。刚开门,不图挣钱,图打响第一枪的,来就有优惠。这话果然怂恿得大哥走了,再没转回来,才有徐英拿起已准备包上了的钱夹,心底恨透了的一股劲儿。论岁数,她该管顾秀华叫声姨,再不济,叫声姐妹儿,现在她却只想叫对方灾星。灾星,克死自己男人还不算,谁买卖好你眼红谁,一层楼里,几十户店面,总往外标榜你是老人儿,十年前就在这儿扎营,关键十年来交下谁了?谁你也没交下。连中午吃饭,集体订麻辣烫,都没人替你取一回,哪回不是自己开张,自己收摊,谁亲近你一刻?徐英是三年前才来到百花园市场的,因人年轻,紧跟时尚,说话也八面玲珑,不得罪主顾,渐渐整座市场里,属徐英精品屋的买卖最好。好些回头客来,不为买货,也为和她聊会儿天。徐英向来指导自己,不气,不至于,身在高位,要能容人。今天她则想,关键你是个人吗顾秀华?

坏就坏在憋气时候,眼前正巧来个靶子。靶子是个四十来岁大姐,一上午往徐英家溜达几趟了,一百二的皮夹,讲到八十愣不买。大姐手在皮夹上摩挲来摩挲去,眼神既试探,又可怜巴巴,你差啥少那十块钱啊,七十我就拿了。徐英说,真来不了,没那个价儿。七十我上的,你给七十,我风里雨里,赚啥了姐妹儿。也不用堵门,店小,后头人都进不来了,不怕比较,出去你再转转,看谁家还能有我这个品质,啊?说完徐英手拿把掐，继续应付新的客人。一上午，效益不理想，卖出八个，净收益就一百，让徐英觉得，不够费唾沫的。但话说回来，别的她又能干啥？啥不要本钱，不要帮衬？就是在眼前这个有窝有棚的地方，她都常忙得脚打后脑勺，恨自己不是三头六臂，心思赶不上嘴快。看一集剧的工夫，大姐转回来了，徐英笑脸盈盈，回来了姐？你要说就相中这个，咱研究研究，完事了呗？大姐手上却已提了个塑料袋，打眼一瞅，里头也是个皮夹，和徐英卖的款式大差不差。她冷笑，买完了这是，花多钱？六十五啊，是不在我一拐弯儿那家买的？大姐不置可否，继续摩挲刚才她相中了的徐英家的皮夹子。徐英想，你再给我摸出包浆来。她让大姐也别摸了，两个货，拿桌面上比比，咱家卖的广州货，她家卖是啥啊姐？大姐嘀咕，看也没差多些。徐英笑，都是同行，我不能诋毁人家。但是姐，她家东西你用用就知道。夏天，就你买这个包，徐英拿过大姐刚买的货，经手掂量，不给你晒个双眼爆皮，算我眼瞎。冬天，得给你冻得跟个橛子似的，拉锁你都拉不开。大姐没讲话，半晌说你让我再摸摸。徐英心里有了底，摸呗，越摸你越犯合计。大姐摸来摸去，确认徐英说的是真，两者比较，她是图便宜，买了个次货。大姐探问徐英，你说她能给我退不？徐英说，退不了，退你还打仗生气，吵吵把火，给你退啥？那人脾气老不好了，咱都知根知底儿的。大姐露出一副那可坏了的表情，没想到精细精细，还是吃了亏。徐英给她支招儿说，这样姐，要说你就是相中老妹儿家这东西了,价钱不妥,咱就研究价儿。可你也别出去上那个当了。咋,真想退啊?徐英眼珠滴溜转,说,退也有招儿,不能说是老妹儿教的。大姐拍胸脯,你就教吧,我不能卖你。徐英在椅子上盘住腿,小声招呼对方离近点儿,推心置腹道,就说,是给你家孩子买的,孩子看了不可心,又作又闹,小活祖宗。你要不给我退呢,我找商管去。大姐连声嗯嗯,掀门帘走了,徐英也不留,买卖成与不成,已无所谓,你一尺我一丈,解了气再说。

百花园市场,过去总是摩肩接踵,客人有时都像高峰期堵上的车,错不开身,挪不动步。到工作日还能见缓儿,那时徐英也有心情和人讲价,磨磨嘴皮,全作训练。但凡到年节,真是爱买不买,送客的话常挂嘴边,那啥,你再溜达溜达。今年则不知怎么,商场风云突变,客流锐减,往常七进七出的客人,今年就像诸葛亮得凭折寿才求来的一场风,成交都在侥幸。2014年的春天,徐英和顾秀华彻底较开了劲,俩人都从一样的地方上货,找一样的款式打版,你卖啥我卖啥,你降十块我降十五;你送客,我招呼,双双成全了买方市场,彼此却是,伤一千损八百。不如此,各家也没竞争意识,以为生意永远是此起彼伏,千秋万代,不想算计,不想怎么去经营。当秋风一吹,百花都见枯萎,人也真上了战场,别人再从自己碗里夹块儿肉走,跟从自己身上割块儿肉一般,轻而易举,互相结出了血海深仇。于是,当徐英气定神闲看手机里一部台湾偶像剧的时候,顾秀华如预料中的,风风火火,掀开徐英家帘儿,因体型庞大，将门全给挡住了。顾秀华直截了当，问徐英打算怎么着。商管，商管啥都管，包括不正当竞争。边上几家店里小姐妹儿全来劝解，劝解多是观战，毕竟都久没见热闹了。当徐英只是换一只腿去跷，抬手指上顾秀华的鼻子说，打算不打算的，你先挑衅的。话刚落地，顾秀华便上前扯住徐英头发，徐英力气不赶对方，唯有猛去踹顾秀华穿了瘦腿神器因而单薄的下肢，往脚腕踹，对方就软了。徐英简直骑着顾秀华，后者则不断向上耸动，最后一耸，将徐英顶上货架，东西乱七八糟摔了一地。几个小姐妹这才敢上前看。刚拉起徐英，她便往顾秀华得胜了的后背上啐出唾沫，后者往背上抹抹，回一嘴说，有你，没我。

二

徐英自此和顾秀华斗下去，起初她也合计，是不是非斗不可？楼里这么多间买卖，都竞争，可谁也没说要和谁往死了结仇，只有她俩，是人人心照不宣，势成水火。在顾秀华当众抛下了那句"有你，没我"后，仇论理不是徐英奠定下的。徐英反复去想那天顾秀华把自己顶上货架后，东西从她头上往下落的声音。她后来抹着眼泪，一一把它们放回原处，这过程里有关破坏的记忆在反复加深，她记性好，更觉不公平，凭什么是她的摊子被打成了烂摊子，还要她来收拾烂摊子？那时候，顾秀华在哪儿？后者大约继续嗑瓜子，唱没唱完的歌，复了仇的人儿快活地坐在月亮之上，梦想当然在自由地飞翔。重点不在梦想，而想怎么干就怎么干的自由，顾秀华那天已实现。

仇既已结，往下就得循环，循环讲究果报，顾秀华种下的果，徐英心心念念，她还没有报。当然了，自己吃过一次亏，知道不能再在拳脚上和对方斗一斗，徐英想，顾秀华最在乎什么呢？知己知彼，百战百胜，她得在顾秀华最脆弱的肋骨上下脚，就如对方，仗着身体优势往她的肋骨上狠踹的那一脚。答案不难找，顾秀华在乎钱，顾秀华为什么这么在乎钱，在和别的小姐妹儿的聊天中，徐英对顾秀华的生活一清二楚。知道对方如今一人儿带儿子在过。儿子在八中上学，到夏天高考。顾秀华把所有希望都寄托在儿子身上，给儿子和自己投掷进同等的压力，即儿子好好念，她来好好挣，俩人齐头并进，致力改变家族命运。徐英不想祸祸别人下一代，仇没深那份儿上，拢共，她也就见过顾秀华儿子两回。一回学校下午没课，顾秀华儿子来了，穿校服，人精瘦，戴一副"厚瓶底儿"，嘴唇上一圈黑胡子，坐在女装底下吃顾秀华给他叫的鱼丸米线，闷头，吸溜吸溜的。二回见，是顾秀华有事儿不在店，赶上寒假，儿子背书包来给妈妈看摊儿。那回光一上午，徐英就以杀疯了的架势抢下顾秀华约莫十个客。但凡有客走进顾秀华的店，徐英就站到门口招呼，她家没人，来我家呗，我家今天搞活动，来你就合适。姐妹儿，来来，你在我家买过，回头客你不记得我记得你。上回你买完，回头我还说呢，啥人啥穿戴，就没见谁比你用这东西，再合适的。徐英那股亲热劲儿自不必提，挤眉弄眼加拱嘴，嗔怪显得亲热，和女的就这套话术，愣夸也是夸，夸人就能吸引人。和男的她更有招法，细腰往外一拧，不说话，干笑眨巴眼，大哥大叔就一个个地往她家来了。对门卖文胸内衣的小文，也来凑热闹，到徐英耳边说，英姐，这给你力气卖的，不知道寻思你干过啥呢。徐英收钱之余，瞪她一眼，还带笑，妹啊，别人爱咋想咋想吧。其实服务业都相通，都是伺候人，她再压压声音，说，高低都忽悠人。

顾秀华儿子当然不会忽悠，青春期，连和生人打照面都显怵，不是徐英对手。等顾秀华忙完回来，徐英把店里音响啥的都关一关，静气，听声儿。果然没多会儿，就传来不远处骂骂咧咧的动静。小孩儿也不会学话，可能他都不明白是被人家抢了客，徐英听了半天妈训儿子，再往后，就只听着顾秀华招呼儿子回来的喊声了。儿子到底没回来。顾秀华追他到了电梯口，看儿子后背上挂着没拉好拉链的书包，跟个垂头丧气的茄子一样，正跟着电梯下行，消失在了弱肉强食大森林。

当晚徐英回家，和在水站工作，给人扛了一天桶的男友赵庆，叙述当天胜绩。一人六瓶老雪，就着徐英从百花园地下买回的烧鸡，两碗酿皮，直聊到午夜。说到眼下终于吐出一口气，徐英含泪，想起一路来更多的艰辛，絮絮叨叨，从桌上这只吃剩到骨头的烧鸡,说到小时候多久才能吃上一顿荤,为往后能顿顿吃上荤,前后付出多少,可收获从不公平。她今天从顾秀华儿子那儿抢来了生意,是胜利,也带点儿悲凉。只有她知道,当几次掀开门帘,看到转弯处的男孩儿,是如何惊慌的表情:他看看书,再看外头,看着从他面前经过的,不能留住的客人。一切无不让徐英想起了自己成长岁月中,那些极为努力,又归于挫败的时刻。那年我才十五。徐英拿筷子敲桌,仿佛给经过了的人生敲鼓点儿壮势。我也文静,不爱说话。大庆,你能想到我那样吗?赵庆喝得醉眼迷离,本就眼袋明显的一张脸,五官都跟着虚浮。人累了一天,此刻不是挠头顶,就是挠肚皮,他在不在听,徐英并不能判断。她继续说,爸妈都是卖货的,先后下了岗。那时还不算个体,算打游击,走街串巷。卖点儿爆米花了,卖点儿煮苞米了,就这种。后来算稳定了,固定在一个路口卖盒饭。我第一回上街卖盒饭,卖啥我还记忆犹新,西红柿炒鸡蛋,配米饭,配萝卜丝咸菜。卖的东西没问题,问题我张不开嘴,喊不出价儿来。赵庆不信,你还能张不开嘴?徐英笑,其实骨子里张不开。我爸妈你见过,都老实巴交的,倒不逼着我卖东西,是他们也知道没办法了,知道学习上,我不是那块料,才默认我也干和他们一样的事。一上课我就爱画画,画各式各样的衣服。美术老师挺喜欢我,说我有点儿什么来着,设计天才。班主任看不上我,让我能学学,不能学回家,别浪费我爸妈苦天扒地,挣的两个卖苞米钱。赵庆问,当众说的?徐英点头,当众啊。还当众展览我的画呢。我脸红极了,哭着跑出教室,直跑上大马路,隔几米远,就看到我爸妈卖盒饭的摊儿。他俩吆喝得跟领导讲话似的,平铺直叙,照着念稿:盒饭,六毛,盒饭,顶饱。话到此,眼泪流了不止一阵,徐英托着下巴颏,凝望对面的赵庆。在许多个时刻,她心中都怀有和少女时代一样,好高骛远的指望。十五岁时,她想当美术老师嘴里的服装设计师,设计出花样翻新的女装,给商场里一个个体形袅娜的塑料模特,花枝招展地罩上;还希望有个斗志昂扬的男孩,能在她偶尔挫败时,递上一角干净熨帖的格手绢。给你,别再哭了。他脸上将显出最温柔的光辉,附带最有教养的微笑,永远等待徐英,期待徐英,来日精神抖擞,定会一鸣惊人。当时赵庆只是捏响所有啤酒的空瓶,仰脖,摇出幸存的几滴答,全晃悠进他大张的嘴巴里。

  徐英醉后,天然想到,人生本没仇敌。赵庆给她盖上被子,留她在夜里睁眼睛。女人一晚接一晚,算的都是生意经。眼瞅过年了,百花园也不见上人儿,周围店铺的生意,一家比一家惨淡。要说现在大势就为让人黄摊子,那些空下来的档口,去干什么呢?美发,饭店?现在也就这些生意好,似乎不受影响。许是现在的人,都爱娇惯自己吧。偎到赵庆肩膀上的徐英,狠亲男人两口,想出了客流量减少的原因。你们不就怕讲价吗?愿意上网买,又账号又网银的,更费事。就不愿货比三家,锻炼下自己的口齿和智力?早晚,她打下哈欠来了,谁还不得受个锻炼啊。

三

徐英给赵庆打了三十来个电话,一直没打通。她魂不守舍地坐在几摞衣服包里,没精神装货。她想赶紧把店关了,追到赵庆工作的水站,问问别人,不是从昨天和前天开始问,是从上个月开始,问,到底是什么拿住了赵庆的魂儿?让他在回到和徐英的出租屋后一言不发,上床就睡,再不肯跟她吃上一顿饭,唠超过十个字的嗑儿。徐英一单生意都不想做,有人进店,她也盯着手机,头也不抬地回答说,没有,找不着了。去溜达溜达吧。要是来人非让她出个价,她就指指墙上贴的纸,不商量啊,姐妹儿,今天不商量。一时的懈怠很快形成一时的对照,顾秀华家顾客盈门,徐英能清楚听到顾秀华的大嗓门儿,伴着爽朗的笑声,连绵不绝,和总也打不通的电话里那个女声一样,可恶至极。您好,您拨打的电话暂时无人接听……她俩的动静都属一门,属于将人心放在火上煎的外语。

忙到中午,主顾们也得吃饭,饭点儿通常能有半小时休息。顾秀华拿着盒饭,打徐英家门口过,刻意逗留,跟对门小文讨论说,今天这盒饭吃着可香啊。咋不香?肉管够,饭管够,啥都够够的,绝对富裕。顾秀华说着,使筷子反复挑拣盒里几块猪肉，干瞪详不进嘴，香味透过珠帘，飘进徐英鼻子里。小文平时和徐英关系更近，但她属于谁也不得罪的性格，何况百花园没几个不怕顾秀华的，全都目睹过她杀伐攻占的样儿，不论是吨位还是资历，对方都属于百花园大姐大，威名播撒在外。敬而远之是一贯政策，如果远做不到，就先可敬着来。小文边吃，边给徐英使眼色，今天对方就像台失了灵的机器，干坐着不运行，连盘好的头发都松下了，垂几绺，和头一块儿往下低。小文向顾秀华说，姐，油水你是吃够了。顾秀华一屁股坐进小文家的椅子里，满屏满眼，是号码齐全的文胸和秋裤。她将猪肉块儿大嚼进嘴，咽下汩汩油水，说，真香。你说，为啥今天肉能这么香？小文笑笑没说话。徐英不多时挑开小文家门帘，她眼周红晕一圈，嘴也哆嗦，指住顾秀华鼻子，问候对方妈妈和妈妈的生活方式。

说完不等对方反应，徐英脑子里早总结过几十回的应战方式，一一出现眼前。对方笨重，得用灵敏占先，攻其不备，再狠攻其薄弱。徐英就像只发疯的野猫，一腾，将自己挂在顾秀华身上，咬住顾秀华耳垂，一嘴油味儿，可她就像咬住了顾秀华咬住的肥肉一样，想象那是溢出的油水，狠心往牙下使劲咬。顾秀华直惨叫，两腿乱蹬，蹬不着徐英的身体。徐英知道早晚挂不住的，会被顾秀华甩下，便被往死里挠。她只剩一个指望，就是抓花顾秀华的脸。为此她半年都没做美甲了，怕养出不带锋的指甲，总是隔一阵就用指甲刀做最简单的修理，棱角都保全，为给仇家留好，为等此时此刻。顾秀华脸上血道淋漓，吃痛让人力气更大，再一甩，给徐英摔到了墙上，文胸、内裤落满四周，一切和上回打架一样，殊途落在了同归的模式上。徐英咬着牙等待，看顾秀华扭头向自己扑来。没人敢扔下手里的盒饭，去拦截这猛兽的动作，小文，小文魂儿都飞了，倒是一直在叫，别打啊，这是我家。谁理她。顾秀华一巴掌一巴掌扇徐英的脸，后者闭上眼睛，想象是赵庆在扇自己，边扇他还边说，求你了，明白点儿事吧。这日子我不过了，我不要了。我永远也不可能和你一起卖针头线脑，拿讲价哄人当生存手艺。我天地大着呢，送水？送水是我敷衍你们呢，孙子。高楼总有高起点，软饭总有软跳板，爷爷我终于攀上，吃上了，嘿嘿！

徐英肿着脸坐在一堆内衣里，看顾秀华在面前，也挂了满脸的彩，哭腔带喘，望向自己。2015年，春节刚过，百花园里一片喧闹，客人们一进市场，不管要来买啥，都会先被里三层外三层的红对联、红灯笼、红鞭炮晕住眼睛。刘德华《恭喜发财》的粤语腔循环往复，催眠每个人的耳朵，让人被动去信，新一年有新一年的期望，而期望总该被实现。天王的声音如此厚实，磁性，每句歌词最后的颤音，都带着发酥的安慰。徐英不知道自己是怎么能在咬紧腮帮的状态下，还把眼泪淌出来的。顾秀华看她的眼神越来越虚。徐英一直在哭，顾秀华一直在看，小文和周围的人都不再说话，很快，保安来了几个，都是大老爷们儿，看待两人更多是讪讪。将徐英搀起来，将顾秀华劝回她的铺面，没人想去深追究。女人间的矛盾，谁能说清楚？毕竟就连女人自己，事后回想，都觉得伤害自己的，可能不是对方。

半小时后，徐英回店里盘算今天的账。开一天门却没开张，现在准备关门了，她该去算生活里其他的账。疼慢慢知觉过来，她想不起来怎么挨着这些疼的了。门关后，看到对面的小文正埋着腰，整理一片狼藉，她心头过意不去。徐英过去跟着对方一起埋腰，一起捡，将衣服都扑棱扑棱，重挂上墙。小文僵着脸，说了句谢。搁平时，徐英都有十几种将僵局打破，管保让小文心里又痛快，又对她没半点儿怨恨的办法。今天她则在打完一架后，心理和身体双重败阵，像回到磕磕绊绊的十五岁，在被自己设计出的对手前，未列阵，先缴了械，感到除了真心，再无其他招法。等她和所有没在杀价之战中取得胜利的女人一样，空虚着走下电梯时，身前身后都空空荡荡。心知肚明，迎接自己的，将是更无望的空落。事情已走向不可逆的结果，不到此，徐英也很难体会，什么叫徐徐下降。不是去坐直梯，陡然从高向下，而是她早就向下走了好一程，人却还在逛景。只看到了自己盆满钵满的赚，看不到山穷水穷的远。

远啊，等好远了，徐英以为，自己还和失散的人挥着手。真有人跟她挥手，边挥边叫。是顾秀华，她站在身后的电梯口前，居高临下望着徐英。徐英也站定了，看到顾秀华身边有两个人，紧着拦，说姐你别再去了。顾秀华说，我不揍她，和她说两句话。好啊，徐英等顾秀华坐扶梯下来，她现在没有斗志，一点儿也打不过顾秀华了，不知道后者还想要什么威风。顾秀华却说，来日方长，你放心，我就耗在这商场，怎么也别想挤走我。不信，以后咱继续试。徐英眼红通通的，点头，挤出个笑，我试试。俩人对峙着看彼此，一方脸上都是血道儿，一方脸上肿了两边。顾秀华却没想到徐英会哭。她露出副看不上徐英这样子的轻蔑相，像当年徐英母亲对她使过的那种表情。徐英问，再没话了吧？顾秀华问，你今天不开门了？徐英说，开个屁。说完转身走，顾秀华追出两步，悄悄问了句，你不是要告我去吧？徐英破涕为笑，没回头，只走她的路。

一眼望去，家里风卷残云，连赵庆平时睡的电褥子，都给卷走了去。自此男人在她的父母前许诺过俩人的后半生，深圳珠海，巴黎夏威夷，种种梦幻，都似电热毯拔下插销后，余热的温，暖手还行，暖不了周身。徐英进门抱着那个，赵庆在公园给她套圈套来的生日礼物，一个玩具狗熊，号哭到没声，晚上则喝醉到吐。翌日醒来，是彻底挨到了彻底，闻见小屋里酸醋似的呕吐味儿。她利落地给自己洗上一遍，屋里拖上一遍，喷掉半瓶廉价香水。将赵庆忘记带走的一只四角裤头，也提住一角，点火烧出心碎的味道。

四

临到六月,街面肃静几分,徐英连日来平静地卖自家的货,不跟顾秀华起冲突,对方一样顾不上她,摊子每天开一上午,到下午风雨不动买菜做饭,做好装进保温桶,于夜色中准时带到灯火通明的教学楼外,等儿子出来,再等儿子和她隔着栅栏,站着吃完尚冒热气的饭菜。顾秀华魁梧的身形,不断变方向站,为给儿子挡走四面八方的寒风。那些时刻,有她无法被徐英想象的温情脉脉。后者曾向小文打听,顾秀华家孩子,成绩到底咋样?小文说,听顾姐学,挺给争脸的,从没跑出过前几名。徐英说,感觉有点儿学傻了。记得那回不,让给他妈看摊儿,看得家里赔钱都不知道。小文附和,傻学呗,不然还能干啥。徐英和她碰肩膀,揪着对方一束麻花小辫儿,意思说,咱俩可不是那样儿人,真万幸啊。

高考连三天,三天里顾秀华没照面,徐英家生意虽一拨一拨的,日子却失去精气神。价钱总是差不多就行,买卖双方对成交与否,都不似过去重视。心思静下来,徐英发现自己其实盼着顾秀华出现,望着日益冷清的商场,常勾起许多怀念,觉得现在和从前是两个世界,不,两个时代了。在来买东西的主顾身上,变化也能见出一二。买货的人里,过去还有不少小年轻,叽叽喳喳的,三五结伴,看着架上的货,不敢和老人一样抬手就摸,就问价。他们哆哆嗦嗦,总等徐英出一个合适的价格，仿佛等法官给个合适的判决，罪未犯下，神态先低人一等。现在都少见了。徐英不知道年轻人纷纷消失在了哪儿，他们的不出现，让徐英再叫不准，市面正流行什么，潮流又席卷在了哪一带。根据电视和手机里出现的新生事物，她几次一锤定音，上了点儿觉得能好卖的新玩意儿：什么胸口绑着鞋带的小半袖了，脚后跟挂着玩偶的花袜子了，到货后摆到最醒目的架子上，却仍只招揽进了，问袜子纯不纯棉、透不透气，能不能十块拿四双的老头老太。徐英常日和小文几个干唠，从对方身上侦查来有限的信息：怎么穿戴打扮，怎么开心活着，作单薄的参照。她渐渐在别人的眼里看出了，自己常怕去确认的一股情绪。泄劲儿，都是泄劲儿。她们都已不是几年前那批，发色几天一变的小姑娘了，凭摇头晃脑就能招来无数飞眼，在城市潮流地标——熙攘的百花园中，当最争奇斗艳的几朵花儿。如今竟都有了干枯相，眼神飞着飞着，飞出小气的味道来。她怕正是这股味道，才让赵庆义无反顾离开了。如今他在哪儿呢？俩人再没联系。徐英犯合计，他是不是真跳上了更高的台面，吃着了更香的软饭，真也硬气了一回，当成了爷爷？想着想着，许多独自醒来的早上，徐英咳嗽出前一夜的酒气，会觉得眼前的屋和即将上班去的摊儿，都浅成了个小水泡。水位持续下降，倒是被太阳晒得够暖和，才让人不忍起身，唯有一再降低期望的水位，想着，能泡上就行。可她身上已有越来越多的地方，被暖水泡不上了，日复一日，又枯，又冷，又浅。

她希望在顾秀华身上能看到和自己一样的对未来的惊恐，怎么也发现不了。徐英怀疑同为女人，顾秀华是通过有意撇除身上的女性特质，来享受这份工作的。看上去，哪怕一辈子在百花园里干到死，顾秀华都甘之如饴。后者并不像别人以为的，那么盼着离开这儿，她也不会和徐英似的，费精神琢磨怎么把买卖做大做强。顾秀华先前每天来百花园上班，感觉和那些公务员来政府上班、程序员在电脑前噼里啪啦敲键盘没区别。从某个角度看，顾秀华心静如水。徐英心里猫爪子挠的那一阵，老期望着一种可耻的念头，即她和顾秀华要是朋友该多好。她就可以向对方问明白在这儿熬下去的办法了，更能在许多个时刻，抱住顾秀华魁梧如山的后背，将眼泪滴上去。

咱家男包女包，单肩双肩，胸包手包都有，来，要啥往里看。徐英手往身后扫，坐在折叠凳上，轻跷着腿，招呼一个刚进门的二十出头小姑娘。小姑娘看上一个手包，徐英给拿了，边介绍，边打量对方穿戴，说，一百五，这个纯牛皮。小妹儿，你不用质疑咱家质量。女孩看看包，脸上没啥表情，只说，贵了。徐英笑，好的可不贵嘛。小妹儿看你也刚工作，这包吧，款式老，不适合你们年轻的用。你拿这个，姐新上的货，蔡依林同款，粉色黄色荧光绿，色儿都全。说完就要给对方展览自己最近的审美，女孩抬手说不用，包是给我姥买的。要给我妈买，你这款式还行，我姥用啥荧光绿。徐英有点儿憋气，忍了，说那给老人咱就用点儿好的，辛苦一辈子了。又从抽屉里取出个盒子，打开是个油光锃亮的长皮夹，妹儿，可能你头一次来，不了解，咱家是精品屋，不是说藏着卖，可也不是说谁都识货，好东西我要都拿出来，再给摸坏了呢，犯不上。你问这个？这个五百五。关键它，版也大啊。女孩没太相中，眼神直往后瞥。你拿，扔五百得了。徐英给出第一个价。女孩说，一百五。徐英笑笑，你别的，妹儿。三百，我让点儿，你添点儿，我爱做你们年轻人生意，你们眼光也和岁数大的不一样，能知道这是好玩意儿。女孩说，我再溜达溜达吧。徐英说，溜达你也找不着我家这品质的了。女孩指去转角一个位置，说，那家也开了，我去瞅瞅，不都卖皮具的吗？徐英知道是顾秀华回来了，前两天估分儿开始了，给顾秀华忙得不行，钻门盗洞地给人不是送礼，就是找情，一心想给宝贝儿子估准了分数，确保念去个光宗耀祖的地方。她气定神闲，帮小姑娘挑开门帘，说，姐等你回来，她家不可能有我给你的价儿。小姑娘没回来，小姑娘走后再没客人进门，在被一集集电视剧稀释了的时间里，徐英感到再坐不住。当发现不知什么时候，周围店铺都空了起来，她后知后觉，原来半个商场都去了顾秀华家串门。

拐过弯，徐英一眼看见，顾秀华家门口，跟五六点钟的早市一样，仿佛改卖物美价廉的鲜肉包子，货正一笼一笼地出屉，而围着的一个个脑袋旁边，也都是举高了的，塞钱递钱的手。顾秀华大搞甩卖，正以严重违背市场规则的价格，在百花园打出一场绝户仗。不断嚷着别嚷的顾秀华，在喜庆的气氛里，难以周全，钱都数飞了，道谢的话则说不出整句儿。小文和几个小姐妹的笑声也落在其间，从那些声音里，徐英听见了寒门、不易、一鸣惊人和状元及第这些词儿。簇拥中的顾秀华笑着笑着，笑出难听的哭声，她的哭如此有感召力，让人群很快报以尊重的安静，不是递纸巾，就是给搋后背的。那个刚还在徐英家店里的小姑娘，当得知顾秀华家出了状元后，眼里闪出飞星，崇拜地望着顾秀华壮硕的腰身，越蹭越近。顾秀华的眼泪也带动了徐英的情绪。回到店里，她一个人干坐。看桌上小电视里，最后一集刚演完，演员表在黑幕上正爬坡似的往上冒。徐英长舒口气，知道这下她再也斗不过顾秀华了，嗯，顾秀华要走了，跟着儿子去南方。能走就是翻身，顾秀华要翻身了。徐英自言自语，怎么可能再回来。

五

到了约好的饭店，徐英脱下外套，露出别在里面忘了摘的塑料红花，对方指着她的胸部，又很快把手势和眼睛都挪开了问，上午有活动，哈？徐英低头，把花取下，矜持地边喝茶水边回答，是，商场年中总结，表彰这半年的营业之星。对方是小文介绍的人，大徐英十五岁，在粮食局上班，离异，不带孩子。聊得不多，俩人都顾着吃桌上的炒菜，你一筷我一筷，便是如此，还有许多凉在了盘里。对方起身结账，回来时给徐英拿上几个塑料袋，说，你带回去热热，还能掂对一顿。徐英带上两包剩菜，把外套扎到腰上，在烈日里独自往商场回。这时她眼前许多事儿都显得平淡了，清楚自己在别人眼中，也有同感。三十已到，过了这关，像过了人生所有关，从没人告诉过她，一辈子居然是这样。她站在路口等两台出租车经过，都空着，蹚水似的从人面前蹚着开走，车轮看着都那么黏。她步子更黏，分明没经雷击，也没遭雨打，只被小火慢咕嘟了几年，几年下来，感到自己都被熬透了。

再回百花园，徐英几次听见外面有熟悉的声音在说话，顾秀华走后，她家那个位置上，陆续又开过两家，卖过玉器，卖过玩具，都没太长久。徐英好奇出来看，看到前后走廊，都空空无人，卖货的个个都缩在自家小格子里，和被冷光照着脸庞的塑料模特面面相对，人和模特身后的每扇玻璃窗上，都结有雪花一样复杂的灰。她一时分辨不出这里是夏还是冬，只有那个声音听在耳边，是分外亲切，给人生活里的真实感。找过去，居然真是离开两年了的顾秀华，正背对徐英，弓腰整理地上的货。几个货包被打开了口，里头还是熟悉的袜子秋裤、卫衣打底，也都还是顾秀华过去的审美，即充分照顾中老年女性市场。多年来顾秀华上货，都能精准定位在同龄女性顾客的眼光上，即穿用不必多出风头，要保暖，要保质。徐英还记得过去自己如何一次次，拿顾秀华的品位和自家店里的品位对照，俏皮话张口就来,常逗得主顾也好,同行也好,都被影响着一块儿嘲笑顾秀华的眼界,仿佛谁再要去她家买什么东西,就是承认自己也眼光浅薄,脑子不活。徐英干站一会儿,想再说句俏皮话,酝酿半天,无声无息,顾秀华已把包里所有黑色袜子、白色袜子分成两堆,跟掰苞米一样区分出棒子和粒儿。侧回头,她也看着了徐英。

徐英说,姐,回来了。顾秀华直起身看她,才两年,顾秀华老了这么多,必是经了不少事。对着顾秀华一张大方脸上若有似无的笑意,徐英心里和顾秀华心里想的,其实内容一致。顾秀华将笑抿得淡了,说话还是很爽快,咋了,英?看着没以前精神呢。徐英哼笑两声。两人一交上火,战斗气氛立马回温,感觉脊梁骨又都硬了起来,脖子一挺,各增高几厘米。徐英眨眼睛说,礼拜四,买卖次。没人上门,没啥斗志。咱这儿还不赶你走前的热闹劲儿呢。所以,你还回来干啥。顾秀华说,南方气候太闷,我不稀罕。孩子大了,也独立,省心,不用我多陪。徐英说,啊。顾秀华说,咱说养孩子吧,真是不优秀你操心,太优秀吧,也不好。感觉这妈当得轻飘飘的,过分自由。不行,我爱找事干,一辈子都是劳动人民。不像你,这辈子没儿女,省心啊妹妹。看着顾秀华眉飞色舞的样儿,徐英认定她除了更老,更烦人,真没变化,不知为何,这也让徐英心安。她转过脸,故意扭两下细腰,仿佛转着不存在的呼啦圈,说,站一天了,真累。人哪,就得活动活动。临走她对着顾秀华縶然一笑，姐，我才过完半辈子，后面的事儿，谁能说准。你不就又回来遭罪了吗？怎的，你儿子是不是翅膀一硬，都忘了有个妈了？顾秀华听着徐英嘴里不算新鲜的挖苦，脸上显出比刚见面更老的态势。表情显然是恨，但恨也模模糊糊的，让人叫不准，她恨的是谁。徐英直犹豫，该不该扶她一把，刚要走近，顾秀华字正腔圆，憋出来一字，滚。回到店，徐英忍不住抱起椅子上的玩具狗熊，又亲又笑。瞥见镜子里自己，正是副志得意满的小人脸，但花枝招展，活得精神。揉着裤兜里的塑料红花，徐英想，我一辈子就得意当个战士。

傍晚五点，市场准时关门，百花园属于小商品市场，不像其他商场，会开到入夜，夜晚一到，这里的花儿啊朵儿啊便早早睡去，消隐在妻子或母亲的身份里，至少也是谁家的女儿。傍晚，独自坐公交回家的徐英，在车上，发着愣想，生活里她还和什么人存有关联呢？窗外是深蓝色的天，人影单薄地活动在一些矮楼前，楼的外立面上，贴挂着出兑的白色广告、招租的红色横幅，数字都异常巨大，像一个个嫁不出去的老姑娘，在婚介所里大声报出自己的姓名、年龄、工作单位。徐英想起白天相亲的事。下午和顾秀华斗完嘴后，小文来找她，说男方回去后表示，挺满意的。只觉得徐英有点儿冷淡，且人有点儿太瘦，他担心，徐英是不是脾气不好？在百花园卖货的女的，哪有好惹的，话似乎怎么也不会好好说，夹枪带棒，指桑骂槐，仿佛这就是沟通的礼貌了。他跟小文说，的确，我很担心。小文委婉地把意思转给徐英,让徐英收收脾气就行。对方很老实,很怕因为老实,再受欺负。前妻就是给他欺负惨了,脑袋绿得跟呼伦贝尔草原似的,颜色纯正不说,地域还广阔。这男人,先前过得不易。徐英无可奈何地听着,笑中有叹息,自己前半生在情感上得来的,也饱含难堪,落一身疮疤,谁容易呢?跟小文回话时,她声音不大但坚决,说,能处。脾气我一时半会儿收不了,但我没有折磨人的爱好。这点,他不用担心。

徐英知道自己是想嫁了,但也奇了怪,发现她竟然也不想就此离开战斗过的地方。顾秀华比她大十来岁,不是撞过"南"墙,也回来了?徐英觉得她就属于百花园,不是不能属于别的地方,而是到了别的地方,她不再是徐英,顾秀华也不再是顾秀华,有些花儿是没法接种和移植的。但毕竟很多人都走了。小文跟老公一起搬去了浙江下面一个县,没说去做什么。同一排店铺里,络绎走了一半的人,剩下的一半,三天打鱼两天晒网,和顾客心情一样,拿百花园当消遣精神的地方,走过路过,闲了看看。徐英刚放下电话,相亲的男人给她发了信息,问晚上有空吗,一起用餐。他说话总不在点儿上,但心是好的。徐英看见门口晃过一个人影,像大白天见着鬼影似的,抓紧起身叫,来,来,进来看。顾秀华怪模怪样笑着,和徐英相遇在空荡的通道上,面面相觑。

中午整一层就她俩定了饭,叫的米线,泡在塑料袋里,用饭盒装好,一人一碗。坐在二楼最高一级台阶上,俩人边吸溜,边睥睨着脚下的安静。视线正对百花园大门,那里过冬时安下的几重棉布帘,还没拆全,现在臃肿地挂在两侧,她们偶尔就抬头望,看谁还会来。徐英酝酿着,对于现在这样的特殊时刻,该说点儿什么好。也许她该和对方说点儿带歉意的话,也许话说出来,更变了味道。她转向吃得一头热汗的顾秀华,再问了遍,交实底儿吧,到底为啥回来的?顾秀华嘴上都是红油,拿手背擦,巨大的门牙和舌头交织一会儿,慢慢咽下一口。顾秀华脸上,当年与徐英战斗留下的抓痕仍在,也细微难见。她说,我在那边,找不着北。你明白那种早上睁眼,看着钟表过去,却不知道该干点儿啥的感觉吗?我明白。躺床上我就想袜子、秋裤和皮带,想百花园里那股臭皮子的味儿。徐英心里一动。轮到顾秀华问,你呢,准备还在这儿干?徐英说,干。没跟你斗明白呢。顾秀华将塑料袋系好,顺手帮徐英也收拾了,过会儿才笑,就你,能斗明白我?徐英没说话。俩人没什么好说了,两袋吃过的剩饭,都抓在顾秀华手里,被她拿着走下台阶,准备扔到外头垃圾桶里。望着眼前空落了的大环境,好些记忆如从梦中萦绕回身,只能属于梦中的聒噪、热闹、沸腾,红火不再,花儿四散。梦从未被收走,尽管落在命运前头,它注定是颗送死的卒子。徐英突然笑起来,想招呼顾秀华快回,好分享当下一种说没头没尾,却终于清晰了的感受。她想说,姐,咱俩其实不早被别的对手,给斗败了吗?

黄昏后

一片云游开了

光线笔直地朝她照过来

穿过她的眼睛、喉咙、肋骨

到达她的脾脏

她再闭上眼睛

那些小精灵似的光点立时涌过来

令她想起那一天

……

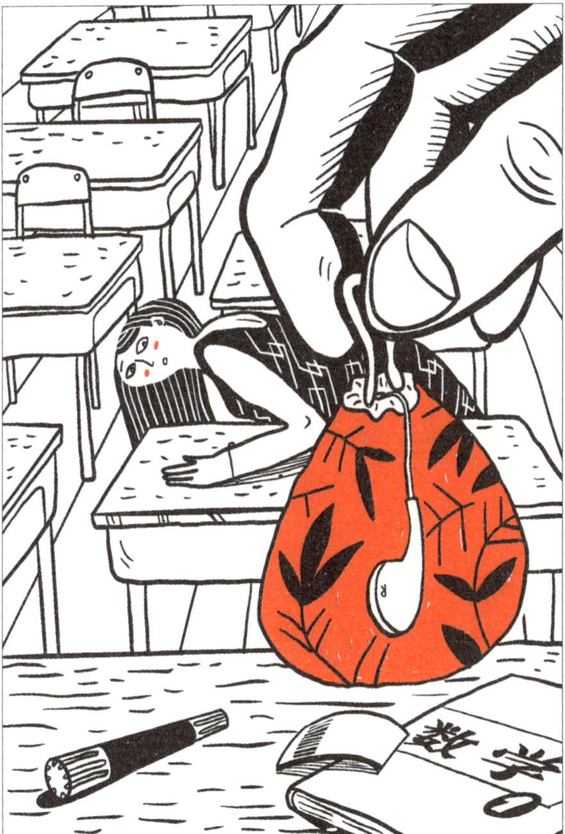
数学

一

她最后见到他是在一个彩票站里,这点她到死都忘不了。她愿意将记忆停在此处,不再往后进一步,若再进一步,她想起的就会是李民涛的谢顶。江珂是被母亲带去认识李民涛的,因为她糟糕的数学成绩,严重偏科。母亲本来不把这种事放在心上,直到小学班主任一次又一次找到她,说长此以往,江珂的偏科会随着年纪增长一路带到高三,到时她将念不上一所好大学,继而失业,继而失败。那年,江珂十二岁。母亲风华正茂,骑红色的摩托车,让她站在车前面的踏板上。江珂御风而行,穿行大街小巷,裙摆被不断吹高,露出细瘦的小腿。见到李民涛是夏天,下午六七点钟,黄昏时刻。她从摩托车上先跳下来,母亲一个人把车滑进少年宫楼下的停车棚里,找包里的零钱给看车大娘,街道上开始出现躁动的迹象,小贩们推着自己的车,抢占道两侧的摊位。入夏夜市出得早,就在少年宫楼下这条街,香臭交织的气味随油锅翻腾,混合鞋摊上的胶水味儿、宠物摊的畜生味儿、摩肩接踵的人汗味儿,气味像远方来的客人,一一来赴宴。江珂原地旋转,往自己身上扑扇更多的热风,直到身后有同龄的孩子从楼里走出。他们刚从一个补习班里结束课程,有的回家,有的要去下一程。江珂看着他们,听他们讨论一道奥数题的解法,相争不下。母亲揽过她光溜溜的肩膀,替她提上一侧有些下滑了的裙子带,她们转身往孩子们出来的地方走。八层高的少年宫，江珂从下往上数，每层楼的窗户外都有不同的宣传板挂着，从二楼开始，是英语，往上有素描、围棋、架子鼓、电子琴、珠算……奥数班在八楼，八楼的灯已经不亮。李民涛和她们迎面撞上，江珂记得，看到这个人时她视线也是由下往上，从他穿皮鞋的脚顺着两条长腿，往上瞧，一直抵达他解着头两个扣的衬衫领。李民涛人是瘦长的，脑袋像顶着一蓬草，三七分的头发一颤一颤，茂盛得没分寸。母亲和他热烈地聊了一阵，江珂在他们当中歪着身体，偶尔被提及，更多时候，她环顾街道，看小贩们如何用金属棍搭建摊位。李民涛没和她说上话，可告别的时候，他弯下过高的个子，对她笑，说会等她来。

她当然不会忘记下一个周日，他们是如何相见。所有关于李民涛的记忆都像被打磨多次不存一点儿瑕疵的珍珠，江珂数来数去，她手里也不多，有五六颗的样子，可这些也够了，足以在无数个乱想的晚上被她翻来覆去把玩，凑成一条私藏的珠串。那是少女的珠串，也是皇帝的新衣，毕竟谁也看不到它，除了江珂，她小心翼翼地将它锁好，放在记忆深处不示人的地方。这让她在十二岁那年总是看起来比别的女孩儿呆几分，在一些突然时刻，人会被抽去状态和内容。当她走上八楼，第一次推开教室门时，她推开的不只是一扇教室门。在江珂眼前出现了一个比学校里的教室大得多的屋子，里面坐满孩子，也站满了大人。大人们站在过道里，像变回了孩子，那些平日出现在市场和办公室里的脸,对着教室前的白板,对着那个叫李民涛的男人,都开始有了懵懂。江珂懵懂,她来晚了,想不到门后会藏着这么多的表情,这么多双眼睛,大家并不是因为她的晚到而关注她,气氛太热烈了,没人会去关注门口出现了谁,消失了谁。大家只关注李民涛口中说了什么话,眼睛往哪儿去——他记住了她的名字,开口说,江珂来了。笑得还是那么随和,有点儿不自知的居高临下的意思,可他并不像其他老师那样,站在讲台上,或是手拿威严的教鞭。李民涛摊开两只手,手掌上全是黑亮的油墨,他脸上也有点儿油墨,穿着件宽大的老式衬衫,显得更瘦了,不像老师,像个画家。他还这么年轻,对学生拥有这么多的关注和热情,他没怎么考虑课堂效果的事,他唯一有点儿担心的,是课堂太热烈。李民涛抿住他一条线似的薄嘴唇,像遇上难题,看哪儿还有空座可以容给她。孩子们好奇地用目光送江珂往前走,看她从最后一排一直走过第一排,最终坐到了那张李民涛示意她坐的、平时他休息的皮椅子上。椅子弹簧已经坏了,江珂屁股忍着疼,不挪动,她忍着不做出丁点儿动作,现在她和李民涛一样,要面对百十人和百十张懵懂注视的脸。在她身后只有白板和手舞足蹈的李民涛,他的声音离她最近。

从回家后母亲跟她的叙述里,江珂得出了李民涛的另一种样子。他可以算是母亲的学生,母亲两年前和他在一个电视台举办的主持人比赛上认识,作为评委,她给他很高的分数。比赛中，他几次去母亲的办公室找她，谦虚求教，让母亲给他一点儿指导。母亲认为李民涛是一个主持人的好苗子，夸他音质好，有风采。不止母亲，其他人也对他抱有期待，可他自己退出了决赛，也不准备考到电视台上班，母亲从别人嘴里听来，他那阵非常需要钱。后来他去了江安小学，做正式的教师，周六日就在少年宫里做自己的培训班，是用尽了一切时间来多挣钱。江珂不信他是爱财的人，他看起来也不像挣到了钱，衣服很旧，款式不新，像是捡家里长辈不穿的。母亲说他的钱都用来支付家里母亲和姐姐的药费了，她们得的都是拖人的病，要一直一直有钱花。可他喜欢做的是主持人，江珂说，他不该放弃。母亲不像是在回答江珂，她细眯着眼睛，更像对她自己说，有时放弃是个必选项。

　　李民涛每节都准时下课，而他每天都排满了课，这就导致没有一次江珂能在到了八楼后就直接走进教室，和许多孩子一样，他们都等在八楼椭圆形的大厅里，或者是和大教室相邻的另一个废弃教室里。另一个教室堆满了废弃的课桌椅，连窗户也破了几块，角落里立着老式的落地柜，上面挂有铁锁。有些孩子选择在这里等，起码能找个坐的地方，有张黑皮双人沙发还放在那儿，坐下前拍拍上面的土，能看见一团又一团的灰尘像无数无主的行星，在黄昏旺盛的光线下，自由散荡。江珂总是来得早，也就等得久。她好几次倚在废弃教室里那些课桌边上，考古似的去看桌面上各形各色的刻痕，不知道它们是什么年代的孩子刻下来的,和现在江珂他们在课桌上刻的话,竟也差不多。废弃教室里的黑板是绿色的,碎掉了一半,剩下的一半被蒙上了白灰,是没被好好擦拭过。江珂看遍了屋子里的一切,等人渐渐多了,谈话声渐渐和李民涛上课的教室里一样热闹了,她的独处便成为引人注目的事。江珂来了一个礼拜,还没看见一个她熟悉的同学也来这里上课。唯一能算熟悉的人,是上课时在她身边坐的女生,她们共用一张桌子,可谁也没主动开过口。是李民涛让她坐在那儿的,临近过道,是个好位置。她坐到那儿后,那个短发女孩把自己的东西挪了挪,江珂只能看见她的侧脸。女孩叫洪艳芬,是江珂在她本子上看见的名字,侧脸有些高原红,戴一副细框眼镜,显得沉默而坚定,这个名字、这个人,是种奇异的搭配。

前面的课终于结束了,她和洪艳芬前后走进教室,到她们那排坐下。她们做一样的步骤,从背包里拿出笔记本和几支笔,前后纷纷都有人落座,男孩子们在热烈叫着他们小兄弟的名字。江珂把视线转向身旁的洪艳芬,像自言自语。你是哪个学校的?洪艳芬愣了一下,她脸上的高原红开始更醒目。她说江安小学,问江珂,你呢?江珂说,我在逸夫。你来这儿上课多久了?洪艳芬说,我从上学期就开始来这儿。江珂说,那你很久了,我才刚来一礼拜。她试着笑起来,撑住自己的额头,像做了糗事般小声嘀咕,我刚来那天还迟到了。洪艳芬说,很少有人迟到。我记得你,你穿了件黑色的外套,像女巫。她也笑了起来。她们一起没头没脑地说了一些话,说话时随意地翻着课本,今天讲鸡兔同笼问题吗,还是幻方呢?江珂希望是幻方,听起来更有趣味,其实奥数本身就是趣味的博弈,过去她不喜欢数学,因为没能享受其中。可在李民涛的课上,趣味比比皆是,很难感到枯燥。她曾认为他更像是画家,这几节课过去,又认定他像个乐队指挥了。她凑近洪艳芬的肩膀,闻到女孩身上清香的肥皂气味,还有一点儿陌生的气息。洪艳芬的眼睛从镜片底下好奇地追着她看,两个女孩儿的结盟来得突然又理所当然。

她听江珂说,你看,李老师的手总是黑乎乎的,他为什么从来不用板擦,总是用手去擦?李民涛细长的手指此刻交织在一起,两堂课间歇的几分钟里,他正坐在第一次安排江珂坐的那张皮椅子上,和不断去找他说话的学生们闲聊天。他抓起桌子上一瓶矿泉水,手指有力地挤压着瓶身。江珂提醒洪艳芬,你看啊。她们一起懵懂地观察他,瓶子里透明的水在汩汩外流,透明的瓶身在被挤压变形,很快里面什么都没有,让人怀疑连里面的空气也一同被他挤压过,变了形。李民涛爽快地喝完,喉结在他仰着脖子时不住在肌肉下颤动,他虽干渴疲惫,却能再活力充沛,那双手一拿开瓶子,就像指挥家在空中流利地一挥,所有人都看向他了,气氛逐渐安静。他在课前鞠了一躬,有些老师会这样做,多在领导来听课的时候,而李民涛是每日每堂都这样做,他在直起腰身时,笑容是光灿的。他和他的学生们一样享受这里面的东西,作为表演的开始,他用优雅的低音说,上课。洪艳芬转头看向江珂,不确定她是不是希望自己继续看,又到底在看什么。江珂喃喃着,我感觉他要讲幻方,我猜对了。洪艳芬把头转了回去,她们又回到没说话前的相处状态,各自沉默着梳理自己的思想。李民涛拧开一只记号笔的笔帽——幻方——他在白板上画了个正方形,里面由线条再划分出许多个小正方形,每新出现一个正方格都像魔方被转出了一面。而魔方的赤橙黄绿青蓝紫,在江珂眼前,也全都出现一遍。

二

陈述盯着江珂的眼珠看,说,你一定有点儿外族血统。江珂笑了笑,她其实不太能听清楚他说的每一句话,身处这个人声鼎沸的羊肉小馆里,江珂一口接一口抿着他带的装在保温杯里的热白酒,颅内回响的更多是他们过去说的话。两年前她第一次和陈述认识的那顿饭,也是在和现在环境相似的地方,北京的国营饭店,服务员身着老式的衣裳,脚步慵懒,眼神也是懒的,他们叫不动他或她。两人默默低头,彼此都不交谈,等有人叫他俩碰杯时才眼光交锋,任羊肉在沸腾的白水里上浮下坠。那天江珂喝的是啤酒,他们不熟,江珂不能这么早就醉在他眼前。现在他们也算不上多亲切,江珂却能借着酒劲放心大胆去打量他了。陈述这两年老去不少，他闭口不谈发生在他身上的巨大变化，但他们相熟的朋友早已把那些消息散播出去，江珂与他远隔千里，也完全接收得到，想象得到。他已落平阳，不再是个大人物，江珂尽力让自己此刻柔情似水，比过去她怕被人认为是攀附他那样的，更柔情一点儿。

他絮絮不断地说话，他们偶尔碰杯，都是他来主张的，江珂始终更习惯自斟自饮，也多少忘了过去被他培养过，该如何在桌上"伺候"其他人。她还记得他们唯一那次险些发生的不愉快，在另一个地方的另一张酒桌上，同桌还有远方来的拜会他的客人。陈述几次把他空了的杯放下，连敲下桌面也没有，江珂阿姨辈的女人已隔着更远的地方，弯腰来给他倒酒。他不悦地看了身边的她一眼，客人便代他教育说，小女孩，不会伺候人。江珂也脱口说，我没伺候过人，语气是轻轻的。陈述压着脾气，干笑起来，给她解围，说就是这样好。大家都笑了，江珂有点儿脸红，她知道陈述在忍火。两年过去，他们各自的脾气秉性其实都没有变，但现在江珂主动给他倒酒，每一次。陈述脸上也没丝毫开心，她知道这些事情再也不能让他开心了。陈述说着他现在去的新单位在来年他的领导下，会发生的种种新变化。江珂附和地点着头，较他先前在的位置，如今他待的地方何其不显眼。她不觉得陈述这么说有多打肿脸充胖子，一切更像是他在自我安慰着，以表示不需要她的安慰。

盘子都有些见空，两人归于沉默，被烟雾隔了一重，陈述还是盯着江珂的眼珠看。江珂怀疑他想说点儿告别的话，依他们的关系，今天这场会面不该在这里告别，还应有更漫长的夜晚作为日后的怀念。眼睛不会骗人，他带一点儿矛盾的笑意看着她，说，从坐下来开始，你其实都没怎么听我说话，是吧？他叫来服务生，像是一个人来吃这顿饭一样，安静地结账。陈述离座时，江珂坐在沸腾的铜锅后闭上眼独自思索。她感到局促不安，一口白酒在嘴里含着不下。她感到自己无法再和等会儿回到座位上的陈述视线相遇。陈述站在离她几步远的地方，提醒江珂别忘了手提包。她跟着他的背影往门外走，外面黄昏刚过，天黑下来，餐厅冷冽的光照下，陈述站在门口，后背已显出佝偻。他头发还没稀疏，和过去一样根根立着，每一根都灰白交融。陈述点上烟，偏过头问她，还要不要走一段。之前他们是从江珂住下的酒店里步行来的，这段路大概要十五分钟。江珂点点头，他们自然地挽起了手。

下次来之前跟我说一声。陈述带她迈着缓慢的步子，江珂想他也还记得，自己曾经怪他散步时走得太快。她知道他下面要说什么。我好去机场接你，他说。江珂转脸看了他一下，好啊。本来他们可说的话就剩得不多，却还有漫长的一段路走。江珂试着说点儿和两人关系无关的话，这几年身体怎么样？如果有人也这样问她，就表示她的状态糟透了。她后悔得想把刚才的空气咽下去，陈述没说什么，捏了下她的手，他们还是有一搭没一搭地聊起来。江珂接过陈述递的烟，两人用不握在一起的那只手夹烟，远远看去，有两点星火在他们的外缘，隔膜了街道上其他过路来的人。陈述摸了把自己的平头，问她，应该是见老吧，有没有？江珂笑着说没有，她还觉得他比过去看起来状态好，过去他总喝酒太甚，脸上有浮肿，现在肉皮都贴紧了，显得人精神。你现在像我过去认识的一个老师。当时他是我们很多女生的偶像，江珂说。陈述有些兴趣，问她，你的初恋？跟我说说。江珂摇摇头，他继续追问，当给我点儿灵感吧，看你能不能打动我。她尝试去回忆，语气越来越轻松。这是她和陈述相处以来，百试不爽的好话题——他喜欢打探她内心深处的隐秘花园，像是她小时候做过的梦，第一次挨打，第一次得奖，有时是她最喜欢的一种花的味道。这些八竿子打不着的话题，能将人从现实的难堪里抽离走，放逐到远地。陈述是个诗人，这两年他的诗给他惹上了麻烦，但至少仍能解救他的灵魂。她于是说起李民涛。在讲述和他相处中为数不多的画面时，不知是回忆的暖光还是想象中的黄昏时的热烈光线，缓缓出现在面前，她几乎是眯着眼讲话的，好躲避它的到来。江珂说，有一回，他在白板上放了一道题，让我们去解。

他猜她解不出。江珂笑着同意他的话，我不聪明。但那天让我困惑的，不是那道题。在我们解题的时候，他会走下讲台，在过道上散步，偶尔停下看身边人解题的过程。他走到我旁边，吓得我手里的笔一直在抖。他的呼吸就在离我很近的地方，我的手脚和思维，都集体迟钝了。这回轮到陈述笑，他掐灭烟蒂,问,你多大?江珂说十二岁,再过一个夏天上初中。他看我解题时,身体下压,用一只手掌撑着自己。我眼睛里就只有那只手了。除了我父亲的,我没再这么仔细观察过男人的手,也许他在我身边只待了几秒钟?那几秒钟真是过不完。李民涛走了,他继续上课,继续布置新的题,可他在我的练习本上留下了一个骨节分明的黑手印,像就此把我封印在那儿。江珂皱着眉头说,他从不用板擦,只用手掌去把写过的擦掉,两手经常都沾满黑色的笔油。当时在我身边坐了一个女孩儿,平时话不多,但始终很关心我。过了一阵,她轻轻拍我的手臂,问我是不是发烧了,我说没有。可你的脸全红了,女孩儿说。我才明白我是恋爱了,我惊喜万分,感觉自己终于步入了大人才有资格进入的神奇世界。

酒店就在他们眼前,再过一条窄小的马路就是。他望着她,江珂纳闷他看自己时看到了什么,是不是也看到她的脸通红,手脚和思维都孩童似的迟钝着?他又点了一根烟,有几个人正在他们对面的马路上商量去哪里喝酒,声音很大。其中还有江珂的两个同事。我去你那儿坐坐,陈述终于说了。江珂犹豫地把视线挪走,我还约了其他人,他们早在等我了。

宾馆又老又旧,但主办方给江珂他们每人都安排了一个房间,房间里隔音很好,散会后的私人空间如同孤岛,休息是很清静的。江珂把布满烟酒味的外套脱下,去浴室冲了个澡。在花洒下想着陈述今晚和她说的每一句话,热水把她的脸又给蒸红了。她光着身体站在镜子前,擦去上面结出的雾气,看清楚自己如今已成为另一种体态,和十二岁时干枯的身体完全不同。她的脸在镜子里不带一点儿妆容,眼袋和皱纹,浮肿和血丝,都在集体出现。她想如果是让十二岁的自己,看到眼前三十岁的此时此刻,在李民涛出现的那个夏天里,她是否还会感到惊喜万分,那个大人才有资格进的神奇世界又是否还算好地方。

她本打算洗完澡就上床休息,却一直辗转反侧到凌晨一点,也没有睡着。这会儿她像是被心里的闹钟叫起来,打开床头灯,下床去找水喝。江珂费力地拧着矿泉水瓶,瓶身又软,瓶盖又瘪,力气很难使得上,尤其今天她又全无力气。她伸过手拨响了前台电话,麻烦服务员上来一下。对方犹豫着问什么事。江珂告诉了她,接电话的是个女人,听声音和江珂年龄仿佛。她也没有这个时刻该有的睡意,十分清醒,语气里更多是乏味和犹豫。不过几分钟,有人敲响江珂的门。听叫门的声音,就是那个刚刚接电话的女人。江珂把门打开,歉意地递过瓶子,也给对方展示自己的手,她拇指的指肚上已经红肿,可喉咙里就像长了毛刺一样,必须去喝水压一压。女人草草扫了一眼,也使出大力气,最后发现是瓶盖的问题,还是拧开了。女人短发里掺有白发,像过惯了一种劳累的生活,给江珂递瓶子时眼睛毫无波动,嘴唇抿得紧。谢谢你,江珂说,多看了女人一眼。女人也是,缓缓把注意力集中到了江珂身上,头向后仰。我们是不是认识？江珂问。女人看着江珂说，李老师的奥数班。江珂上前去碰她的手，洪艳芬吗？是洪艳芬？女人害羞地笑一下，我不记得你叫什么了。但我记得你。江珂说，没想到在这儿碰到，后来我还跟别人打听过你在哪儿上学。洪艳芬悄声说江珂是打听不到的，她先是跟父母搬到了外县，又跟她舅舅到南方找活干，去年才来北京。江珂把洪艳芬让进来坐，她有好些话要跟洪艳芬讲，前提是洪艳芬能走开一会儿。洪艳芬点头同意了，坐在房间里另一张单人床上，上面的床单还是她早上亲手罩的。她说，我大概能坐个十分钟。江珂有种感觉她要么是想找个借口走，要么是开始就不想和她相认。可能她感到不自在。好，就十分钟，江珂微笑说。

我们最后一次见是什么时候？江珂兀自回忆着，时间的指针在一个日子上反复摆动着，有时跳回到那天，再被她自己否认掉。洪艳芬记得很清楚，更正她，就是那天。对，她们都从各自的小学毕业了，幸运地分到了同一所初中，到了不同的班级里。她们最好的那些日子，中午都是一起吃饭的，两个亲密的女孩儿比任何新交的朋友都更难以分开，她们曾消耗掉那么多休息的时光，花费在绕操场一圈又一圈散步时的私密谈话上。洪艳芬如今的五官与少女时变动不大，连她的体态也没有十分变化，还是运动型的身材，矫健没赘肉。红血丝和眼镜都依然在，只是头发花白得厉害。我很想你。江珂告诉她，比对任何一个过去的爱人还心安理得地诉说自己的感情。洪艳芬坐着没动,她没有回答,感觉她没有被气氛全扯进去,江珂让她有点儿困惑。

洪艳芬说,她只记得好像是个假日的中午,她们一起约着在哪儿吃了顿午饭。吃着吃着,她告诉江珂,李老师已经结婚了。江珂问洪艳芬怎么知道的,她说李民涛是江安小学的老师,而她也在江安小学,所以很清楚,他上周在酒楼办了婚礼,请了洪艳芬的父母去。江珂当时用筷子扭着碗里凉掉的面条,扭了很久。到这里洪艳芬突然笑了,说,记得那天不,你说要去找他。我们原本是约好了下午一起去书店的。江珂问,那天我真的去了少年宫?洪艳芬点点头,我们一起去的。可到了那儿,刚下车,我就发现你不见了。你不告而别,我一直找你,到天黑才回家。江珂说她现在想起来了,完全想起来了。嗯,这几年你过得怎么样?洪艳芬的表情像没听到她的话,她穿着条灰色绸裤,跷起了腿,手势虚空在怀里,似乎里面该放上一把瓜子。她继续说刚才未尽的话题,那天我真的找了你好久。记得在操场上我们聊的大多数内容,都是关于李老师的。我告诉你好多次,说他已经胖了,老了,不记得你了,你就是不信。对了,那天你去找他,他记得你了吗?我后来一直都好奇这件事儿。

江珂没说话,头低了下去,终于记起与李民涛相关记忆里的最后一颗珠子,她不喜欢它,所以总也不见它,让许多的灰尘落在上面,多年后,它已挂起厚实的蛛网,消失于过去。洪艳芬还在叙述，但江珂已经听不见她的话了，不知在什么时候，洪艳芬坐到了江珂的旁边，冷眼打量她身上的一切。江珂等着，等这种不愉快的气氛落地，想她还会和自己说些什么，但洪艳芬只是客气地清了下嗓子，指着楼下说，我得回去了。江珂梦游般跟着她说，我送送你。洪艳芬把门给她带上，临走前，还提醒江珂挂好门上的锁链，虽然这里很安全。她看着比进门时亲热一些，像个和小女孩刚和解了的小男孩，在江珂脸上投射了记温柔的眼光。江珂没法看她。晚安。她跟洪艳芬说，洪艳芬十分钟后又从前台把电话打了进来。你在北京留多久？她问。江珂说，还有四天。洪艳芬说，行，没事你就找我。江珂说谢谢她，也谢谢这种命运的奇遇。放下电话她几乎是迅速地，把灯关上，钻入了被子里。她害怕那些让人不快的回忆跟着她入梦。现在我应该想陈述，去想他和我分别时的眼神，在他那儿分明是我得胜了。江珂埋在枕头上命令自己，眼前很快出现了今夜的街道，陈述转身独自回去的背影，北京落黄叶的季节里，他的皮鞋底踩过它们，感觉非常软。

三

暑假里江珂大部分时候都在少年宫的课堂上，在那儿有许多同龄的孩子，都是小升初，被他们的父母送来预习初中的课程。他们都指望自己的孩子能在开学后那个更激烈的竞争环境下一马当先。江珂却是自愿去的,母亲不理这些事,工作让她分身乏术,只问她都想报哪些课程,她们计划报三个。江珂选了英语和电子琴,最后一项,自然留给了李民涛的奥数课。母亲和她都认可李民涛的教学成果,江珂的数学有了起色,关键是她从此真爱上了数字的准确,公式的有规律。三门课都在少年宫里上,奥数是最后一堂,在下午四点半。江珂总是在二楼上完英语后,提着背包,合上练听力用的耳机袋,爬完剩下的楼层。中间她气喘吁吁,偶尔停下来看自己身处的那一层都上些什么课,有好几层门外还贴着热闹的广告,门里却是空的,地面上飘落广告纸。她希望奥数课永远不要停下来,李民涛永远不要关闭那扇门。从下往上看,八楼像结在藤蔓上的地方,通向它的道路是旋转的,爬楼时江珂一次比一次放慢自己的步子,她已经在珍惜了,心中有微弱的预感。有时她还在上着上午的电子琴课,手指因想到李民涛而在键盘上停顿。老师走过,用木板轻打她手背说,塌指,又塌指。那个扎着高马尾的独身女老师困惑地看她,你为什么总让自己停下来?

李民涛还没停下来,那些狂热的家长也不允许他停。在旁边那个教室里等他上课的时候,洪艳芬和江珂往往占住破沙发上的两个座位,她们变得无话不谈。他周末每天都是八堂课,洪艳芬告诉江珂,转天周一,他再到学校里给我们上数学,人也感觉很精神。李民涛好像不会累。洪艳芬也有点儿崇拜他,据她说，在李民涛任教的学校里，这样的崇拜比比皆是，他似乎成为那些刚迈入青春期的少女的共同幻想。她们都看重他身上和其他成年人不同的地方，不只是年轻，还有精神上，他是个没有暮气的人。李民涛瘦高的个子走路是那么轻盈，举手投足又那么轻巧，像贵族。她们都不知道真贵族什么样，江珂微微走神，她嫉妒那些每天都能见到李民涛的人，包括洪艳芬。但据说，洪艳芬继续讲，李民涛现在有点儿危险。也有老师在外面办班，都不像他阵仗这么大。现在知道的人太多了。我们学校没人不知道，就等谁做那个检举揭发的人。洪艳芬眼镜片后一双细长的眼睛，此刻流露出大人的世故，点头说，谁都知道，这事早晚。听完洪艳芬的话，江珂改了愿望，希望他暂时把课停下来，先保护好自己。母亲之前告诉过她，李民涛有必须挣钱的理由，可即便如此，她也觉得他太拼命了。那节课她大半的时间都在走神中度过，下了课也是，从八楼下去快走到一楼了，才发现耳机落在了上面。她知道李民涛后面还有最后一节课，因为时间安排得晚，学生们大多在吃晚饭，是不会太提早到的。她到八楼的时候，教室里只有李民涛一个人。

他静静坐在那张皮椅子上，没一点儿精气神，眼神空洞，瞧着江珂从他面前的门口进来了，只怔怔点了下头，而后才想到该做出表情。他有点儿古灵精怪地去瞧她，江珂则不看他，显得若无其事，装作教室里没有一个人——她低头在自己座位上找了很久，遍寻不到，头却不敢再从桌子下抬起来。李民涛轻轻叫她一声，同时举起一个装着耳机的袋子，在自己手上摇了摇。找这个吗？他微笑地说，我已经替你收起来了。这时的李民涛突然不像江珂记忆里那个人，他的一切都因贴近变得真实和沉重。江珂过去拿回自己的东西，跟他说了谢谢。离他最近的那一刻，江珂都还没感到害怕，却是在李民涛拿着耳机在手里晃一下，再对她笑一下的时候，她吓得战战兢兢。她不是怕他觉得自己多古怪或愚蠢，她怕的是那种失去方向的氛围，既晕头转向，又必须走完全程。这个场景成为她日后在睡前反复回味的画面，有时能被带进梦中。梦里他还是离她一样近，手腕轻轻摇晃，上面挂着她梦寐以求，不知道具体装有什么的袋子。李民涛总说一样的话，找这个吗？我已经替你收起来了。可每次都交给她不一样的东西，有些让她喜悦，也有些完全不是这样。

后来江珂从家中柜子的抽屉里偶然翻到一本相册，里面都是母亲的工作照，只有一张上面没有母亲，也没有她认识的任何母亲单位里的人，除了坐在第一排的李民涛，能让她一眼认出来，在无人的家中惊呼出来。照片应该拍摄在母亲所说的主持人比赛期间，有电台会议室里蓝色的窗帘布，深黄色的桌椅，氛围古朴陈旧，所有人穿的都是深色西装，无论男女，在拍摄这张照片时，李民涛恰好抬头，只有他的眼睛被完整收入了镜头。江珂盯着他的脸，觉得这样一来，她再也不会忘记他了。他显得春风得意，眼睛里的确是这样的内容，也许他刚从演讲台上下来,江珂想去相信是这样,相信他的心脏还因兴奋而怦怦在跳动,手指还在口袋里暗暗发力,野心透过骨头,将那件有些宽大的西装外套撑起,撑高……江珂将那张照片拿在手里反复看,从相册里抽出,压到自己房间的抽屉下。看久了她发现李民涛的五官并不精致,他有双肿眼泡的眼睛,过于单薄的嘴唇,和瘦得突出的脸骨。他每每都从照片上投以一样认真的眼光回报她,但江珂在他眼中却没有任何瑕疵。照片中的时间凝固在了千禧年的夏天,往后江珂每年增一岁,不完美的地方每年多一点,李民涛倒是不再有增减。

所以当两年过后,升入初中的江珂再回少年宫见到李民涛时,她久久无法确认看到的就是他。向少年宫走去前,江珂对一同下车来的洪艳芬说,别看着我。也别让我感觉你在看着我。我就想试一次,不再见他一面我这辈子也不能死心。洪艳芬冷淡地说好,后者很快消失在了夜市重重的摊位中,把江珂留在门口的台阶上。不看正面的话,她等人的焦灼劲儿像极一个学生的家长,她知道很快就要有很多孩子从八楼下来了,这是最后一节课,在六点半结束。那时她身后已是夜晚,摊位上都已点起明亮的小灯,从楼梯上望,形成一道道蜿蜒而凌乱的光焰。她觉得有点冷,身上还穿着短袖,捧着两只瘦胳膊,脚尖机械地一踮一放。升初中后,她剪了头发,和男孩子的长短差不多,江珂揉揉自己的头,想让头发看起来蓬松点儿,长点儿,别那么紧贴着头皮,露出傻瓜相。比她小几岁的孩子们纷纷下楼来了,在楼梯里打闹,追逐着跑过她身边,他们跑向各自的家长时,有些会回头盯着江珂的表情看,那些好奇又直接的眼神,几乎是站到她面前提醒她,有多格格不入。江珂在短促的夜风中抬起下巴,脸上不觉出现了成年女人的神态。她侧身站在楼门口,不希望第一眼就被李民涛认出来,她幻想他会和那天在教室里看见她时一样诧异,眼神一样精怪,更多是和她一样的喜悦。他的手指会轻轻点着江珂干瘦的后背,只点一下,然后便绕到她跟前,如沐春风地对她笑。她的灵魂则开始轻巧地在他腕上摇,摇啊摇,被他逗得直像夏天里疯跑的风车——没事了吧?我要等一会儿,一个男人的声音在她身后乍然响起。嗯,知道了。就等一会儿。他接着电话,从江珂面前走过。她微微颤抖,错愕地盯住了他。是李民涛,她有那种预感,那是极短的瞬间,李民涛的眼睛和江珂的眼睛看到了一起,并没认出她是谁。

她梦游般站在原地,想到该去找他时,视线中已没有李民涛这个人。她在街上迷茫地转,停下来,看看脚下的楼梯,又看看漆黑的少年宫大楼。那里如今没一点生气,人都走空,从一楼到八楼寂静如死。她似乎又听到了李民涛的声音,他就在不远的地方背对她站着,刚挂掉电话。李老师,我是江珂。她在心里踌躇要说的话,她始终也想不到如何去对他解释这突然的见面,我上了初中,可数学一次比一次考得差劲。该这么说吗?让他少怀疑一些,可李民涛也许会为这个理由给江珂的母亲打电话。我想想办法吧，他会这样跟母亲说，用刚才江珂听到的那种他在电话里尤为沉稳的嗓音，遗憾地开口。我这儿现在没有合适的班给她上，但我认识其他老师，可以让江珂找他们。江珂在心里一句又一句为他杜撰着后来的发展，现在李民涛几乎就在她面前了，他们站在同一级台阶上。江珂不再往前走，当她发现李民涛站在一家亮着灯的彩票店门口，他头发如此稀疏，被店门口的光线照得很清楚，还有他轻微的驼背，堆在腰间的赘肉。他在光底下站了一会儿，手腕缓缓从江珂看不见的一侧抬起来，还是那只手，尽管细瘦，却能迸发力量的男性手掌，轻轻掐着香烟的半根，淡紫色的烟从他身上升起，向半空逸散。江珂盯着李民涛抽烟的样子看，李民涛则盯着脚下夜市中的灯火看。他把烟头扔在脚下，踩灭，似乎下了某种决定，返身扎进彩票店。他也许在彩票站里有朋友，他到哪儿都受欢迎。江珂原地等候，缓慢地点着头。

你看到他了吗？洪艳芬和她转天一起吃饭时问，江珂没主动提起这件事，没想到洪艳芬还是问。他和你说什么了？江珂什么都不想说。她盯着洪艳芬看了一会儿，在食堂里她俩总是默契地找到靠里又靠窗的一张桌子坐，就像在八楼上课时，她们总能占据破沙发上的好位置。我没和他说话，也不确定看到的是不是他。江珂勉强说，她决定杜撰一些事，这对她来说不难，认识她的人都知道她多么耽溺于幻想，比这个年龄里大部分爱幻想的孩子更厉害一点儿，母亲只是没有说出口，但一直默默担心她，从班主任有时对她投来的眼神里也能说明这一点，他们都得到了一些通知。江珂不知道的是，洪艳芬对此有多清楚。她鼓励地朝江珂看，显得认真而敏锐，当听到江珂果然说，李民涛好像是看到了她，他很高兴，激动地想留她多谈一会儿时，洪艳芬没忍住笑出了声。她很少这样笑，与平时不苟言笑的性格形成反差。江珂皱眉头，你笑什么？洪艳芬犹犹豫豫地说没有，扒饭时嘴还含着一丝笑。江珂突然把洪艳芬的碗从她嘴边挪开，动作粗暴。洪艳芬抬起头，怎么了？江珂说，我想把这碗饭扣到你脸上。洪艳芬站起来，拿开自己的托盘说，我以后不跟你一起吃了，我不喜欢撒谎的人。初中剩下的一年，她们有时在学校里再碰面，都像看不到对方一样侧身过去，直到多年后两人在北京的酒店里巧遇。江珂记得很清楚，那天在人来人往的食堂里，洪艳芬走后，也有其他的女孩儿想来她这张桌上吃饭，毕竟其他圆桌上都坐满了人，只有江珂自己守一张空桌。可她们都在很近的地方止步了，带着细碎的议论选择离开。江珂不知道她们都看到些什么，江珂那天只想让自己尽量放松，吃完剩下的饭走人。她的五官和泪腺都跟着放松，嘴里久久嚼着一团没味道的米，心被割开了一道。

四

最后一天会议结束,江珂下楼退房,给她办理的人是洪艳芬。自那晚她们重逢后,几天过去了,两人说是有机会就见面聊一聊,却谁也没再碰上谁。洪艳芬给排在江珂前面的一家三口办着入住,利落地在柜台上划单子,让男人站到镜头前对照他身份证上的脸,一抬头,视线与后面的江珂相对,眼中没有惊讶。江珂把房卡递过去的时候,洪艳芬始终低头,在对讲机里说话,或看一眼电脑上的监控。她说这样就可以了,江珂犹豫着要不要和洪艳芬说点儿什么,陈述的信息却来了。江珂转身看见,他刚落座在酒店的大堂里,现在走的话,到机场他们还来得及一起吃个饭。洪艳芬平静地看着江珂和在她身后的头发半白的男人,她好像刚才都在睡着,现在才被人推醒。她问面前的江珂,是你爱人?江珂摇摇头,如果说她刚才还想不明白洪艳芬为什么如此冷淡,现在总能明白她为什么又能再热情。江珂说是一个来送机的朋友,洪艳芬却神秘兮兮地朝她勾手指,示意她凑近一点儿。她到江珂耳边说,你还是喜欢岁数大的。江珂很快联想到了在食堂里那个中午,洪艳芬的笑,嚼米的声音,不同于当时,她已不会再因情绪的错综而愤怒。洪艳芬对她一如当年地微笑着,江珂却很想告诉她,真的,洪艳芬,我们早该和解。她同时深知,很多时候恰是因为道歉,让结成了死结。江珂没有道歉,也没回嘴,知道她们实在不太可能遇到了。

陈述问坐在副驾驶上看窗外的江珂,那个前台在你耳边说什么了。他车上没放任何音乐,沉默能感知到彼此更多的信息,还能听到江珂心里一些低语。说你看起来风度很好,江珂笑,这几天在酒店里住,我和她成了朋友。陈述知道是玩笑话,但乐于听她这么说。如今他不再拥有忙碌的上午,可以随时抽身,开一个多小时的车送朋友去机场,再用同样的时间折返回他宁静的工作室。当他和其他人在一起时,时间在喧闹中过得缓慢,而每当和江珂一起,时光反会因沉默变得飞快,感觉时间成为传送带,他俩只需把脚放上去,就可离地飞行。江珂不免想起两年前同样是这条路,那时的心境远不像今天从容,完全可用撕心裂肺来形容。两年前,每一分钟她睁眼闭眼,都能从车窗上看见自己无神的黑棕色眼睛,凹陷的双颊。陈述和现在一样地在她身边开车,车里遍布烟草的味道。在他打开后备箱,放她的行李箱进去时,江珂瞥见了放在最里面的粉红色的儿童车。她庆幸一切点到为止。江珂在陈述的朋友圈里见过他上小学的女儿写给陈述的信,既童真又十分早慧,看出受陈述的影响,对文字具有天赋和敏感。她再次闭上眼睛,又想起他们分别前的一晚,两年前他们在他的工作室里说过的那些蠢话了。酒后变成另一个人的陈述曾爽朗地向她预言,他们往后还有五年、十年……他们会拥有一种断裂的长久,和朝夕相处不同的,朝夕相处。她那时多么希望在机场里为她推箱子的陈述，能对她说上一两句给她力量的话，而不是仅仅把她推出去，送进登机口。有好多次她都准备停下来，陈述还在往前走。他在面对江珂的眼神时东张西望，清嗓子皱鼻子，到他站住不走的时候，她竟不敢往前踏一步。

就到这儿了。陈述已经远远落在了后面。刚刚他们在咖啡店各自要了杯咖啡，说了些客套话，保持住分别的体面，走出咖啡店，就是两个方向了。接下来一个钟头，江珂几乎无法停住脚步，在偌大的候机厅里前后左右地走，直到力气散得差不多了，才在登机口前坐下。广播里通知了她要飞的航班晚点的消息，起飞时间待定。她坐在一个靠近落地玻璃窗的位子上，看远处飞机的起降，天空辽阔，太阳只剩下一个模糊的边缘，其余埋在地平线的尽头，仿佛爆炸后的金色烟火，本体已消失，留下的光焰无数。在她前后坐的人，眼睛都因承受不住这种黄昏时的强烈光线纷纷走开，夕阳把江珂的头发直烤得有些烫。李老师，她对自己说，在对生活感到困惑的时候，她就对自己叫他的名，李老师，李民涛。她又闭上了眼睛，眼皮上也暖烘烘的，好些光线从黑暗外钻进来，在闭上眼的前方，依然有天马行空的形状和万花筒般的变幻，光点在自由组合。在江珂眼前出现了幻方、鸡兔同笼、跑道问题、移火柴、说谎问题……她最喜欢做李民涛布置的说谎问题。甲说乙在说谎，乙说丙在说谎，丙说甲和乙都在说谎。谁说的是真话，谁又是撒谎的骗子？江珂十二岁时，人与人关系的猜疑和微妙格外令她着迷,解了一道还不够,盼望李民涛放出更多的问题,设置更复杂的情景。她被叫到白板前为同学们分析其中的矛盾,理清逻辑。李民涛赞许地看着她,然后有那么一会儿,他再也没有看过她。江珂睁开眼睛,现实里颜色更多,却更黯淡,且毫无变幻。

她呼出一口气,感到憋闷,她不能去想任何跟李民涛有关的事,往后她每长大一岁,这个将她从痛苦里带出来的好办法,都被她掌握得更牢固一些——最痛苦的时候,她都是靠回忆李民涛扛过去的。那些故事没有终点,不叫人失望,没有开始,希望等同于无。江珂告诉自己,现在可以把那些珠子再拿出来,摩挲一回了。该选哪一颗好?一片云游开了,光线笔直地朝她照过来,穿过她的眼睛、喉咙、肋骨,到达她的脾脏,她再闭上眼睛,那些小精灵似的光点立时涌过来,令她想起那一天。八楼那个废弃的教室里,灰尘的气味,粉笔末的气味,老木头的气味,那一天,和现在一样,江珂独享那里的黄昏,整个八楼也只剩她一个人。小学快毕业前,李民涛的奥数班被勒令停掉了,起初她和对此不甘心的同学一起,仍会在周末上课的时候,一次次赶过来瞧,一次次他们看见门上的封条犹在,垂头丧气离开。再往后,只有江珂自己,会在黄昏的时候来。有天她心血来潮,不像每次只在门口徘徊,而是推门走进了旁边的教室。过去学生们都在这里等李民涛下课,黑板被画满涂鸦,那个破沙发也总被坐得灰尘飞舞,随男孩子们的拍打而发出弹簧震颤的声音。突然她产生了一个美妙的想法,就在这里等一会儿吧,再假装一次,杜撰一回,像和李民涛有过约定似的,在这儿静静等他来。江珂乖巧地坐在沙发上,看窗户里破掉的一层玻璃,正折射出好看的光线,而那些和她一样轻盈又不值一提的灰尘,在其中舞蹈,飘旋着。她不在乎李民涛会不会踩响八楼的台阶了,只是被那些光和灰吸引住,像迷恋那些微小的感受一样,将那一刻的所见化为珍珠。她不知道自己以后常会用到这些珠子,谁又能从一毫米看到几万里的事呢?她只是感到珍惜。广播开始通知乘客登机,陈述给她发来信息,让她回去后好好治治她的耳朵。这次来,我说的话你一句也没听进去。他又重复这句,说对她感到失望,他们之间已经失去了那些互相吸引的东西。他坚持认为从开始到结束,江珂呈现给他的都是扮演出的样子。江珂起身跟着人群排队,把手机提早关机,放进了包里。甲说乙说谎,乙说丙说谎,洪艳芬认为江珂有说谎的习惯,而江珂认定陈述才是说谎的行家。

黄昏逐渐过去,乘客们走进摆渡车,一车面无表情的陌生人向着飞机停落的方向靠近,没人知道它确切停在哪儿。夜晚逐渐到来了。又一颗珠子掉进了盒子里,江珂很清楚,过几年它就会被拿出来,重见光明,在它的外表上会笼罩着使人眩晕的柔色光芒。江珂还清楚,李民涛不会说谎,他永远不变,他是那个收藏所有珠子的暗盒子,只会在人生的黄昏时刻被打开。像在梦里他常现身的那样,抬高手腕,摇晃着手里的物件,带笑征询。找这个吗?我已经替你收起来了。

起舞吧

耳畔尽是宇宙爆炸的声音

不断爆炸

不断被一瞬的光线刺晕

汗水顺动作洒出时

犹如脱轨的星体

我能眼睁睁看见它们晶莹的折射

……

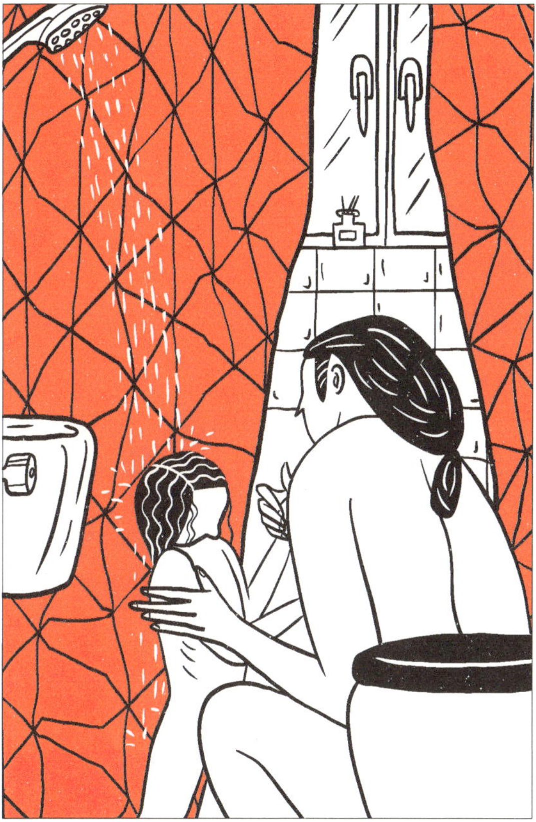

一

迟迟让我给她盘个头，上午她有舞蹈课，舞蹈课上的女孩都盘头，要用到几个夹子一个网子，在头上箍出一个颜色绚烂的花儿，远看像后脑勺上种着向日葵。我问，马尾不行啊？她嘟嘴在镜子前坐，嘴边一圈牛奶的白沫没擦干净，一句话不说。早餐给她准备的是牛奶和果酱面包，她不满意，已经有点儿和我闹脾气，衣服也穿得磨磨叽叽。迫于无奈，我给郑道打电话，他没接着，俄罗斯比这边晚五个还是六个小时来着，没记清楚。迟迟的橙色舞蹈服昨天洗了，搭暖气上一晚没干，我正忙着用吹风机吹干，想着还要带瓶水，再带些小零食，一个半点儿，她可能会饿。连裤袜给迟迟穿上了，再套条外裤，到地方一脱就行，郑道还嘱咐我啥来着？吹风机呼呼地响，看时间，也看迟迟的表情，她还披散着头发，嘴角耷拉，眼珠里不知道转什么念头。想和她说话，话题始终酝酿，干酝酿。一来时间快不赶趟，二来这么早起床我不习惯，脑子不是太清醒，今天早上闹钟响起，就跟外星人用的通信设备一样，向我传递的尽是新奇的内容。迟迟过来了，迟迟要和我一起生活了，我要做个妈妈了。我做妈妈已经七年了，其间因为各种缘由，我们见面很少。像这样她在我身边醒来的早上，感受陌生又奇异。练功服终于全干，叠好后，我把它收进迟迟的小书包里，她还是坐着一动不动。到她背后，我再试图用夹子和网子收拢那些头发，可越是针对，越是流失，迟迟柔软的头发就像流沙，不断从我手指间逃逸。女儿在镜子里的眼神更让我心慌，我真不希望她这么小年纪就掌握了蔑视的情绪，但也许这是成长的本能，总有人会把所有的负面情绪一一教给她，来日，再让她一一教还别人。我撒开手，任由她确认我做不好这件事。征询道，姑娘，今天扎马尾行不？妈白天练练这个盘头，明天指定给你扎上。她干脆说不行。我也干脆，你弄死我得了。

送她去教室，都是我和她这样的一大一小，手牵着手，默默爬上旋转的台阶。迟迟一路不和我说话，到门口，我寻思抱她一下，嘴凑她脸上，被小手扒拉开。我知道自己身上气味不好，昨晚和前晚的酒精，去年和前年的酒精都在身体深处留下了味道，不是洗澡和香水能消除的。她讨厌我的地方当然不止这一点，我身上方方面面都不合她意，虽然嘴上她从没说什么。站在玻璃窗外，目睹迟迟离开我，像个小鸭子划向深海，很快和其他的孩子们汇聚到一起，将细瘦的小腿搭在杠子上，我简直不能再清楚，发现她每一个肢体动作，都暴露针对我的隐忍的愤怒。我一样能感到格格不入，毕竟其他的妈妈都三五扎堆，和我隔着距离。往常不觉得有什么，此刻却害怕，我给别人造成的印象会延续到女儿的身上。她们看待她，大约会觉得可怜，越觉可怜，越认定我身上挑染成蓝紫色的短发和紧身T恤，是种罪恶。我托着一只耳朵上的金属环，心情与上学时被老师叫上讲台，被当众劈头盖脸说一顿时的感受如出一辙。当时的办法沿用至今,即用眼神过滤掉周围所有,宁可让别人觉得我不在乎。我不在乎,便不会受到伤害。而我的迟迟,正将足尖一点点伸到她不可能一下扳到的位置上,五官坚毅,不容妥协,没人去要求,她也在用自我要求的方式自我保护。我一时酸楚,支撑是种酷刑,转脸慢慢走了。下楼梯时,不免希望,等再到达地面,我就可以掌握一个人作为母亲,要学会的所有课程。可直到最后一级走完,我还是班里考最后一名的学生。我空无一物,我没有见识。

我争取过女儿,相比郑逍拥有的一切,我的一切经由被审判,都打上了可耻的低分。离婚判决下来的一刻,我才第一次清楚意识到,在别人眼里,这些年嫁给郑逍,享受宠爱,当真和中彩票的概率相差无几。现在我们离婚,所有人为他庆贺,劝我则是,咋说你也过过好日子了。离婚是我提的,匪夷所思,也更活该。郑逍让我欣赏的地方始终没变,在我所有的信息接收渠道里,他从未对人说过我一句不好。对这样的人,你也很难去向别人吐苦水了。其实有没有苦水,自己也闹不清楚,像我们的开始一样,结束也糊里糊涂,如果非要找个解释,大概只能说,他太好,我太自私,我又不介意贯彻这种自私。郑逍人在国企,做中层领导,不同于其他同事,他总是朝九晚五,保持日常的规律,每天按时回家,甚至有时面对酩酊大醉的我,还能默默无声去厨房做顿粥饭。到我醒来,通常已是深夜,睁眼就能看到他,正埋首阅读手机上的财经新闻。这时餐桌上还飘着米粥凉时,微弱的香味儿。好些时候我睁眼也不告诉他,我总想故意设一些埋伏给这个人,给他完全的空间和信任,作为试验一个好人的诱饵,看他会不会也有一点儿出格的行为。他全没有,让我怀疑他泯灭人性,更疑心自己运气来临得不公道。我配不上他。无论从各个方面讲,作为爱人,他满分,作为父亲,则拥有更能让他脱颖而出的高分。所有的附加题,他都完善体面地答完了,而我甚至只能在卷面上,力求工整地写出一个"解"。

四年整的婚姻里,我问过郑逍无数次,为什么选我。开始他回答不出,后来归于沉默,到离婚前一晚,我们均痛哭流涕,他终于说,因为我的出现,补全了他人生想去实现,而未实现的部分。那一刻我将他的平头揽进怀中,一下下捋着。当时迟迟三岁。每天九点之前,我们会轮流哄她入睡,但她更期待的陪伴对象始终是郑逍。那一刻我同样决定接受命运的安排,把迟迟全交给她的父亲,作为我一种补偿,一种愚蠢的还报。我们都喝了一点儿酒,于我是常态,郑逍却始终不喜欢酒,为适应离别,也干了和我差不多的量。最后他和我肩膀勾肩膀,在午夜的阒静中,以只有双方能听清的音量,互唱给彼此《爱的代价》。我仍追问,你没能实现的又是啥?郑逍当时睁着他少有的,会脱离清醒的瞳仁,牢牢与我僵持着。他的每一寸皮肤都红了。他说,你补全了我的童年。谁会不想永远当个孩子?如果你把迟迟给我,我们真互不相欠了。再往后的事，和收拾所有破碎关系一样，无非一步步走流程，收拾东西，找房子，搬家。我没资格索要东西，除了迟迟。毕竟其他，都是靠郑逍个人奋斗得来的。

离婚后我没去别的城市，这儿挺好，环境熟悉，有几个朋友，本来我也不是那种有勇气折磨自己的人，从来相信世上无难事，只要肯放弃。我放弃了婚姻和迟迟，为收获一种更自我的生活，决心深陷泥潭，重组时间，且给它定下温柔的纪律。所以自然的，张辽能进入我后来的人生，成为我的爱人、知己和战友。和我一样，他也没固定工作，自诩艺术家，其实做的仍是经商的内容，有活儿的时候给广告商作几首歌，没活儿了自弹自唱，去酒吧串场。朋友遍地，张口便三哥二妹，喝酒好喝湿衣服。张辽人如其名，自带历史渊源，高大魁梧，一身腱子肉，但我知道三国里曹操更多是叫张辽的字，文远。这点他就和古人不一样了，现实中张辽不文，也很少想得长远。有时我还怀疑，他的心理年龄落在哪个区间，小学毕业能确定，到没到中考的岁数，始终是个疑团。

送完迟迟学舞蹈，给他去了个电话，问起床没有。张辽说，我的晚安，你的早安。早安啊，奥菲利亚公主。我说，昨儿不是说好了，十二点前咱俩各自休息。今天我早起，你也早起。咋还通上宵了？他说，不怪我，灵感昨天敲我一晚上门，真整出个好歌来。我说，闭嘴吧。抓紧补会儿觉，下午我过你那儿去。他打着哈欠，声音像个软绵绵的小狗，问，姑娘上课去了？我说，送完了。跟我闹一早上别扭。他说，下午你带她一起来。我喜欢姑娘，帮你俩调解调解。我说，反正你记着这事，到时候再说。他说，李芜，你再等会儿，等会儿我该睡了，该谁都叫不起来了。耐心听我跟你哼两句，行不？灵感还热乎呢，刚下沸点。我站在街边，看一个个准备撤走的早餐摊，收棚子，拉店门，阳光普照，景象基本和非洲大草原差不多，是早已出离我的生活，无不带来新鲜的刺激。一会儿我计划去跑步，掐好时间，回去接迟迟，我还预备像别的妈妈那样，问她今天学会了什么，又克服了什么。饱满吸好一口气后，听张辽在电话那头以沙哑的音色，念诗一般唱：我弥补，我倾诉，我将心剖一半给你长居住。孩子请你观支舞，让不懂成为不束缚；孩子再来跳支舞，让缺憾暂且不作数。我回他，完了？他说，完了。多少有点儿振聋发聩吧？我原地乐，真好，张辽真好，他又一次成功把我从必须战斗的生死前线，拉回午睡过后，排排坐吃果果的幼儿园。跑步，跑个爹。我一时温柔无限，叮嘱他别再熬夜。亲爱的，体恤点儿身子，我不想来日在水滴筹里见到你。

我独自在城市的陌生上午里漫步，围绕女儿上课的地方，转去附近几条街。思维也许是因为酒精的不占据，反正是这几年少有的清醒着。勾起往事，那些平日我唯恐想起，现在却急需的回忆，都能让我更好适应此刻的身份，去相信，眼下可能真是上天的恩赐。让我和迟迟，有一段相依为命的时间。这是老天爷在给我架下的天平上，另一端放设的筹码。即在获得自由自在人生的同时，失去情感的牵绊和被需要。如果母女情分，只此一段，我必须做得好些。人行道上，绿柳成荫，南方的冬天一切绿色都未褪去，清早空气爽辣又陌生。躲在一块宣传板后，久久徘徊在它上面印出的民生新闻和国际要情前，我鸵鸟一样转去后面，借其避风。这些年头一遭生出悔恨。恨我没能将这份牵绊持续，眼下即便得到，往后也没有延续它的本事。如果是这样，为什么我还要把迟迟带到这个世界上？让她注定，在得到生命的同时伴随一份重要的残缺。我边走边滴答眼泪。不自觉回到迟迟的舞蹈教室，大部分家长还留在那儿，一个半小时，压根儿没走，基本都坐在教室外的长凳上，手里捧着一个个卡通图案的水壶。还有些家长，一直踮脚尖往窗户里瞧，因孩子一个动作，做出骄傲或皱眉的表情。快下课了。屋里是最后一曲排练的音乐，《爱我中华》。孩子们个个腰上别了红绸，迟迟站在头排，挥绸子姿势像个侠女，舒展干脆，没一个动作拖泥带水，转刻就能一字马劈在地上，腰杆溜直，横眉冷对。擦好眼睛，我站在外头，瞧住女儿始终未见轻松的模样，我严肃告诫给自己，要像女儿训练自己动作那样的，训练自己的精神。不止冷静，还要有充分的理解和包容。这么告诉自己说，要给迟迟十二分的爱，哪怕没有，去借一借。

　　毕竟往后，不会再有这样的时刻了。迟迟会长成少女，嫁作人妇。我们母女缘分只这一程。

二

迟迟拖延着自己的动作,收拾每一样东西。她不知道我会等在外面。我迫切地给郑道又去了遍电话,希望他指教指教我,每回接迟迟下课,该说些什么,用怎样的语气。迟迟跟在一个胖姑娘后头走出,见我拿着手机,偏头没理会。郑道电话一直没通,这么长时间,也许在补觉。我伸手够迟迟肩上的书包,叮嘱她,别急下楼,外面凉,套上外裤再走。迟迟穿着一身练功服,匆匆往楼下跑,要是见不着我,兴许她也不这么跑。身后是家长们的殷切声和小孩们懒散的撒娇,渴了,累了,烦透了。也有积极的,拍胸脯说,妈妈我今天一个动作都没忘。迟迟不是第一个到教室的,却是第一个跑出教室的,我紧追着,只追到她练功服上那些鱼尾一般波浪的裙摆。它们一闪即过,漂亮得让人眼晕。

把迟迟领到张辽那儿,是下午两点多。他醒了,还提前收拾了下他的狗窝,屋里不能说多干净,算有能坐的地方。张辽把电脑拿给迟迟看,里面有他下好的一部动画片。随后他叫我去另一个房间,把烟递上。我抱怨说,她拒绝跟我沟通。看着眼前张辽剃过胡子,干净清爽的长条脸,他今天甚至给自己的长头发编了个纹丝不乱的粗辫子。既想像平时那样笑话他,又觉得做不到。抽口烟,我说,孩子太小,我们这些年联系又太少,她对我可以说全不了解。中午带她去吃肯德基,小时候咱们吃回肯德基，不就是节了？对人家没用。也不知道郑逍这些年给她喂的什么贵族饲料，无论你把什么鸡翅可乐土豆泥，堆到这小人儿跟前，都给你一种落她眼里是垃圾的感觉。她就是不痛快地小口张嘴，小口吃。一切相处，相处一切，都让我觉得受挫。我看着他问，你知道那种感觉吗，张辽？她不是不讲礼貌，跟服务员她都能轻声缓语说谢谢。说谢谢的时候，和郑逍简直一个模子刻出来的，礼貌、优雅，自然和他人分出一条高低有别的界限。和她相比，我就是个白活的大人。你觉得她什么都不懂？她刚才也和你说叔叔好来着，还问你喝完的果汁杯子，应该放在哪儿。不管是不是生分，起码你们之间有交流，对我，她总沉默是金。我别扭的是这个。张辽到我身边坐下，扶住我一侧肩膀说，挺替你难过的。我推他走，没推动，他用下巴一直顶我的嘴唇，上面有我熟悉的，属于醉生梦死国的味道。往日多少回，我都能被他身上的气味儿带领去山峰，带领入云雾。此刻，他让我认真体会到，鲁迅先生怎么说的，人与人的悲欢不相通。

给他一拳，有多远滚多远，说要调解，你调解啥呢。张辽给迟迟找的动画片，却真苦心孤诣，正是母爱宣传片《宝莲灯》。小时候学校组织看过，当时印象最深还不是母爱，是那个走江湖的骗子，挥舞葫芦瓶念，走走走，游游游。张辽摩挲我的手背说，这就是你的病根。孩子看这个多少都会被打动，我当年还哭得稀里哗啦呢。扪心问问你自己，和我阿姨到底是处成啥样，才让你对母女关系这么不敏锐。我把头彻底转过去，不接这个话。也是我太了解张辽，和一个所谓搞艺术的人相处，就得时刻告诫自己，有点儿提防。毕竟总要在他是想认真听你说，还是想认真找个素材间左右怀疑，得出的结果往往是，即便他当时理解了你，也不妨碍他把你的痛苦榨取干净，去应用、变形，同时获利。我放心不下，想去看眼迟迟。客厅电脑里放出曲儿熟悉的音乐，《想你的365天》。没经住情感的驱使，我还是想尽可能离她近一些，起码说，让迟迟在为那个遥远且不一定存在的三圣母和沉香，感到一丝共鸣时，转头就能看到我。妈妈在呢。妈妈没被囚禁于华山。我捋着她毛衣边缘的一圈绒线，始终小心翼翼。迟迟眼里果然有泪水，我则在心里，小声默念，忍住，你永远也分不清，她到底是因为啥泛出的泪水，你已经怕了她了。电脑前闪过三圣母流泪呼唤儿子的画面，同一时刻，迟迟回身投入我怀抱。

抚摸她头发松散的后脑勺，我说，好姑娘。我闭会儿眼睛又张开，迟迟小手伸着，给自己乱擦眼泪，想帮她擦，能感觉她躲。迟迟，我问她，你到底喜不喜欢妈？女儿点点头。我很满足，不管真话假话，不管一时感动还是长期真心，起码这一刻，我给自己争取到一个进门的机会。喊张辽过来，他站在我们母女之间，臊眉耷眼。让他转过身去，摆弄他半长不长的头发，我问迟迟，咱俩拿张叔叔做模特，练盘头怎么样？你和妈妈一起学，这样以后爸爸再出差的时候，迟迟也会给自己盘头发了。后一句，非我的初衷，我只是想不出能通过什么，和迟迟重新培养出感情。我想先变成她的朋友，和她共同参与一些事，如有往后，再循序渐进。迟迟干坐不动，只是看我。我抓起张辽的秀发，拽走上面的皮筋，戴到自己手腕上。他如今头发四散，好比落败前的东方不败，满脸写着哀怨。让他再拿几个卡子过来，别说没有啊，你一定有。还有网子。不让你找头花不错了，我姑娘眼里可不揉沙子。张辽去了。迟迟还是看着我，我们四目相对，感觉一个孩子的眼里并无多少对此刻的记取，只是很茫然。

我边给张辽绑头发边说，迟迟，看清妈妈手上的动作。迟迟说，看着了。将张辽头发拢住后，我又说，要分出条清晰的线。张辽不住喊疼，因我只顾向迟迟示范，将他当成了没感受的人偶。迟迟问，绑不拢怎么办？手里张辽的头发的确让人难驯服，它们像根根都有自己的意识，根根都各为其主似的。我咬牙说，越是针对，越是流失。只要不针对就行。张辽龇牙咧嘴转头说，这话，跟孩子说早点儿吧？绑了几次，失败很多次，上手后，我将步骤一一教给迟迟，张辽的脑袋瓜一个下午变化出许多种风格，虽然都是为完成同一个发型。迟迟学东西非常专注，我认真观察，她脸上既有属于我眉眼的相似，更有郑道的精气神在。看着那张和我相像，又不属于我的脸，深觉人生奇妙，让我不禁揣测，母女缘分的落点究竟会在哪儿。

晚上我洗过澡，给迟迟放好水，她轻轻关门，然后脱衣服。我想帮她洗，被拒绝了。和郑逍在一起时，即便他是爸爸，她是否也这样避讳着？独自到阳台上抽烟，我脑子里的怪念头越来越多，而过去几年中，它们以极低的频率出现。我很困惑，是女儿的到来，让那些人生迟到的几门课都同时想起我这个差生，索命似的向我要一个补考成绩吗？郑逍终于打来电话，信号不稳定，他换了好几个地方，终于和我顺畅交流。我苦笑，又叹气，听见我笑，郑逍问，你们相处挺好的？我摇头，他看不见。迟迟在旁边？他问。我说在洗澡。他说迟迟不太会调热水，有时水温不稳定，她会一直站在水流里等，不知道调节。我问，你会中途进去帮她调吗？我的设想是对的，比起害羞，女儿对我抗拒，更多是将我界定为外人。我说，迟迟和我，好像很难亲近了。他说，不能怪孩子。我说，这些年我不在的时候，你很少和她提我吧。郑逍犹豫说是。我又说，提到我了，你们会说什么？他说我们真的很少提到你，她也很少问。阳台上蛾子们聚集在吊灯的四周，不停往上撞，我坐在藤椅上，露出一只白腿，花裙睡衣的带子也快开了，在松脱的边缘。头顶还有刚洗过的衣服，滴答滴答往瓷砖上落圆水圈儿。我吞云吐雾，抹了下脸。郑逍说，她快洗完了吧，或者你去看看，我等，我们十二小时没说过话了。我扯嗓子喊，迟迟！水流声微弱在延续，他又催我去看。我突然感到非常疲惫，走到浴室门口时，人几乎是裸的。

　　迟迟也赤裸着，头发粘在脸上，她在持续的水流里站着，打哆嗦。我扔掉手机和烟，将睡衣快速脱下，罩在她湿漉漉的小身体上。质问她，为什么听到了，不回答？为什么水不热，不叫人？迟迟茫然盯回我，眉头和郑道以一致的弧度拱起来。她又一次以起初闹别扭，而后疯狂的力气向外推我，我两手按紧她肩头，令她一次次身体转正，面对我站。我又问了一遍，白天问过的问题，你到底喜不喜欢我？迟迟不再回答，小手费力地推开我靠近她的脸，我的光身子。我完全泄气了，没这种经验，没人教过我怎么做母亲，电话再拿起时，郑道正愤怒地朝我嚷，他听到了我对女儿的态度。迟迟捧着我的手机，蹲上浴室马桶，我那件鲜红色的睡裙，被她大半拖到地上，边缘浸满洗澡水。我替她和她爸把门关好，回床沿坐下，起开一瓶酒，汩汩灌给自己。迟迟近乎号啕。我不想听清楚，那些她和郑道交流里的，温情的语气，无奈的求助，他们的相依为命，所有种种一早将我排除在外了的内容。酒精还没那么快回到我的世界里，它们试图麻醉我的每一个细胞时，我的每一个细胞，都已被更狠烈的手段动过刀子。

　　披了件男士大衬衫，我喝得红头涨脸。迟迟出来时，穿我的衣服，神色犹如战士。我内心清楚，如果说，白天时，我已经跨进了一条腿，到和迟迟修复关系的门槛里，此刻，我们再度泾渭分明。门槛很远，门也不会再打开。我没叫她过来，没命令的口气，我简直像一个女儿，面对的是早已和我多年不往来的母亲的脸。迟迟甚至没见过她的外婆。我说了，对不起啊。迟迟把脸转开，居然回答我，没关系。语气轻飘飘的，郑逍真是个合格的好爸爸。他没教会迟迟如何调洗澡水，但教会她如何调节情绪。我说，我知道你不会再过来了，我伤害了你。可妈妈真的很想抱抱你。是，责任全不在你，不在你爸爸，在我是个非常自私又没数的母亲。如果一辈子都不和你这样朝夕相处，也许一辈子我都会忘记自己是个母亲。我自私在，以为个人的退出只是个人的退出，你我的缘分，是我主动放弃的。我没数在，居然以为我放弃了的，仍然属于我。

迟迟说她困了。我说好，睡衣在床上。洗漱好，你先睡。妈妈还要喝一会儿，一小会儿。

三

将迟迟送去舞蹈教室后，我去张辽家，他在打包东西。地上堆满垃圾，连他准备带走放在纸箱里的，一眼扫过去，也都像垃圾。张辽穿件破烂背心，绑冲天辫，手里边夹烟，边给我递来个苹果。我问，洗没洗。他诚实地说，没洗，但擦过了。端详他两只爪子，灰突突的，我把苹果搁在桌上，问他是不是真想好了。张辽紧张起来，你又要反悔？房可已经到期，退了。我说，非赶这个节骨眼儿？迟迟还得住上几天呢，郑逍后天回国，路上也得一天。张辽搂着我，说，咱俩在一起，让姑娘感受感受不同的生活状态呗。让她也知道知道,啥是爱情。我啐他一口,说人话。他说,也想让她知道,你有人爱。你活得一点儿也不糟,他调整下说,起码没那么糟。我们一起坐在堆满杂物的沙发上,身边是一把扫帚,一个空掉的吉他包,都竖立着放,像支持我们的拥护者。我感谢张辽,但他想得过于简单了,又或者,他把迟迟想得过于成熟。

关于张辽搬来,我们同居的事,之前已计划一两年。那时我们刚在一起,激情十足,因为激情,总互相较劲,伤害彼此同样狠绝。一两年过去,算是度过了情侣们都要经历的磨合期,开始有对未来的筹算。筹算第一步,是真正生活在一起。张辽从未和我提过结婚的事,我想,换任何男人此生大概都无法和我这样的女人,试图规划未来。毕竟过去那么美满的日子,我都能亲手把它毁了,难说我究竟能为得到自我满足,牺牲他人到何种程度。这是动念就能后怕的事儿。但在内心深处,念头日益坚定,我想和张辽在一起。只因他让我感到快乐。在经历过婚姻,做过母亲,最后又回到女人本身这程路上,我早已知晓自己要的是什么。不过是快乐。至于生计,至于人生的光灿或屈辱,也许四十岁后我会在意得要命。眼下,它们还不必是主宰。

张辽要搬来的那个黄昏,我叼着烟头在厨房里洗菜,切菜。案板上不时响起笃笃的动静,同一时刻,迟迟在卧室看一本童话书。岁月一时缓慢,且带有他人生活里的色彩,陌生,让人心潮澎湃。我不禁有幻想,如果迟迟愿意的话,能否,和我自此生活在一起。也许我和张辽会把她培养成另一种性格,走向另一种选择的人生。自我反驳的意识很快到来,切好几段芹菜,将它们装进刚洗出来的白盘子里,盯着上面的水珠,我手中的烟灰悬悬欲坠。思索那也会是一种世俗意义上的,好人生吗?如果迟迟,变成第二个我,等待她的,能否又是真的快乐?我不能抱这样的期望,正如我不能斩钉截铁,对峙郑道说,你很成功,但一点儿不令我羡慕。我当然羡慕,一切无非是我做不到。那么对于迟迟,也许同样无法从中享乐。楼道里响起张辽的声音,他在弹琴,弹他自己写的歌,用琴声给往上搬行李的工人师傅加油鼓劲儿。不敢喊迟迟去开门,她既然沉浸在童话里,就多沉浸一会儿吧。我扎着围裙,手拿铲子,去给我抱着吉他穷困潦倒的爱人开门,四五点钟温柔的烟火与光线,照耀我俩,眼神一经相对,泪水都夺眶欲出。

一个西红柿炒鸡蛋,一个芹菜炒肉,还有鲫鱼汤,特意给迟迟准备的,是水果沙拉。我不会做菜,很少下厨房,炒蛋里甚至有蛋壳,肉没提前腌过,鱼也不知道要先放锅里煎一下,再去煮。这些都是张辽在尝菜时告诉我的,我用筷子打他的筷子,他不再说话。迟迟埋着头,用沾了沙拉酱的水果就米饭吃,难想象她吃出了什么味道。我安慰女儿说,妈妈以后会把饭越做越好吃,凡事都要经过学习,才能掌握,是不是?好比说,我现在会给你盘头了。今天早上,给迟迟盘头时,她还在边上提点我该怎么做。自从上次拿张辽做了发型模特，我们已一起学会了这件事。迟迟仍吃得少，饭后张辽陪我洗碗。水流冲在手上，我看着几乎没被怎么动过的几道菜，不可能不沮丧。张辽从后抱着我说，何必挑战你不擅长的事。我说，逃避简直没法子。他说，晚上我们带迟迟去酒吧？我推他，你再不说人话。张辽细长的眼睛十分认真地盯着我看，同时捧起我一双手，放到嘴边，水流关小了些，但还继续流淌着。他说，要么就把孩子留家里，让她看动画片。你好久没去听我唱歌，你自己也好久没去跳舞了。他诉说的是另一世界，在迟迟突然到来前，那个世界充斥我的日与夜，酒吧昏暗且变幻的光线里，张辽唱完一首歌，我继而上台，奉献一支舞。我将围绕一根钢管，将身体时而抽离，时而纠缠在上头，耳畔尽是宇宙爆炸的声音，不断爆炸，不断被一瞬的光线刺晕。汗水顺动作洒出时，犹如脱轨的星体，我能眼睁睁看见它们晶莹的折射。

拿上包，让张辽在楼下等。走前，我看着迟迟在落地镜前练她民族舞的几个动作。她已经不需要人去扶着下腰，手臂和腿一起后仰，扎到地上时，像座小小平稳的拱桥。我打给郑道，问，平时你不在家的时候，迟迟怎么度过？他问我要出去多久。我说一小时，至多一个半。他叹气说，知道，这么多天让你在家看孩子，委屈你性格了。迟迟爱看电视，她会很安静的。但你还是要记得锁门，关好水电气以及安慰她。我说，我记着。她都看什么动画片？郑道说她不看动画片。爱看法制节目。我不信,他也在电话里笑起来,说正是因为你。她总担心你啊,会走上犯罪的道路。

怪不得迟迟看我的眼神总像我上学时的老师,她更像警察。我已经发现好几次,她会在我谈话时偷瞄张辽的全身上下,似乎他身上合该有哪儿私藏了毒品。走到迟迟身边,说我很快就回来。她问我去哪儿。我说,妈妈去上班。迟迟别扭地沉默了,不知道她又想到什么,但迟迟的早熟一样是我带给她的,我还得去解释。我说,等回来了,妈妈给你带一个礼物。本来想带你一起去,看妈妈的工作,思前想后,还是不合适。我抚摸她额头,缓缓说话,迟迟,我想送你一个礼物,很久很久了。但这个礼物,我会先交给你爸爸,让他替你保管。到你十八岁时,它会让你看到妈妈的人生。你很讲礼貌,知道礼尚往来的道理。如果到时候,至少,你不仇恨这个礼物,我希望能得来一个回礼。我可以现在就告诉你想要什么。自从你来,还没叫过我一声妈。等到十八岁了,由你去决定,要不要在自己心里,默默喊我一声。

老朋友都在,我和张辽一进门,舞池里便传来DJ的介绍声,他们来了!让我们欢迎,奥菲利亚公主,尼古拉斯殿下。张辽蹿上舞台,我跟老板互相递烟,解释这段儿不来的原因,几个小姐妹从后台钻出,不是拍我屁股就是拧我耳朵,千种万类香水味道齐齐涌来,张辽正在台上呼唤我。他将长辫子一甩,穿白衫的瘦长身体弯在台上,去够麦克风,声音有些哑,连咳嗽

几声。我换好了舞服,跷二郎腿坐在我们的固定位置上,听他再给我唱那天灵感敲他一晚上门,敲出的肺腑之言:

> 我弥补,我倾诉
> 我将心剖一半给你长居住
> 孩子请你观支舞
> 让不懂成为不束缚
> 孩子再来跳支舞
> 让缺憾暂且不作数

　　到我登台。将外套从台上甩给张辽,我盘踞钢管上,化成一尾蛇。张辽听我嘱咐,在台下录像,那晚我跳了两场,每场二十分钟。他全程记录,包括期间我和客人热烈的互动,背景嘈杂,间杂有成人世界的咒骂声。我们提早离去,夜还没深,这是我俩头回从酒吧出来,不去酒店,也向同一方向走。偎着张辽的宽肩膀,我说,谢谢你。他问谢什么。我说,谢你歌里的东西。我将嘴边的烟头取下,张辽接过给自己叼好了,又问,这回我怎么不怪他了,毕竟他又一次地,从我身上得来灵感,也得来了那些与痛苦相伴随的养分。它们纠缠,如我纠缠钢管,简直让人分不清,孰重孰轻。我没回答,陪伴着漫步到楼下,窗里还亮着灯,迟迟在等妈妈。这是迟迟等我的最后一夜。明天中午,我咬紧牙关想定一个念头,郑逍将来接她。

还是定八点半的闹钟，迟迟睡到八点半，我在六点半醒来，轻手轻脚到厕所里化妆、穿戴。张辽在大床上睡着，等我在厨房里热好三人份的牛奶，煎好三人份有完整有残缺的鸡蛋后，我先去叫醒他。张辽换衣服的空当里，我轻叩响迟迟的门。练功服昨晚洗过了，温度逐日升高，今早它全部干透。迟迟捂着打哈欠的嘴巴走向厕所，同时，我叠好练功服，带上小零食，把它们都锁进她的小背包。张辽神采奕奕，在饭桌上和迟迟竞赛，脑筋急转弯，谁输了，谁先干掉牛奶。他们每一句对话时，我早候在梳妆镜前，想象迟迟头发等会儿落在手上的感触。它们还极有营养，随我；发质偏硬，又随郑道，是异常的茂密。镜子里看得到，往我这儿走的路上，穿着蓝格睡衣的张辽将迟迟半道叫住，拽纸巾擦净她嘴唇上方的牛奶沫。我们在镜中相视一笑。迟迟坐到前方的凳子上，由我给她盘头。已越来越驾轻就熟，马尾利落地扎好后，头发分成两股，先交叉，再缠绕，汇聚成团，用卡子固定四个角。黑网套在上头，簪子从中穿过，迟迟眉头在镜里，微皱了一下，我知道她忍着疼。我无时无刻不端详着镜子里的她，觉得稍纵即逝，又觉前尘往事滚滚而来。她压抑着心事，小心问我，今天是爸爸来接吧？我说，爸爸中午回来。他答应我，到了机场先不回家，到教室接你。迟迟喊出声耶。我跟她比了一个耶，张辽站过来，远远地，也朝我比了一个耶。他站在镜子里，看清我脸上没有笑容，毫无一丝一毫，过去那种无论在欢场，还是在情场上的，飞萤般挑畔的风流气。仅这个早上,我是最贤良的女人,最二十四孝的母亲。我还是,德艺双馨的舞蹈家。

张辽陪着我,一同送迟迟去上舞蹈课。迟迟再度像小鸭子划进了深海,玻璃窗外,又是此起彼伏的议论。张辽和我,两个无论如何不似家长的大人,手扒在墙后,腿均微微颤抖。张辽因为短觉,没精神;我因为短情,知道了失去。他低声问,等郑道来接姑娘了,他要不要躲出去?我说不用。郑道明事理,他和迟迟生死一脉,在意的只有女儿。张辽还担心我脸色不好,我甚至没力气佯装打他一把。他还问,视频你发给老郑了吗?我说,发了。说完我笑,郑道也许自己都没勇气看完那四十分钟,我的钢管舞表演,更遑论保存十来年,直到迟迟成人,交给她看。我只是怀抱一种期望,像我二十出头时嫁给郑道,像结婚第二年生下迟迟,像结婚第四年决定放弃所有——种种,人生所有选择,都受了期望的蛊惑。此刻,我奢望着一个七岁的女孩能够理解她母亲,哪怕等到她也七十,都不用十八,仍不理解,我也无非,是做了我自己的补救。虽然,它笨拙。挽着张辽粗壮的手臂,走向那段旋转楼梯,我们脚步一同落稳在最后一级,遇到了匆匆赶来,提行李箱的郑道。几年未见,想和他打招呼,张辽也已后退步子,准备收容给我俩寒暄一面的空间。可郑道看不到我们,如看不到一段空气。我张开的手掌,只有转接给身边张辽,这个傻大儿,他居然也举起自己的爪子,和我在半空中,轻巧一碰。我说,看着没,一道无声接力。我和郑道，联结正长期失效。张辽扣上衣服后的帽子，以儿童般不问因果的冲动带我跑上大马路。他声音洪亮，他步履还矫健呢。

他说，奥菲利亚公主，咱们终于自由啦。今晚我们，起舞，跳出个黎明——

爱人

请爱着我

请再爱着我

用你的温柔和承诺

我要向人们诉说

沉默不再跟着我

请爱着我

请再爱着我

甜蜜的感觉吸引我

不再拥有这份寂寞

在夜空请你呼唤我

……

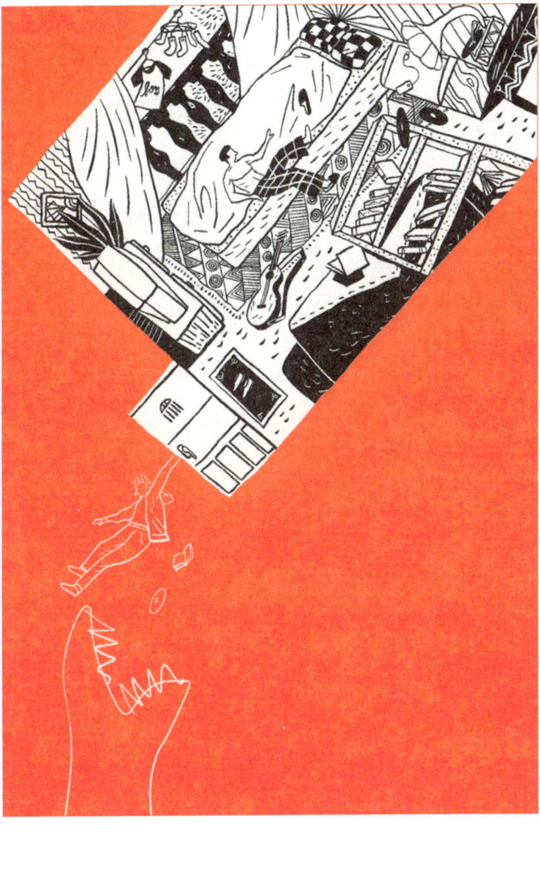

一

听过《爱人》吗？周海军和李朋第一次见面时，李朋正伏在酒吧台子上半睡半醒，镭射灯反映的世界光怪陆离，人和人在池子里扭摆，不上岸。他以为对方在问他，有没有谈过一个爱人，困惑地抬起眼睛。有人在不远处喊着海军，接着是一群人。但面前的男人只是独自站着，戴着帽子，阴影下两只长睫毛的眼睛扑朔迷离。周海军说，等我唱给你听，下个曲儿就是。李朋缓缓端正坐姿，望着一身黑夹克的周海军淹入舞池，轻盈得像一个鼓点儿。他不知道自己现在是什么模样，但从周海军的眼神里，他感觉自己给人的印象很好。

后来李朋跟周海军说，那晚遇见你之前，我对这条命一无所知。

周海军在电台工作，因为嗓音出色，从五百个报名的年轻人中脱颖而出，挤进了最后拥有正式工合同的五人名单，又因为嗓音不正，没能进新闻频道，进了文艺频道，主持一档叫《月色撩人》的深夜音乐节目。节目一旦遇上深夜，就总有人不怀好意，往里拨打电话询问男女问题。周海军后来驾轻就熟，每遇到这样的电话，便利用电话打来和实际播出六秒的时差，在导播台直接掐掉，然后慢慢推高歌曲的音量键。这让他的节目总是充斥着不知从哪里开始和结束的旋律，好在午夜，听众本来就少。一次一个喝醉了的出租司机打电话进来，说，海军，我听你不是一两年了。周海军在话筒里回复，感谢这位听众如一的支持。司机说，我喜欢你，我也是同志。导播在直播室镜子后面装作没听见，打算直接掐。周海军摆摆手没让，调整了下话筒的位置，缓缓吐一口气，笑了。之后他播放了邓丽君的《爱人》，那晚他在七号废墟酒吧，第一次唱给李朋听的歌。那以后每个晚上李朋都会听他的节目，再等他上完节目回家。周海军知道，广播那头的李朋今晚听到这首曲子，一定会在他们那间出租屋的破床上乐得翻滚，边翻滚边骂周海军不长脑子。转天，播音部主任对周海军说了同样的话。

周海军回到出租屋和李朋一起躺在床上，惟妙惟肖地模仿主任的语气，神态。他说一句，李朋就捂嘴忍着乐。周海军说，你把手拿开，好好乐。李朋说，我牙不好看。周海军好像突然想起什么，用手指往后梳了梳自己的头发说，我头发还快掉光了呢，谁都多少有点儿缺陷。李朋点点头，去掰周海军的手指看，刚刚梳那么一下，他五指间夹了七八根断发。李朋看着他说，不行都去剃了吧。周海军说，有这想法，怕台里影响不好。那时指点周海军的人在单位、在生活中已经不少，只都没到公开的程度。久而久之，周海军自己也闹不明白他是真的不在乎，还是长期争取不到，死心了。他抚摸着李朋的皮肤，从胸口到小腹，没一丝赘肉的年轻自己十岁的身体。周海军往下一按，李朋弓起身子像只虾一样躲。周海军含着笑看他，问，不疼？李朋说，不疼啊。周海军昨晚十一点从单位回来，下午五点还得去,白天是他的睡眠时段。入睡前,周海军任由李朋轻柔地拍抚自己,像小时候母亲的手,含含糊糊感到是有点儿疼。

头剃完,周海军看着理发店镜子里那个光秃秃的人脸,突然觉得早该如此。本来也轮不到他主持市里的活动或会议,一个躲在电波里的声音,光头并不影响单位形象。他知道哪些人会议论,播音部加他一共四个,两男两女。两个女的,一个矮个儿主意正,叫郑小梅,一个高个儿没主意叫陈倩。都和他要好,要好到彼此兄妹相称的程度,哪怕陈倩叫郑小梅哥,叫自己姐,也没什么出错的。这两人都不会对他的光头有话说,就是台里那些男的,尤其是成家后养儿育女的那一帮,抽烟扎堆,小便也扎堆,讨论的话题永远是工资和谁谁又对不起谁,是个王八蛋。到了人前,又偏爱和王八蛋打交道,彼此递颗烟抽,再重新骂出一个王八蛋来。尽管他们对周海军,并不骂王八蛋。他知道他们嘴里会说出另一个共同的词儿,因为周海军从不和他们扎堆做任何事,这个词儿也就无忌讳地流传着,除非哪天旁边有女的在场,才用彼此心照不宣一笑,来指代那个词儿。不就是二椅子么,周海军有一回在家安慰李朋,你指望他们能研究出什么词儿,同性恋者?李朋抱住自己的头,静静闻着周海军在身边抽烟的味道。李朋和妻子前年离婚了,在民政局门口,她最后对他说的一句话就是这个,早知道你是个二椅子,我也不会逼你。李朋听了转头就走,没打车没坐车,在雪地里走了四十分钟拐进周海军的出租屋,坐下时身上像背了一块石头轰然塌陷。他大口大口喘了起来,周海军捋着他的前胸,让那句话慢慢变得熨帖,变成失踪。李朋说,谁再这么叫我,我弄死他。周海军掐了烟蒂,看他,那有人这么叫我呢?李朋闭上眼睛,感觉到对方的气息越来越近,就在自己眼皮底下,睁开眼时,周海军苍凉地笑笑。李朋明白关于这类事情,周海军经历得更多更直接,但他还是好好活着,也没把谁弄死过。他似乎始终和那些人走在同一个方向,却不同空间的路段上,像脚下有一座自力更生搭建好的立交桥,能远远看着底下气急败坏的堵车和人流。周海军剃完光头,直走进电台一楼大厅才摘掉帽子,先和保安打了个招呼。郑小梅和陈倩一起去食堂吃饭,电梯门一开,周海军突然跳过去,弯腰拿光头向着她们。上场了,打光到位。他说。郑小梅瞪大眼睛,陈倩一时尖叫又拍手。

陈倩说,你光头像《大唐情史》里那个和尚。周海军说,辩机?我不是他那样。陈倩说,说你像聂远。别人光头都像厨子。郑小梅说,海军是帅。周海军和她们坐在食堂里一张桌上,此刻不紧不慢挑西红柿炒鸡蛋里的鸡蛋吃。陈倩说,总这么挑食。周海军说,从小不爱吃西红柿,怕酸。郑小梅突然觉得周海军也许就像听说的那样,心里不觉有点儿戒备,她说,这不吃那不吃,以后多为难你媳妇啊。周海军说,不找媳妇,谁给找也不去看,影响我享受生活。郑小梅觉得传言又确实了一点儿,转头看陈倩,后者一脸崇拜的表情。周海军手里的筷子停在半空说,倩,给我一条你盘里的鱼,刚才没拿着。陈倩立刻夹了一条过去,还把整个盘子倾斜起来,小心地给周海军匀去汤汁。周海军斜着一只眼朝郑小梅看,郑小梅恍惚一下,她还是第一次在现实生活中遇见这种人。她知道外国有不少这样的人,成立了什么组织,可以公开入会,始终在争取权利。中国自然也要有这种人,她是报新闻的,公开材料里从来都在回避这些话题,更多的是将其列入艾滋病传染途径的一种。郑小梅低下头,考虑要不要找个机会和陈倩说这个事儿,交朋友没问题,可不能再互换食物,肢体接触也是危险的。虽说台里每年都有体检,多是走个流程,保命的事儿还得自己为自己着想。周海军哐着鱼骨头问,小梅你升副主任的事,有信儿了吧。郑小梅说,不好说,都觉得我还是年轻,不压人。陈倩默不作声,周海军笑说,起来了别忘带带我们。陈倩看他一眼,周海军马上把嘴闭上。郑小梅下午有节目,吃完先走,周海军望着她的背影,心说是个向高走的,后看背挺得比尺还直,也不怕累。陈倩也起身,帮着把周海军的盘子一起收了,不时有人走过调侃两句他的光头,男的说了,周海军笑,女的说了,周海军上去就掐一把。等到热闹过去,他跟陈倩往回走,在电梯里碰了碰她肩膀。陈倩说,你就不敢和小梅闹。周海军说,别那么没心眼儿,真到后面她压你一头,自己得想明白怎么回事儿,多想一会儿不耽误工夫。陈倩于是认真想起来,加上河山,他们四个人是一起进的播音部,虽说起点一样,后面总有高低，早晚的事。依现在态势看，小梅和河山算是第一梯队，自己还在努力爬，海军则是早早朝他们挥了手，不同路了。有这么个不同路的同事真好，又想到周海军说不找媳妇，这让他们交往的前景更好。部里，下午只有他们俩，陈倩翻着节目的采访稿，耳朵里是周海军办公桌上那台索尼音响在播放旋律，不知道是什么歌。周海军的磁带太多了，都垒在一盘盘录音盒上。她不时朝周海军仰在皮椅子上的光头看去，一个耀眼的人。

二

东北一过十一月，记忆里的水果就只有苹果和梨。偶尔也有冻柿子，但我不爱吃，那东西和冻梨一样，咬一口一包水，果肉是碎的，不结实。父亲说我的胃口是小姑娘，爱吃精细的，因此常去小卖铺拿瓶西瓜罐头带给我，我就坐在楼道出口的台阶上，用勺把一块切成两三块，蘸着糖水吃。那样的经历只有两三次，大院里孩子多，每家几乎都有两三个男孩女孩，只有我是独生子，打架没有帮手，一瓶西瓜罐头有时候刚启了封，就被别人抢走，有的男孩甚至会在我面前一勺勺吃起来，仿佛我是他们不花钱的小卖铺。我能一直看着他们吃完，唯一的愿望是别把玻璃罐给我打了，母亲喜欢留着那些罐子们，洗净了装她的针头线脑和其他零碎东西。遇上下班的叔叔阿姨，看见这一幕，还跟那些孩子拍下脑袋，打招呼说，给海军也分一块儿呀，让他巴巴地看着。后来我就不在台阶上坐着吃任何东西了，也不爱下楼，只是蜷在窗台一条窄缝上，透过窗子边吃边看下头的人。男孩们一旦发现我这样，就往玻璃上扔石子，不碎不罢休，砸碎了就跑。

父母亲好像比我更在意这些事情，他们以为我性格如此，是没有弟弟妹妹的缘故。有段时间他们跑进跑出，家里来了一拨拨的人，还不停打电话，细说家里的经济条件，和他俩性格多么宽容人，我又多么有个哥哥样子。但事情总归是没有跑成。直到我渐渐懂事，明白了人是怎么来的，一度猜想问题出在父母亲的身体上。又是直到生物课讲了遗传基因，高考体检时第一次知道了自己的血型，在和父母亲献血证上的血型对照后，我才终于明白"我"是怎么来的。父母亲的身体一早就有问题，并非在我之后。1969年那个夏天以前，他们痛下决心要了一个结果下来，我就是那个结果。我问他们，他们承认了。

那个晚上，父亲和我喝了一点酒，母亲在桌边作陪，给我织着入冬的毛裤。据他们说，我的亲生父母未婚先孕，前几年打听已经搬走，去了南方，如果想联系，是可以联系上的。我没接这句话茬儿，那是我第一次喝白酒，喉咙好像在预备点火，让人什么都顾不上。父亲搂上我肩膀，他在肥皂厂当了快三十年的工人，身上一年四季有种特殊的气味儿，很清洁很化学，手背皮肤比正常肤色浅上许多，平时他总小心不触碰我。可现在我张着嘴像鱼一样呼吸，发现父亲的头不断向下低，最后靠在我身上，哭了。他平时是个那么温和的人，温和得不像一个北方工人，酒只在特殊日子喝，烟俩礼拜一包，抽也只是做做样子，我观察过，他不过肺。相比这些，他最大的消遣其实是下棋和泡澡。我说，爸，别搂这么紧，我不去找他们。他哭得气弱下来，不舍地松开我，耷拉脑袋去剥桌上的瓜子。然后是母亲，她不知该说些什么，即便这个场合已在她的担忧里转了好些年。她手上那件毛裤从八月开始准备，到现在织了拆，拆了织，仍叫不准是不是合适。我咧开嘴笑了，对着她发愣的眼神，站到她面前，拿过那半截灰毛裤比了下腰，还是瘦，穿了怕塞不进秋裤。母亲自责地按着心口，我已经毕业，她和父亲都不知道我还能在家里待上多久。将来是在本地干，还是出去闯？还能不能给她机会织完这一条？我把毛裤交回母亲手里，半蹲下去，酒劲上头，眼睛缓慢张合，人竟然会爱上折磨自己的感受，我有预感自己日后会是酒徒。我摸摸她的手，有点硬，掌心太薄了。把自己的手搁在其中，跟母亲说，妈，给你和爸跪一个。你踏踏实实织，今年穿不上，我明年穿。母亲手忙脚乱想把我拉起来，提不动，让我跪了个结实。

其实我当时也没有想好自己往下怎么走，最清晰的渴望是出去。不是我嫌弃这个地方，是这个地方很可能容不下我。我一个人想了很久，想明白从小到大发生的许多事情，那些针对和眼神，让我明白了，如果想留在父母亲身边，我就得舍弃一些,把多选放弃成单选。那段日子我没法跟任何人形容,觉得胸膛里始终憋着口气,眼看周围同学该接班的接班,该练摊子的练摊子,有的则买好了火车票,在地图上给自己圈了一个好位置,准备大展宏图。我全部没有,父母亲也没认真询问过我,我知道,他们宁可我这样在家里废着,虽然这话他们永远不会说。每当我和朋友约好,出去住一晚,或者到附近走走,打包裹的时间里总能感觉到家里静得出奇。他们在克制,忍耐,用养父母的身份绑着自己,不去追问我真正的目的地。那样的时刻我也很难挨,最后还是翻起了家乡的晚报,浏览上头的招工信息。我没想过读夜校什么的,一次也没有,我清楚自己不是读书的材料,虽然我经常自己找书看。后来我发现那些阅读除了能帮我在语文上加个几分,实际作用没有。但我仍然喜欢阅读,晚报上总有一些落寞文人的小文章,有时我耐下性子一个个摘抄在日记本上,练钢笔字,练所谓的谈吐。这天下午我正专心誊写一篇叫作《感恩生命中所有的苦难》的文章,写到张海迪自学完成了小学、大专及大学的课程。班里一个叫刘迪的女生往家里打来电话。是母亲接的,如果我不及时过去,她会和人家聊上三五分钟,了解到一切她想了解的。我接了,刘迪问我看没看晚报。我说,中缝儿我都看了。你说哪个?对了,点石卡你集齐没有?我就缺那张小天使的。刘迪说,我可以送你。但你得陪我去一趟电台,报上说他们要招播音员。我和刘迪约好明天上午去陪她报名。放下电话,父母亲不知何时走到我身后，正踌躇着说辞。我说，妈，晚上别忘了帮我熨一下衬衫。母亲问我，要去哪儿啊？我说，和刘迪出去玩，注意一下形象。父亲掏掏口袋，拿出三百块钱，非要给我。我说，爸，就是出去逛逛。他说，男子汉要有风度，别怕在外面花钱。花个几次就能带回家了，让我们来招待。他和母亲心满意足地互望一眼，为了心安，我接了那三百块钱。

回到房间我打开先前写了一半的日记本，把写张海迪的那页撕下去，我做不到跟自己的缺陷像斗士一样对抗。我折服了，从高一第一次见到那个人开始。我翻到日记本最后一页，夹着一张照片。相片里我在操场上坐着，旁边是刘迪。而那人站在我后方，穿一身白色运动服，手按在后脑勺上，不知所措微笑着。背景是高中教学楼，照在毕业后他们足球赛那天。那人踢中锋，带起球来像演杂技，怎么漂亮怎么在场上飞，我只顾看他的小腿，多匀称健美。那天他在这张照片拍完的时候，给了我肩膀轻轻一拳，我明白男孩之间总是这样。他说要去北京，北京俱乐部多，他能踢出名堂来。我说，那什么时候我去北京找你。他说行，给你寄明信片儿。但没问我要地址。那阵子我便总往火车站跑，想看看他离开时什么打扮，好在心里记住。每回父母问我今天去哪儿了，我就编瞎话，一来这是我的缺陷，二来让他们知道我每天都去火车站，对他们的精神打击更大。

三

没到退休年龄,但连周海军的母亲都开始用洗衣粉洗衣服时,周海军的父亲就下岗了。下岗以后,两人的爱好虽有分歧,但都围绕周海军开展,一个变成了无线电爱好者,一个变成相亲爱好者。周海军每天都过去一趟,给父母亲做好晚饭,然后才上节目。广播里放出邓丽君《爱人》的那一晚,周海军的父亲彻夜失眠,眼前不停过电影。

电视里放着一部剧,李朋特别喜欢看,一集不落。周海军的上班时间让他总是无法和自己一起看,于是每到晚上周海军回来了,李朋就兴冲冲地给他讲这集演了什么,龙小羽有多帅,韩丁也有可爱的地方。周海军近来总是很累,有时听着听着就倒在床头。梦里,却也时常转着李朋讲的剧情,那些他只知道名字的角色,老朋友一样一个一个走过来看他,看周海军躺在一张白色的单人床上。周海军听着他们议论自己,身体动不了。等努力睁开眼睛,已是半夜,身边李朋像小孩子一样蜷着,把枕头垫得很高。周海军擦擦光头上的汗,起床穿衣服,轻轻在李朋耳边说了一句,我先走,你好好睡。李朋看了一眼表,问他干什么去。周海军说,我有预感,我爸妈一夜夜地睡不着,他们在等我。李朋打开电视,正好那部电视剧在重播,喊周海军过来看一眼再走。周海军坐下来,电视右下角有一行红字:拿什么拯救你,我的爱人。李朋仰头到他膝前,犹豫说,不然今天先别去了。周海军说,这剧是挺好看的。李朋说,我不用你拯救,你明不明白?周海军说,明白,我就想试试。李朋点头说,试试也好。如果他们实在不接受,你就结婚吧。我给你当伴郎。周海军说,我不会结婚的。任何把人和人绑在一起的形式都不好。你咋想的?李朋问,想啥?他问,你有什么想头?李朋傻乐着,想去台湾,离邓丽君近点儿。房间没开灯,电视上的蓝光忽闪忽闪,打在两人脸上,阴影不断变幻,周海军起身往门口走。李朋从被子里钻出来,只穿一条四角裤衩,紧赶着问,那你还回不回来?周海军有点儿感动说,踏实睡吧。今天不回来,明天也回来。李朋说,我知道我放心。去吧,路上看车。

老两口仍然住在周海军父亲厂里分的家属楼里,老式,楼下没有防盗门,两扇合不拢的木板在晚上被风吹得直晃荡,周海军闪身进去,踩响了声控灯。家在二楼,楼梯刚走完一半,抬头二楼一户就大敞开了门。周海军的母亲穿着秋衣秋裤从门缝里探头,看见那顶她买的黑羊绒帽子了,儿童一样咧开嘴。周海军进家门,发现厅里真还亮着灯,时钟已指向凌晨两点整。父亲也在看那部电视剧,沙发上在他身边有一块儿塌陷,该是母亲坐的,而前面茶几上摆了十来张彩色六寸照,都是人物相。母亲胸前挂着眼镜绳,一边给周海军拿拖鞋,一边问他吃了没有,跟还是晚上七八点似的。周海军脱了羽绒服,在沙发另一侧坐下,父亲没有招呼他,一句话没有。直到电视里一集演完,片尾曲开始唱,周海军在想怎么开口,父亲才用遥控器把电视关了说,啥时候带我去你宿舍看看?周海军摸了下自己的光头,笑说,爸,宿舍我给退了,在外面和朋友租房子住。父亲伸手摸茶杯,凉了,他叫母亲去烧水,母亲就顺从地站起来,都有点儿迫不及待。剩他们两个在厅里时,父亲转脸望着周海军,想起他小时候胃口精细,穿衣服讲究;想起他勤洗澡,不爱运动;想起他每次说起女孩时,脸上那种不怀好意的笑,后来才明白那是瞎逗,像王熙凤逗林黛玉,一种过来人的不在乎。可周海军从哪儿过来了?周海军观察到父亲的脸一时烧红,仿佛该愧疚的是他,不是自己。气氛到了此刻,周海军哽咽,捂上脸哭了。等他哭了有一阵,母亲从厨房回来,给他热了杯牛奶。周海军抿了一口,牙齿龇着,哭完以后很多话顺理成章,排着队往外走。母亲却接着递过来一沓照片,都是二十七八、三十出头的大姑娘,一个个摆着姿势对他含笑。父亲把照片推开说,他不看了。周海军抬头看看母亲,她像是什么也听不见、看不见,笑容粘在脸上,拿不下来了,还跟他说,看看,再看看。

他才发现母亲有意无意地总在过滤一些事,开心的不开心的,无论他说什么,说完都要重复三遍以上,她才记住一时片刻。好几次母亲想张口问,会先读他表情,一旦读到错愕,就闭口不说了,她自己也有感觉,好像给周围都添了麻烦。周海军本来心里想,健忘能让母亲减少失望,挺好的。可后来有一次他在一通听众电话里,知道了阿尔茨海默这个病。打电话的是个中年女人,线路总是时断时续,她于是大声喊,喂,喂,听得见吗?周海军告诉她,能听见。再磨蹭节目时间就要到了。她说,我妈痴呆了,我想问问,这个病传染不?周海军说,你去问医生吧,不过我觉得不传染。她说,行,不传染就行。要不我就得和我妈分开了,就怕传染。两傻子咋互相照顾。周海军问,你母亲多大年纪?她又在问,听得见吗?周海军跟导播说,记一下她的电话,帮着联系下第一医院。刚要掐断,女人嚷起来,我啊,我三十七了。周海军没有再问,他们岁数差不多,彼此母亲的岁数差得多一些,因为周海军的母亲三十多岁才得了他。第一医院联系上了,周海军和神经科主任通话说,自己老妈也有点儿健忘症状,想带过去检查一下。约好时间,周海军把母亲接出来,打上车,母亲以为是带她去逛街,打扮得很齐整。出租车里正放着周海军录制的豆油广告,他坐前面,母亲坐后面,听见儿子的声音,她轻轻在周海军身后点了一指头。周海军回头笑笑没说话,母亲于是问司机,知不知道这广告谁录的?司机手里拿着一种和其他司机可以即时联络的对讲机,没听见她说话,他一直说,龙华街龙华街,改道吧,上来就堵,都别去火车站啊。对讲机回应,这道儿就不是车走的。我要有飞机照,开飞机多舒坦。司机说,你不用有这照那照的,你就不适合开出租。你适合当希特勒,希特勒去哪儿都不堵。母亲仍在坚持,师傅,你听没听刚才豆油的广告?周海军劝她,妈,快到了,准备下车。司机看了一眼母子,说,咋?豆油便宜了?周海军说,没便宜,我妈就是爱听刚才那广告。车停在医院停车场,穿蓝白条住院服的病人,好些自己提着馄饨和粥,有一个还自己提着输液瓶,从车头绕过。司机一面找钱,一面说,你妈好像糊涂了,是吧?周海军没说话。表上显示六块,给十块,找三块。周海军说,你糊涂了吧,找我多少?司机眼睛盯着周海军,又下意识看了眼广播,说,多收一块是燃油费,新规定。说完把十块钱递回去,笑滋滋的,早说你是海军啊,我刚听出音儿。拉你免费。周海军摆手说千万别,到后门扶着母亲出来,上台阶的工夫,母亲连说了三遍,我记得希特勒早死了呢。

确诊后,主任跟周海军嘱咐,这个病老年人难免,说危险不危险,但不能大意。因这个病主要影响免疫力,来点小病正常人顶顶能过去,阿尔茨海默病人风险高得多了。母亲连连点头,跟大夫说,没事儿我有儿子。她这么一说,让周海军想起自己身上另一件事。这件事过去不要紧,可落在这个节骨眼儿,就关系到一家子。他把母亲领出诊室,一楼大厅有台白色钢琴,立在落地窗下头,布满阳光。周海军问,妈,看过钢琴没?母亲说,电视里放过。他说,你去看一会儿钢琴,你看,现在阳光落在钢琴盖儿上,等阳光落在钢琴凳儿上,我就回来,这段时间,你都等在那儿不要动。我去看个住院的朋友。母亲没有戴表的习惯,这么说她能懂,乖乖在长椅上坐下,想象起周海军演奏钢琴的样子。看母亲坐好了,他挂了一个内科专家号,从二楼等候的位置往下看,正好能看见母亲的头顶,白差不多了。周海军,护士从门里叫他。他缓缓往里走,视线挪不开楼下,可一只脚踏进门里,另一只也马上跟上。他尽量说得简短扼要,老专家对他印象很好,检查几项后,结果出来,那份好印象倒让老专家为难,无法简短扼要。他只能说,还得查,不能确诊,这样,你明天再来一趟。周海军把帽子摘下,说,我知道是癌。您看,我自己都给剃了,没什么不能说的。老专家说,那初步诊断,只是初步啊,原发性肝癌。中晚期了。周海军说,是还能治?老专家说,要不我咋让你明天再来,希望是有的。周海军把片子上的姓名划了,挂号本扔了,两手空空走回大厅,母亲穿得那么齐整,头发纹丝不乱,她还以为是出来逛街的。阳光给母亲脸上晒出细汗,她也一直没动地方。周海军在她身边坐下,头靠在母亲肩膀上,默默呼吸。她说,你刚才干什么去,去多久了?周海军说,去看个同事,五六分钟吧。钢琴好看吗?母亲说开始挺好看,看来看去发现什么都没阳光好看。阳光能变,一会儿变一个影儿,像戏法儿。后来他们散步回家,顺路买了菜和肉,聊了一道儿这辈子见过的神奇。

四

我跟陈倩说过这话，没什么舍不得的，除了老妈和老爷子。他们岁数都大，白发人送黑发人，一想就心口钻着疼。当时单位已有不少人知道我得病，但没人比我自己更清楚这种不久于人世的感受。你还每天来上班，还跟他们打招呼，偶尔说个荤段子，他们就觉得你活得挺真实，死亡是个让人想不起来的念头。尤其这几年电台效益不好，新媒体太生猛了，我们招架不住，连最能创造效益的交通频道都被人举报成黑广播，勒令停台了。接着就是文艺频道，它本来就是一个靠其他频道养活的闲台，消失是早晚的事儿，何况，这城市里没有文艺。开始隔三岔五我还能去一趟台里，到后来全台绩效差到工资停了三个月，人人都在闹，我没力气闹，更没了理由去，就躺在家里养病。李朋去了广州，说那边有他医院里的朋友，已经联络好有一种未经临床的新疗法，出事不负任何责任，但我和他都认为试试吧，不然呢。现在就等他回来接我。我在电话里说，可以自己过去找他。李朋不同意我这样做，我知道他担心什么，如果我一个人死于旅途中一次大量失血或突然昏厥，他怕赶不及。

一个人躺着的时候，我听那些磁带，听刘文正、苏芮还有邓丽君。和李朋第一次见面时，我唱的就是邓丽君，问他听没听过那首我最喜欢的歌。他看起来什么都不懂，那份儿年轻，那份儿纯，眼角还带泪花，是我心中无与伦比的可爱。那阵子我晚上下节目就直接去七号废墟，它是我第二个家，比第一个家更包容。在那里，我们都是一样的人，一样的，把多选活成了单选的人。社会能给我们这么一块儿地方，大家都很知足，它也并不像人们想象中的肮脏或淫乱，事实上像我们这种人，第一次认识总是充满克制。唱歌的时候，我眼神时而飘到李朋的方向，他本来目不转睛地看我，发现我看他了，便低头摸酒杯。酒吧里灯光暗，是我喜欢的因素之一，它把难堪都盖住了，让人在快乐时流出的泪水能被视而不见，不必羞耻。《爱人》本是一首节奏分明的歌，可我站在台上唱着唱着，心里就有种感觉，过去三十年，沉默得实在太多。唱完，我站在离他几步远的位置，故意和其他人说话，试探他的态度。李朋叫服务生给我送了杯酒，我没喝，拿回去还给他。他说，我也喜欢邓丽君。她死在清迈的消息一传出，我穿了一礼拜的一身儿白。你相信吗？我说，我当时想不出该做什么。他轻轻笑了，手背抹嘴唇，说，这儿我第一次来。我说，知道。这首歌我是为你唱的，你出现在这里之前，没人听过。他也说知道，咱俩挺投缘。想不到第一回来就能碰见个有缘分的。我说，碰见一个就行，往后咱们一块儿来。他说，我有家。今天是心情不好，来喝点儿酒。往后能不能来都两说。我问，我唱得不好吗？他摇摇头，犹豫下一句说什么，我把他点的酒喝干了，留了电话在台子上。

电话在响，就在床头，接起来很方便，果然是陈倩。她还预备带一帮同事来，在职的不在职的，都要看看我。半小时后，我扶着墙壁去开门，被河山和几个男同事直接抱回床上，他们抱起我的时候，表情都在惊讶重量的轻微。我躺下后，那些女的更难对付，她们上来就哭，有的扑在手边，有的彼此拥抱，还是郑小梅最镇定，她一动不动盯着我的脸看。我照过镜子，但每天都照，变化的程度就容易接受，不像她们，对我的印象还留在记忆里，那个辩机。郑小梅叹了口气，转到我右侧，发现我身上带着管，一直连到右上腹部。她问，能看吗？我把衣服掀开，露出身上砖块儿大的膨胀物，像个硬邦邦的瘤子。她嘴唇急剧哆嗦，当我瘦得太多，这块儿东西挂在身上就显得负担累累。我解释说，是打的药，说能给肝保护上，一点儿不疼。郑小梅自升上播音部副主任，接下来很快就是正主任、频道总监，现在已是台长助理了，穿一身灰色西服，和陈鲁豫一个发型，也是梳了十几年。她刚想在我床边坐下，便被一个电话叫走。陈倩替我把被子掖好，她也成了明日黄花，妆化得越浓越不对劲儿，结婚这么多年，脸上除了斑还有伤，每回都来我身边哭。现在也是。我一抬手就能摸见她的头。陈倩仰起头，说了两百次她画眼线不好看，还是画，前不久割了欧式双眼皮，这让她哭起来像灾难。我还得起来给她递卫生纸，说，你忘了以前我怎么教你了？心情不好，自己找歌听，找书看，哭不是办法。她背身擦眼睛，擦得纸巾上一团团黑色，回嘴说，我不是你。

她知道我放心不下什么，吸吸鼻子说，你爸妈我去看过了，他们什么也不知道，我就说你出差，外地有个演讲比赛，你被派去当评委。我连市里演讲比赛的评委都没当过，真亏她看得起。不过这个消息，爸妈听了应该能信，他们一直坚定自己的儿子很出息。和每个人都说了几句话，差不多每个人都能提个办法，他们该是商量好这么说，来让我觉得办法挺多，眼下不是绝境。说完这些，他们一个个走了，陈倩也得赶着下班接孩子。我问，孩子还没放假？快过年了。她说马上中考，课下了最后一节还有晚自习，她会去陪着吃口饭，每天都是。我记得那是一个内向的男孩，喜欢唱歌。有一回，是他八九岁的时候，陈倩把他带到部里，家里没人照顾，她也要赶着录节目，我正好在部里没事，帮着看看。但我实在没有和孩子相处的经验，那孩子也是我问一句说一句，整个聊不起来。我开始放磁带，男孩安静地坐在他妈妈的位子上，知道他在听。问他好听不，他想了想站过来，研究我的黑色大音响。我说，所有磁带你可以挑一盘听。男孩选了刘文正，那张磁带的第一首歌，我还记得，是《阿美阿美》。给他放了一遍，第二遍他开始哼哼，眼睛显出陶醉的光彩。我说，你唱出来绝对好听。男孩唱了，童声清亮纯粹，引得走廊上路过的人都来听一耳朵。我索性把门敞着，驻足的人越来越多，男孩闭上眼睛唱。陈倩录节目回来，正听到儿子唱，阿美阿美几时办嫁妆，我等得快发慌。陈倩让他别唱了，这么小的孩子，什么嫁妆！那时我才明白，人所谓说一套做一套，是很自然的事情。陈倩和我的父母在某种程度上是相似的，因为爱孩子，爱得太使劲儿了。我尝试跟她说，你儿子有这方面天赋。她却跟我说，你也感觉他有早恋的苗头吧？小时候听他唱那个我就觉得不对劲，现在成绩哗哗地掉。所有人都离开后，我想再听一会儿邓丽君，肋骨底下疼了起来，疼得我按不动音响开关，只好去按电话，电话机按键没那么硬，但疼痛让我分辨不出到底按了什么数字。好在接通了，我刚说三个字，快回来……手没拿住，话筒被电话线生生拉住，坠到靠近地面几厘米的位置上。眼前一阵花一阵黑，身上那个大硬块儿到底没被镇压住，开始回过头来镇压我。过没几天，又发生了一件事，我才知道在那天昏厥前接起电话的，不是李朋，是父亲。

大年初一，母亲感染了肺炎住院。小年前夜，我又回到医院了，母子俩离得不远，但我知道她的事儿，母亲不知道我的。陈倩进病房告诉我，住上下楼。老太太待得挺踏实的，还带着你的相片，我刚才去，她正在亲你的相片，嘱咐我别告诉你她病了。我点点头，浑身都是管子，耳边不知道什么机器总滋啦在响。我喉咙里有块儿血，想等陈倩走了再吐，怕再面对母亲时她会忍不住说。她是这样的人，我知道，不然我也不问她，知道一定能够问出来。怎么父亲没来？

那是大年初二，回娘家的日子。父亲选择回老家。陈倩在我床前哭得歇斯底里，我实在受够了，她其实没必要告诉我他具体是怎么走的，我可以猜，猜测没有答案，便能在心里安慰什么都不是真相。可她断断续续带出了洗衣粉这个词儿。鞭炮声中，在家喝了大半包洗衣粉走的。父亲冲了大半包洗衣粉，喝药水一样给自己喝饱，把什么都给琢磨透。

五

李朋回来那天，是初五，有"破五"的讲究，仿佛他跑到哪儿，哪儿就跟着炸。他已经订好飞机票，今晚就带周海军去广东，到了直接进手术室。计划安排得挺清晰，可脑子已经乱了，进医院大门那一刻，他险些彻底迷失在乌压压的人群中，压抑得想尖叫。昨晚在旅店他做了一个梦，梦见晚上十二点，周海军下了节目还没到家。他打电话问，接电话的是个陌生男人，声音低沉，说，他可能回来也可能不回来。放下电话，李朋钻回被子看梦里的电视，人若有所知。后来周海军的母亲也走进梦，他们没见过彼此，却像久别重逢，不用谁介绍。她说，不行我给海军去个电话吧。李朋说，他好像现在挺忙。她说，没事，我就问问，你把电话给我。李朋看着她打过去，不再传出陌生男人的应答。周海军的母亲看看李朋，又看看手里的话筒，十分困惑着，怎么没声儿啊。

周海军的病房在四楼，可李朋先在三楼看见了陈倩。有次他在电台等周海军,俩人打过一照面。陈倩坐在走廊椅子上,刚哭完,试探着跟李朋点点头。李朋想也许转移了病房,这么快,他走了?陈倩快走两步去搀他一把,经验判断这个身材过瘦的年轻人很快要倒,他像是几天几夜没有睡过了,黑眼圈熬得比眼睛还大。陈倩问,你是海军的朋友吧?李朋说不出话,陈倩把他扶到墙边,让他从墙上慢慢滑下去,坐到地上,他一点儿没感觉。陈倩试着拉他起来,想关系也没那么近,手就有点儿放弃。李朋仰头问,今天几号?陈倩说,初五。李朋说,嗯,我赶上春运回去的那拨了,要不还能快一点儿。陈倩说,你赶上了,他今天上午还醒了一会儿,和我们说了几句话。你到底要看谁呀?看周海军你赶上了,看他妈你没赶上。李朋眼珠转了下,死的是周海军母亲,昨晚梦里他们告过一次别。想到这里他手脚并用从地上爬起来,飞快地跑,直跑到周海军病房门口,过了几米才站住。经过时他向病房里看了一眼,里头站满人,有领导也有鲜花,他气喘吁吁地低下头,没有走进去。

　　陈倩走进病房,一张脸哭丧着,被郑小梅迅速拉到窗台边,紧攥着手问,老太太怎么样?陈倩回头看一眼昏迷中的周海军,他的嘴微张,好像鼻子不通气,可呼吸器上仍有薄薄一层水汽,那是人活于世微弱的证据。人人都把视线转向她,陈倩吸口气说,他妈走了,消息应该告诉海军,要不他还牵挂。河山说,这让人怎么说呢,走得太近了。初二周海军父亲离开,初五周海军母亲离开,他们似乎有意选择如此,好在另一世界里提早准备,等候周海军,像三十多年前那样,接收他的到来。陈倩突然想起什么,凑郑小梅耳朵边问,还谁来了?郑小梅说,都是同事,怎么了?陈倩说,有个男的,看样子挺邋遢。我刚才看,他还站在走廊外边抽烟呢,以为你们没让他进。郑小梅撇下陈倩,自己走出去看,走廊尽头的楼梯间大门半开着,紫烟直往外窜。她走到那人身后,他站着趴在窗台上,正自言自语。感觉到身后有人,他一回头,不再嘟囔,郑小梅和他面面相觑,话突然从她嘴里冲出,你就说是他表弟,我帮你说。男人手里烟还飘着,脖子转了一下,似乎窗外有更好的风景。那不过是一只大烟囱,城市里到处都是,烟飘到半空卷成了云。他说,你们能不能把他送回家,就我们那个出租屋?然后,我自己守他走。郑小梅考虑一会儿,说,第一,他已经没有亲人了。第二,你最好别公开自己的身份。第三,我没有立场指挥这件事儿。所以你要么现在去看,要么自己在这儿把烟抽完。郑小梅回到病房,一直留心外头的动静,没有新的脚步声。周海军醒了,眼皮睁开,好半天聚不了焦。天黑下来,窗外鞭炮声越来越响,不时还跃出一两朵焰火,在浓墨般的空中爆裂、消逝。病房亮着惨白的灯,人群疏散了些,留在最后的只有三五个人,还得继续疏散,好给来拔管子的医务人员让出地方。周海军感到身上轻松些,问,妈还在楼下吗?陈倩说,妈先去等你了。周海军身上又轻松了些,说,那送我回家吧,然后你们都走。没人说不行,但没人会真走,守都守到这儿了,现在走还不如一开始不来。郑小梅开车，陈倩和几个女生搂着被子包裹着的周海军在后座，一路回家。周海军从车窗往外看，没等到李朋回来，但也许他在路上。他们能看见一样的焰火。有些话，他想再交代给李朋的，也没关系，一早写在信封里，律师会执行。周海军早给父母亲各攒了十万块钱，现在都留给李朋过余生。

出租车里，李朋头倚在后座，摇开车窗吸烟。风很冷，他不时把脑袋伸出去，看前面那辆车的状态，对风喊一声，海军，海军。声音很快被吹散，只有一肚子的冰凉，连喉咙都快冻上了。司机从镜子里看他，问，还得跟多远啊？

他说，跟到我家。司机又问，你家在哪儿？他说，不用你知道，跟着就行。司机把油门松了松，拐弯到路边，停下说，拿自己当希特勒了？想坐车就好好说话。李朋说，我求求你祖宗，跟紧了行不行？司机下车，拉开后座门说，你下来。李朋说，我不下，大哥我有病，你可怜可怜我，跟上前面的车。司机不信，你有啥病？李朋听见车里广播正在放广告，现在是远红外内衣，下一个就是周海军的豆油。他把司机叫到身前说，你听，听过这个人没有？司机点头说，海军哪，挺久不出来了。李朋说，前面车上就是海军，我在追他。司机点点头，把李朋从后座上扯出来，扯掉他身上盖的夹克，都扔在地上。一边回驾驶座一边说，我这车不拉二椅子。

出租开走了，前面车没影子了。大道两排街灯明亮，行人很少，只有空中不时蹿出不知从哪儿点起的焰火。李朋往家的方向走，夹克挂在胳膊上，一手点烟，走过街上清不完的积雪。他不感觉冷，只是不停掉眼泪。有黑车不时经过他，按喇叭他也不理，世界寂静到隔绝生机。想和周海军最后说点儿什么，即使眼下见不到面，即使再也见不到面，也要说：

请爱着我
请再爱着我
用你的温柔和承诺
我要向人们诉说
沉默不再跟着我

请爱着我
请再爱着我
甜蜜的感觉吸引我
不再拥有这份寂寞
在夜空请你呼唤我

周海军走的那天夜里，李朋像个斗士走完大半座城市，从没那么燥热过。

（据周海军遗愿，骨灰应被撒在台湾海峡。因种种原因，终没有实现。）

描碑

照片上那些目光就这么等着

这么盼

他们有些能被收进土地

和亲人葬一块儿

有些根本等也等不来

盼也盼不到

一次擦灰的机会

……

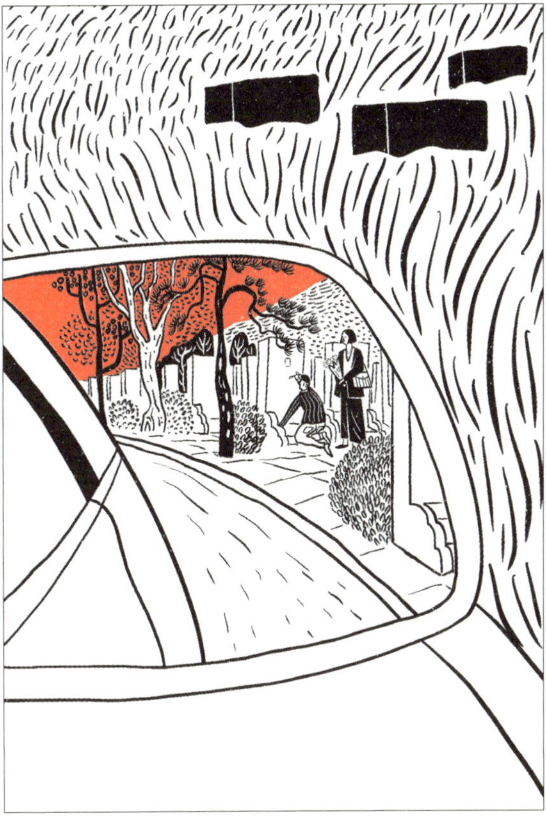

除夕当天的太阳，我是在火葬场里看到的。凌晨送小博过来，我和妹妹、大勇、小冰，以及妹妹的儿子聪聪，在给他烧了几件家常衣服，一些路上用的钱后，便等在车里，没再回家。天亮时，我头枕在车玻璃上，醒来先看见一层霜花，拿手抹净，外头院子里，已多停下三四台车。不是我们家的，小博定在九点半烧，时间还长。只因是头尾相交的一天，秉着死人不过年的老话，好些人家的丧事，今天是非办不可。

天光一亮，此刻和昨晚刚来时，明显区别了。昨晚从医院出来后，大勇开头车在前方引，路上空荡荡的，显着顺车窗撒出的白纸钱，飘荡也那么孤单。开来一路上，我脑子里转的，还是在医院的画面。凌晨十二点刚过，到了我和大夫约好的时间，后者走进这间围着我们几个同辈人的 ICU 病房，彼此心照不宣，准备拔下小博身上各处缠绕的管子。妹妹问我，是一点儿意识都没了吧？我没回答。大夫要我帮忙，把小博的头抱起来。我劝弟妹德秀，和她跟小博的儿子非非，走吧，该说也说差不多了。小博还能听着，在心里说吧。大夫先拔走小博头上的管子，那是前天晚上送他来时，架不住我们希望还有抢救的机会，硬给插上去的。当时从管子里就只流出小半碗血，再没有了。大夫看看管子，看看我，说，姐，你看着了，流不出来。我说，看着了，流不出来。如果还能从小博脑子里多放点儿血出来，哪怕人还能给抬上手术台，试试运气呢，我们此刻都会是两个状态。小博没这种运气，大夫看向四周说，都理解你们心情。

昨晚临拔下那台呼吸机前，大夫连再向我确认的意思都没有，事实就摆在那儿，人苟延残喘，拿机器架着，撑两天了。我们已经实现了想实现的，最微弱的一个愿望，即在人咽气之前，等来小博预备在郑州过年的一双老父母，我的大姨大姨父，赶到医院，双方见最后一面。可我大姨直到此时，还蒙在鼓里。昨晚她来医院见儿子的时候，小博脸色红润，跟睡着一样。她叫，博啊，看妈妈，妈妈来了。虽然泪水涟涟，经不住我们劝，她也愿意去相信，现在是暂时抢救，还在用药，看，药管还滴答着呢，人有救。母子见了，我们便派几个亲戚，送她和大姨父出院，让回家休息去。能想象，大姨昨夜有多惴惴不安，又休息什么呢。她和大姨父，还有女儿小冰，在从郑州回来的车上坐了十来个小时，到站后直奔医院，刚进门都跟树叶似的，看着发飘。小冰在高铁上给我发来两个老人戴着口罩，睡着的照片。照片里俩人都快八十，白发苍苍，口罩盖住嘴鼻，盖不住眼睛，不安的睡梦中，眉头皱得没懈松。小冰还问我，姐，实话说吧，我哥到底咋样了？我说，先回，后面跟你说。小冰也有高血压，实不敢指望她多担事儿。

呼吸机一拔下，小博脸色变化，感觉有什么东西从他体内突然撤出，人变得又灰又青。我们几个站在床边，都被人由生到死的状态惊吓住，气氛阒静不安。最魂不守舍的时候，我手机响，正是大姨的电话，她一定觉察了什么，母子连心，她知道小博不太好了。我眼泪再也停不住。外甥聪聪拿纸巾给我,他也叫我大姨,才二十,哪儿见过这些,手哆嗦,试着抱我,说大姨别看,你别看。我别过脸去,发现小博的儿子非非,独自站在墙角。非非不过比聪聪大一岁,两个男孩儿,状态两异。非非穿着件黑色长羽绒服,脸上没任何表情,德秀往他背上扑,呜呜地号开。我再转脸,小博还没被盖住脸,从他两只肿眼泡里,各流下一行泪水,眼半睁着。我上手给他眼皮顺下来,心说,博,先到那头儿,先等吧。

天再亮时,我那弟弟已躺在了楼内的一台冰柜中。德秀今天不来,说法是,爱人离世,不能来送,怕给带走。非非是必须来。此刻他就坐在我车后座上,回头瞧,非非眼睛大睁着,可能压根儿没睡过,这孩子总是没点儿表情,除德秀外,跟谁都不近。他也该叫我大姑。我问他身上冷不冷,他答我时从没称呼,只点头或摇头。说起来,让他爸挨到今天,也是他的意思。小博刚送医院时,我妹妹情绪激动,趴到小博身上就跟趴到亡人身上一样,说让他少遭罪,把管儿拔了吧,为啥不拔?非非在床头坐,全身只有嘴唇动,说,得让我奶看一面。看活比看死的强。没法儿不尊重他的意愿。我对非非说,大姑满足你这个愿望,我找人安排。动用能动用的所有关系,好歹让小博和大姨见着了面。原以为昨晚,非非和奶奶会有点儿亲近的反应,可这孩子也只是躲出哭泣的人群,一人到窗边儿站下。我不放心跟过去,非非正弓着背哭,哭着哭着,有声响滴答在窗台上,心说是眼泪吧，再看是几滴深红的血圈。非非抹着嘴唇上的鼻血，又躲开了我。

没多会儿，我另一个弟弟大勇，大腹便便凑过来，敲我车窗。大勇是我老姨的儿子，一辈人里，他算是个明星，从小长相俊极了，加上是最小的孩子，最为得宠。大勇这些年在外扑奔，交际广，经事儿也多，有他在，我安心不少，尤其当遇上这种事儿的时候。摇下车窗，我看着他被肥胖胀变了形的五官，还有点儿茫然。他在我耳边说，姐，司仪安排好了。现在就一个事儿，昨天我临出去买衣裳，没腾出工夫问清楚。博哥穿多大码鞋呢？我选了个42的，不能挤吧？我说，得问德秀。大勇说，刚给她打了，没接电话。我说，可能睡了，也折腾一宿。你没睡会儿？他说，眯了阵。我点点头，问衣裳选的什么。大勇说，不足寿，没给穿装老衣服。一个小格衬衫，外头是西服，戴个前进帽。鞋必须得是黑布鞋，挺体面的。我说，行，这些姐不懂，你安排就好。大勇临转身走，看见了我车后排的非非，想说点儿什么，和我一样，他也是瞧见非非一张冷脸，终说不出话。

七点半可以进楼了。家里该来的人差不多都到了，都围在楼前扫码。保安得控制进楼数量，前头一个人家里，有男人扎着白带子，瞪红眼睛推搡保安，你什么意思，什么意思？他一连声在问，保安讪讪地说，哥，你别冲我。可他能冲谁呢？生死攸关，人都难保全理性。我理解。在火葬场我也有几个认识的哥们儿，打电话，好歹放我们一家进去了，还是去昨晚送过来的小房间，思安堂。按大勇描述的穿戴，小博体体面面躺在冰柜里，脸一晚上肿了一圈。司仪找到非非，看着这个比他自己儿子还小几岁的男孩儿，细交代道，一会儿呢，我让你擦哪儿你擦哪儿。你爸嘴里有个铜钱，我拔下来，你给收好，后边儿有用。说着再塞到非非怀里一张裱了框的黑白照片。非非捧着照片，站到一边，小博被抬出来，家属都簇拥在窄窄的走廊上，送最后一程。我和妹妹站在一起，看我们的儿时伙伴，总跟随在我俩身后的那个弟弟，躺在纸棺里，物理上和我们如此近，灵魂却已相远。司仪高喊出声，跟着他喊，非非拿手上的棉签，一下下擦上小博的身。

开眼光，观明堂

开鼻光，闻供香

开嘴光，吃牛羊

开耳光，听八方

……

剪刀最后剪开小博脚上、手上系的绳，他纸棺前飘荡着招魂幡，要被推进那个火红的地方。站在活人的等待区里，我和妹妹一同抬眼，看大屏幕上亮出的十来行亡人信息，清楚写了姓名、性别、卒年。小博排在后头，在他前，在他后，都是没挨过冬天的，七十往上的老人。只有我这弟弟，是五十没到，在喝了一场开心酒后，暴亡，不治。留下刚毕业的儿，中年时的妻，和一双白发苍苍老父母，在除夕，在家家户户燃鞭放花的时候，他没个交代，化成了烟。

　　从火葬场办公室出来，我一人在门口点了根烟抽，避风，更避着人。我不想让人觉得我也有垮的迹象。我一直望着天，想知道哪一缕烟来自小博。刚在办公室，人家跟我说，今天人多，怎么也得等四十来分钟。其他人都在小房间里等着收骨灰，大勇先拿来个小塑料兜，让我看过了，没什么不周全的，里边是些用树脂做成的小卡片，冰箱洗衣机电视手机，都有。小博到那边也够用。小博生前是个仔细人，一辈子活得清贫，不仔细也不成。那是什么时候，哦，我在电台已熬出头了，混上了频道总监，手里开始有权，有钱，在外有点儿名声。有天中午酒局刚散，我站在马路上，看见个光膀子的瘦小伙，热汗淋漓蹬三轮车，打我面前过。是小博。他还戴着自中学时就戴上的一副眼镜，怎么看怎么不像个，该出苦力的人。我没叫他，隔了几天，给他去电话，问现在忙活什么呢，不行来电台试试办法吧。我安排小博做手下的见习记者，打进台里第一天起，没用我嘱咐，小博就知道不能暴露我俩的关系。他干得认真，同事对他评价也不错，只是人能力有限，口齿不清楚，脑子更不活络，很快便埋没了一众同龄人里。他每月开一千多块钱，天天和我大姨研究，怎么能给岗位转了正。家里每到年节，坐到一张桌上时,这母子俩总要跟我推杯换盏,眼里落满卑微,这种卑微让我当时压力挺大。我渐渐不爱参加家中有他们的聚会,嘱咐我妈,没事儿别叫他们来,若他们执意来,也先告诉我一声。一到单位,我忙得脚不沾地,小博就待在我对门的大办公室里,我们一天也照不上一面。有时开会我还多批评他两句,他会耷拉脑袋,在小本上猛记,不到四十便秃得厉害的头顶上,常年挂着汗滴。

以他的业务水平,别说转正,多少号人排着呢,又排了多少年,且轮不到他,就是一直这么闷头干下去,也让人觉得多余。小博大概就是从那几年开始,迷上了酒。我们不在一个交际圈,他怎么喝,喝多少,我不清楚,只有部门聚会的时候,我才能看见他喝得醉眼迷离,脸红着,连终于下决心剃了秃瓢的脑袋瓜上,也一片油亮亮的红。他眼神在喝酒后更哀哀的,托着头,话比平时还少,让我总气不打一处来,尤其是在场面上,需要他表现一番的时候。小博打小也不算个聪明孩子,成绩不上不下,比我强,更比我听话,只是越中规中矩,越难出挑,无论什么时候,这种性格,都容易被人瞧不见。我手底下精明的小孩儿太多了,他们都知道什么时候该笑,什么时候又该换上一副虚心难受、坐立不安的样儿,让领导每句话,都在他身上得来直观的效力。我在酒桌上冷眼旁观小博,见我看他,他深吸口气,手按到自己杯上,意思是嘱咐我别再喝。我没搭理,还有好些人捏酒杯朝我晃着呢,等再打一圈,最后再收个杯的。时间还早,若不尽兴,不如不喝。

第二天我准点出现在办公室,副总监来敲门,笑么哒地,问我记不记着昨晚怎么回的家。我边接桌上一个电话,边眯眼寻思,车,有车送我,有人把我送上楼的,再没印象了。放下电话,我问她,咋,我自己开车了?她也笑,说起小博,这人平时不念声,昨天也不知怎么了,谁要送你他都不让,非得他来。看不出,他还挺知道表现。我问,小博要送我?她说是啊,都快跟人急了。他指定想在道上和你说点啥,好容易捞着和领导相处的机会。到底求你安排啥事儿了?我说,忘了。我真是忘了,那晚小博无论和我说什么,无论是谁想借送我的机会,求我点儿什么,都实数白费。副总监走后,我坐在办公室里,自己想明白,小博昨天为什么喝得少。因他看到我喝多了,别人都喝多了。只有在那样的场合下,他才能以酒盖脸,表现出对我特别的在乎。落到别人眼里的是谄媚,而实在是,弟弟对姐姐一份心。

那次让我挺不是滋味。想了又想,这样下去不是办法,小博活儿干得不顺心,生活更没改善,虽然现在风吹不着雨淋不着,但久而久之,男子汉在这样的境遇里,还是会憋坏的。他现在还住在钢笔厂那套老家属楼里,和我大姨大姨父住一起,加上德秀和非非,五口人挤两间屋,怎么过的。那楼我去过,一进楼道,一股腌酸菜加垃圾没丢沤出的臭味儿,直扑鼻子,进屋没阳面儿,也暗得遮眼。我能听说不少小博家里的事儿，全是我大姨平时来打麻将，有意无意让我妈知道的，再由我妈转述给我。因小博没出息，德秀对他有些瞧不起，抱怨儿子连个放学习桌的地方都没有，得等一家人吃完了饭，清好饭桌，才能挪给非非用。非非已是半大小子，再和爸妈一块儿住，不方便了。赶上青春期，孩子叛逆，不听说，连爸也不叫，有时小博在家喝酒，爷俩还要打一仗。我大姨父这两年则一阵清楚一阵糊涂，去医院看了，说有中风前兆。他家有高血压家族史，小博和小冰都给遗传上了。好长一阵子，大姨家几口人每天战战兢兢，仿佛有山雨欲来的前兆，等着爆发在某个晚上。最厉害的两次，警察来了，将缠斗在一块儿的小博和非非拉开，父子俩一个喊着你给我滚，一个喊着滚你妈。大姨在旁哆嗦着哭，像个没主意的小姑娘，还得紧着捂住大姨父骂骂咧咧、流口水的嘴，怕哪句话说出来，再成了点火的种。我大姨头发在六十多岁，已白得根根彻底，修剪成男人一样短，金鱼似的外秃的大眼睛可怜巴巴，在牌桌上可我妈脸色出牌，总试探问，大姑娘能不能再给想想办法呢？

我说，没办法。路是他自己闯，我至多给他换个岗。干会计吧，活儿不忙，还不用起早贪黑。我妈还有幻想，问，那不干记者了？还是记者听着体面。我冷笑，体面有啥用。小博要是顾这个体面，自己也太没数。我妈再就顺着我话往下说，是，不看自己多大本事，多大人了。还得他妈来一遍遍求我，求我大姑娘。我大姑娘脸色还是不好啊。说着，她想摸摸我的脸，我扒开她手，最烦说我脸色不好。如今这些亲戚里道的，遇事都找我，谁也不想我有今天，是怎么靠透支自己精神奔来的。又想起我大姨，想起有几回她没处见我，愣是在怀里揣了钱，往我办公室里钻，我看见她，和看见个白发瘟神差不多，她从怀里拉出钱的一角时，我眼睛直刺得难受，干吗？毁我呢。为了自己儿子，心都操瞎了，不看看这是什么地方。大姨一走，我叫小博来一趟。他在沙发上放下半边屁股，小声问，姐，有啥指示。我抱膀看他，博啊，我和你说。他说，你说姐。我说，下午，你过去找老周，他让你干啥你干啥，其他别管了。手里的稿，交给别人，记者这行不适合你，大领导找我说几回了，不能因为你是我弟，让你占这个位置。小博脸色发白，嘀咕着，我干得不好，我有时候磕巴。我让他别磕巴了，回去记着和大姨说一声，我尽力了。干会计是我能想出的，对你最好的照顾。会计不用喝酒，不用在外跑，算好账就行。我记得你上学那阵，数理化都不错。他点点头，起身要走。我叫住他，他嘴抿着，壮胆看我。我说，还有，和你妈说，她再往这儿跑，也见不上我。我跟楼下保安打完招呼了，她好认，他们会拦的。

一幕幕回现我眼前，烟都抽到屁股了，才被我扔进雪堆。外头断续有车进，不多，就烧一上午，到下午，地面就空了，都得回去过年。感觉这里常有烟味儿弥漫，不管气温多低，一年到头炼人，火苗不息，此刻心头也沸腾得厉害，像我正也在个炉门里，虽还能看着外面的人和事，沟通却吃劲儿。妹妹来电话问,搁哪儿呢?我说,找你们去了,还没到咱家?妹妹说没到,都在这儿等。姐,我心咋这么虚。我问,虚什么?她说,等会儿去大姨那儿,可怎么说啊?我脑袋撕拉拉的疼,是啊,一会儿还得去看大姨。怎么开这个口,让她能接受?昨晚儿子还插着管子躺在医院,不管咋说,是个人形,等会儿却要告知,小博已收成了个小盒子。尤其是她还以为,儿子和病正做着有商有量的抗争——人怎么能接受这样的消息。

一台铁制桌上,小博的骨头被司仪依次摆好,拿小镊子捡着放,头骨最大,剩下都分成几块儿排成了竖趟儿,让家属们看清,这就是一个人,最后的痕迹。非非靠上墙根儿,蹲地上,我过去跟他一起蹲下,嘱咐说,孩儿,你不哭是好样的。等会儿回家也别哭,要不你奶看了难受。非非轻点头,手藏在套袖里,那大概是德秀的东西,上头还绣着花。司仪让非非把铜钱拿来,他递去,我们看着,所有东西都被收进小盒子里,摆进一个跟图书馆似的房间里,像摆上一本书。置身最后这个房间里,我惊讶空间居然能那么密实,一个不到四十平的小屋,竟收容了比一整楼还多的人,人人都被缩成两寸黑白小照,嵌到了盒子上。照片上那些目光就这么等着,这么盼。他们有些能被收进土地,和亲人葬一块儿,有些根本等也等不来,盼也盼不到,一次擦灰的机会。

回去路上,大勇开车,妹妹坐副驾,我和小冰、非非都坐后头,他俩各自瞧着窗外。一路土道,从来也没怎么修过,沿路多是废弃厂房，七八十年代建的，没人再用，荒在原地。雪盖厚实，好些刚砍下的原木头，也直根儿挺在雪地里。大勇点了根烟，摇下车窗，都听见小冰将哭声压得很低。我侧脸瞧，惊觉小冰老得更明显。前年，她架不住丈夫一家人的劝，生下二胎一个儿子，好悬没死在手术床上。我按上她冰凉凉的手背，听小冰说，大姐，我没事儿。我说，知道，你没事儿。她头靠窗户上，自言自语，你说，我哥走得咋那么暴呢？我们都说，谁知道。

我心想，小博名字起得不好，付博，福薄。这两年，我越来越信命，信老人的一套东西。现在我工作不那么忙了，调到了更高的位置上，权也抓得不那么严实。每天上班，去我阳光满面的高层楼里，经管我几盆花儿。过去小博常来我办公室，侍弄我窗台上的花儿，他做这些，比别人细心得多。想起就是去年的冬，他从家揣了包黑油漆，蹬车赶来墓园，和我约定好了，赶早来，给我们姥爷年久失色的墓碑，描描颜色。那天的环境、气温都和现在差不离，只是没一群人围着，单独我俩，顶风冒雪，气氛一样安静。小博认认真真拿毛笔，描深字迹在碑上。他带来的油漆有些冻住，不好化，他又是哈气又是拿手焐，不住端详我，怕耽搁了我的时间。我则跪在姥爷碑前，和姥爷有的是话聊。生前，一辈人里，姥爷最疼我，因我是个小子性格；最不疼小博，因他虽是个小子，却没长出小子的刚性。

看得出，小博前日又喝了大酒，描碑手不稳，好些油漆都洒在他穿的一条灰布裤子上。没等我说，他扑落扑落，一副无所谓的样儿。没啥，破裤子，大不了扔了不穿。过会儿听他又小声合计，回头找汽油擦擦吧，汽油能好使。一起在电台工作十来年，我知道他是每天都起个大早，从家步行来单位的，连给自行车多打点儿气都舍不得，直说，费车胎。我调走了，不知道他后来在台里干得具体什么样儿，有时和台里老朋友聚会，也都知道他是我弟弟了，会把话递给我说，小博别的不提，人缘不错，孩子憨厚。我不搭言，没觉得这算本事。直到今天，除夕我看到，在火葬场，台里居然来了那么多人，从昨天在医院就跟着跑，跑到最终，直把钱都送去了小冰手里，才眼泪含眼圈地各自离去。小博福薄，厚道也没经住他福薄，这辈子做个好人，许就值在最后一会面上。我心里明镜似的，别看生前如何，等我也撤桌那天，许未必来这么些人送。人走茶凉，那是茶也热过，换个念头想，或许从来不热，最后才得点儿暖。当已经无关世故，只关人情。

　　人情是最缥缈的东西。像从来我也没看上过小博，除去亲缘，我们还有什么热乎劲儿呢。我挖空心思回想，再想，相比我小五岁的弟弟，许早也把人生看透了。看透了，活还得活，不把自己泡在酒缸里，怎么继续往下活。他是在出事前一晚喝的大酒，当时谁也没当回事儿。德秀的聚会越来越多，不到凌晨，基本不回家。非非大学放假，晚上一人在家里，还给我在郑州的大姨去了电话，控诉说，奶，没人管我，我自己泡了面吃。大姨气得牙痒，问小博，人在哪儿呢？谁也不知道小博去了哪儿，可能他单纯不想回家，没片刻他又回来，还是自己勾开啤酒喝，想透透昨夜的酒劲。在大姨他们搬走后，屋空了一间，父子俩整晚一人关在一扇门里，互相没话。那一晚非非听见了断续的号叫：一会儿声低，一会儿声高；一会儿碰了桌子，一会儿碰倒椅子。他开门看，见小博眼睛翻着，躺在瓷砖地上，腿蜷成了X形。非非没穿鞋给小博背了下去，打车到医院，等德秀也到了，孩子哇的连哭好半天，张手给了妈妈一个耳刮子。

　　大姨没少跟我们讲，德秀不是东西。她不给小博做饭，还搞分居，打发小博睡沙发，一睡就是五年。五年来，大姨在小冰家的时候，小博早晚一个电话，问候爸爸妈妈的身体，关切得让人觉着，他得多关心自己的身体啊。谁承想，连不喝酒时，他说话都带糟味儿了。工资升到三千，再无可升，让他知道了永没转正的希望，电台效益越来越差，祈祷着还能开支，就算不错。在家，谁也瞧不起他。德秀在我印象中，并非牙尖嘴利的女人，对这个弟妹，我观感一直不错。她不像个东北女人，在挂着清晰血丝的脸上，德秀笑意总是温柔，对非非慈母心肠，可拿儿子的前途当事儿。非非要是没考进班里前十，她不骂，只委屈巴巴，淌着眼泪看儿子，看着看着，非非心就化了，认真劲儿和小博一样，闷声往眼前事儿里扑奔，认学，两耳再不听窗外。在非非考进985的学子宴上，德秀红光满面，一一和人碰杯。小博也笑，他看着比他高的非非，头完整低下了。

　　大姨头也低着。她给我们进门的这帮孩子，一一埋腰拿了拖鞋，屋里只见她在，没看着德秀。非非在客厅坐，不跟我们进大屋，床上一时围满了人。大姨颤着嘴角，眼中都是红丝，见她这样，话更难开口。按我们进门前商量好的，让小冰说。她拿纸巾按着自己的肿眼睛，朝她妈点下头，妈，我哥走得挺踏实的。都干净了。大姨寻思一会儿，干净了？她还没全明白，侧卧里突然传出老人的一声干号，是大姨父。他正哆嗦着往这屋来，大勇去迎，见眼泪鼻涕都从前者脸上落。大姨父再不是我记忆里那个男人了。过去他板正，戴眼镜，脸上一双浓眉，不怒自威，和我们这帮孩子都不近密，对小博，更不用说，儿子见他永远像耗子见猫，躲远远的。现在他连裤子都没提好，被我们七搀八搀，让他和大姨都坐稳当，几双手纷纷拉在一起，立时结成个阵，再给彼此肩膀靠上，接棒，继续着哭。抹把眼泪，我们怎么哭都有工夫，眼下，须把情绪稳住，像打针一样给大姨他们往骨头缝儿里打进一个信念，好用信念把丧气堵上，商量后面的事。我控住大姨的肩膀，让她看小冰，看大勇再看妹妹，最后看我。她目瞪口呆，儿童似的，惊恐看着我们的脸。我问，谁能没有这一天？不看眼前，你看身后，要是你再有个三长两短，小博心能安吗？她忙说不能让小博再难受了。她眼泪流速快得惊人，再一眨眼，已经扑进我怀里，号哭得没头没尾，声音和眼泪搅在一处，大意是，其实她感觉着了，心有这个准备了。

妹妹陪她坐着,我和大勇在旁抽烟,看这个屋子,布置得挺温馨。一面墙上贴满前年时候的窗花福字,上头几个机灵古怪的小猪,各自红通通的,脸上喜庆无忧。他们一家人的全家福,则挂在墙角的高处,转身看,小博站在当中,也红光满面着,看一屋的哭和哭相。他听不听得到呢?家里暖气漏水,底下搁个塑料盆接着,久坐,会觉得冷。小冰过来了,我拍她肩膀,问接下来俩老人怎么打算,是不是办完头七,和她一起回?小冰摇头说,我爸坚持,再不走了,就在家住下。这边就剩德秀和非非,他不放心。大勇掂量说,姨父这么想不对,你得劝。德秀才多大岁数,往后该走还得走一步,非非人在那边上大学,许也就留下了。他们还是该离开这个环境。眼下有咱们陪,往后一不陪了,人容易闪,再落个好歹的。我明白大勇说的,人想人,想死人。再问小冰,你那边难吗?她笑一下,含眼泪转过脸,仿佛这话不能提。在她这个岁数,上头四个老人,底下加非非三个孩子,说不难谁信。非非这时进来,拿了桌上卷纸就走,一照面,我们都瞧见他一脸的血。我跟出去,看德秀抱着儿子在水龙头下站着,正哗哗放水。时隔一夜,我终于看见她了。原来她一直躲在厨房,此刻手上脸上都沾了儿子的血,娘俩忙乱着,让本就悲痛的气氛更添瘆人的味道。

退出来,我扔开小博平时睡的沙发上那些浸满血、揉成团的面纸,露出床单上一大块洇湿的血迹。人全凑来,大姨一眼看见了,再站不稳,被我们前后左右架住。我独自进厨房问德秀,怎么弄的?非非两只鼻孔都堵上了纸,小猪似的,却不像那些墙上的小猪,他是苍白着脸,在板凳上呆板地坐下。德秀哭说,孩子觉得,床单上有他爸爸的味儿。孩子一直闻,闻得一床的血,他也不知道自己鼻子淌血。大姐,非非好像傻了,他不和我说话。我一把将非非按进怀里,他挣几下,推不开。过了会儿,他一动不动,让我看到这孩子脸上浮现出和小博相似,又不似的表情。眼泪正从他戴着的小圆镜片下,沉默淌出来。

德秀说,大姐,你来下,有话和你说。我和她站到厨房外的阳台上,门从身后被她带上,还扣了锁。她挽一挽垂在耳旁的头发,本就红丝遍布的脸上,几天下来,红更不褪,像人正发着高烧。我问她想说什么,说吧。她说,大姐,知道你们怨我。都是女人,你懂我也有难处,我不是不爱小博。我说,大姨怨你两句,是她现在没处怨人了,得找个人发泄一下,不然这事太暴,她心里一关难过。相处在平时,你是什么样人,就是什么样人,都能寻思明白。德秀擦擦眼泪,说,我也难过啊,怎么都不来问问我呢?我心里一动,按上她肩膀。这个年纪上德秀算瘦的,一条胳膊摸下来,到她手上,茧子几处都是。我说,别想别人,想你儿子吧。往后娘俩日子还得过。她说,是,往后怎么过呢?我可明白她想说什么了。小博这套房已经归她名下,夫妻俩还有十来万积蓄,一场丧事下来,加上给的随礼也有几万。她大概是听了小博说起过去送钱到我这儿的事,才人心不足,想多多益善。我说,秀,先前工作的事儿,是大姨来给我送的钱。事儿没办成,十万,我收着没动,带来了,预备还给大姨。他们就小博一个儿子,往后不能说多指望小冰,或去指望你。你得给他们留份儿养老钱。德秀动动嘴唇,说,可这是给小博花的钱。我说,来自大姨。给小博没花出去,现在就得还大姨。非非是她唯一的孙子,该留会给孩子留,不留,也是道理。你五十不到的人,不要和他们争这个。十万,买不来时间,你还能挣。他们挣不来了。话我不说多,你自己想。

  德秀当晚就发了疯,电话从妹妹打到大勇,再打给我。深夜两点,我一睁眼,心慌得不行。从火葬场回来,用来漱口的白酒还留在餐桌上没撤,爱人刚在床上翻个身,蒙蒙眬眬问我,又有事啊?我让他睡,下地,手捏紧了桌上白酒的瓶子,带去客厅。大勇在电话里等着,我抠开白酒瓶盖儿,说吧,德秀怎么了?大勇说闹开了。德秀说小博总来找她,每次带两个人,来压她的身。她睡不了,闹得大姨大姨父也别想睡,大晚上人跑出去了,非要到街上给博哥烧纸钱。我有点儿恍惚,谁跟着她呢,非非?大勇说,非非也和他妈吵起来,骂德秀神经病,居然怕他爸爸。我灌了白酒,热辣辣的,烧嗓,更烧心,走到窗前,开扇窗户透了口气。外头一片暗黑,路灯惨淡,发着白光,照得小区里积雪污泥一片,看着寡。预报昨天说,从西伯利亚还是哪儿来的寒流,又南下了,首当其冲,是我们这片大平原。今晚上,气温零下三十来摄氏度,天冷,风又刮得凶,烧钱?火儿能着吗?

大姨家如今该是人仰马翻,一家子过去害怕着的山雨欲来,还是在小博发送的除夕之夜,稳稳到来了。我摩挲着手里的酒瓶,看到瓶颈上由爱人绑了根红绳,作为一种忌讳,这是解秽酒。这些年,我参加了多少场葬礼啊,每次回来,都要用这瓶里的酒杀杀口腔,跟着吐进水池,从没喝下过。今晚,我喝了,还准备喝完。否则我也睡不着。从什么时候开始,许是更年期的关系,整晚睡不实,什么安神口服液,褪黑素,安定,虽能起点儿辅助效果,最顶用的,还得是心安不装事儿。我突然羡慕小博了,喝场大酒,跟着醉死过去,事儿都不用去想明白,就这样让它结了底,难道不是种幸运的死法?唯独把痛苦留给了活着的人。不同于久病不治,让家人还能有耐心被消耗的一段缓冲时光,突然走,最引人怀念。像我没法儿不怀念小博。今夜,在客厅给他燃了支香,看紫烟徐徐上引,活人祈祷着魂魄能有相通,是自欺欺人的安慰。跟小博心说,姐知道,你厚道了一辈子,不会去吓人。就算和德秀有怨,你也是个顾虑周全的人,会想到家里还有爹妈,有非非,哪儿舍得吓他们。博啊!那头天儿不冷了吧,看你穿单衣走,比你岁数大的人,也穿单衣走。与君共勉,我在《读者时代》里看着的话:饱暖寒凉,借不了外物时,去借你心里的劲儿。

在没开灯的客厅里,凭一瓶酒,一炷香,我和人前死后,有了相通。相通到宇宙都在我面前打乱，不成规律，仅化作薄薄的怀念。那不过是人的记忆。记得成年那天，我爸曾摇着酒杯跟我碰，姑娘，人这辈子，挣多大本事，攒多少银财，到了都是灰。明白这道理不？我爸喝太多了，我妈狠打他一下后背，说姑娘今天成人，你少神叨的。我爸抿嘴笑，继续说，爸高兴。想和你说点儿人生道理，你能懂道理了，是不？我得意着，可不。他又问，什么是人能带走的呢？人走了，能听见的，隔了一层；能看见的，也虚了一层。什么才是实打实，不变样的？我说，记忆。我们酒杯再碰。在今夜，我爸再不能和我的酒杯相碰，他安睡在郊外的墓园里，我们一家，最后都要团聚于此。大姨大姨父的墓，早预备在那儿。就在今天，司仪还嘱咐我说，小博得等他父母中有一个下了葬，才能入土。早早晚晚，都有时候。说来说去，今夜再想起我爸的话，说人活着为什么，不过为多攒些记忆。攒活人，也攒亡人的，纸钱纸马，香烛香灰，记忆烧不去，也捎不过去。

夜凉露重，北风又起。还记得那天清早描碑，我开车接上小博后，俩人一块儿往墓园青灰色的环境里去。车上，他欲言又止看我的侧脸，半晌说，姐，你指定没睡好觉。我心烦，觉得连他也要说我看着脸色儿不好。他告诉我，他和他妈一直惦念我的身体。别人不知道，他和我曾工作在一起，知道我每个白天，每个熬酒桌的晚上，人是怎么过来的。他想争气，很想有天能当着外人，堂堂正正喊出一声姐。他说知道自己干得不好，没别人机灵，稿件采好了，总得录上一下午，才能一字不差完整地播送出来。前一晚他点灯熬油写稿，家就一张餐桌，得挪给儿子学习用，他于是一直站在厨房里，在案板上写，斟酌来斟酌去，写下好些废话，里头病句怪句一大堆。想出一行，就要划掉两行，烟猛抽，抽得德秀进来赶他到外边儿凉快去。外头，风刮得正凶。我孤独。小博却挤着黄豆似的眼珠，扭脸冲我笑，说咱东北啥都可以兴，就不兴孤独。啊，姐？我扭头看，小博旁若无人笑着，和小时候一样，娃娃脸含着拘谨，冷不防还能蹦出一句小幽默。他说，这都是我内心里的事。事到心里，就不让它往外走了。

我在想十年过后，二十年过后，谁来给小博描碑呢？我的孩子吗？妹妹、大勇的孩子吗？孩子如今都往南跑，不知道家族葬在了哪儿。我们保护再保护，不让他们在成人前，到墓地一类的地方去，而等他们成年以后，那些荒郊蔓草的地方，没准儿也早被遗忘在了南北两极。这么思维发散着，突然想给非非去个电话，嘱咐他，你爹的碑，来日去给描描。拿起话筒，我又搁下，现在是凌晨四点。窗外拾垃圾的人准时出现在每个垃圾桶前，他们揭下贴有"回收亡人驾驶证"的广告纸后，从怀里掏出另一张贴上，还是"回收亡人驾驶证"。人走了，鞭炮跟着响起。今天过年。扔掉酒瓶，我点上了红灯。

喜丧

你不知道

魔鬼不长鬼相

你更不知道我一个人

在烈狱里泡了几重天

我累透

累疯了

别人告诉我说

你这趟下场

是给人去唱喜丧

……

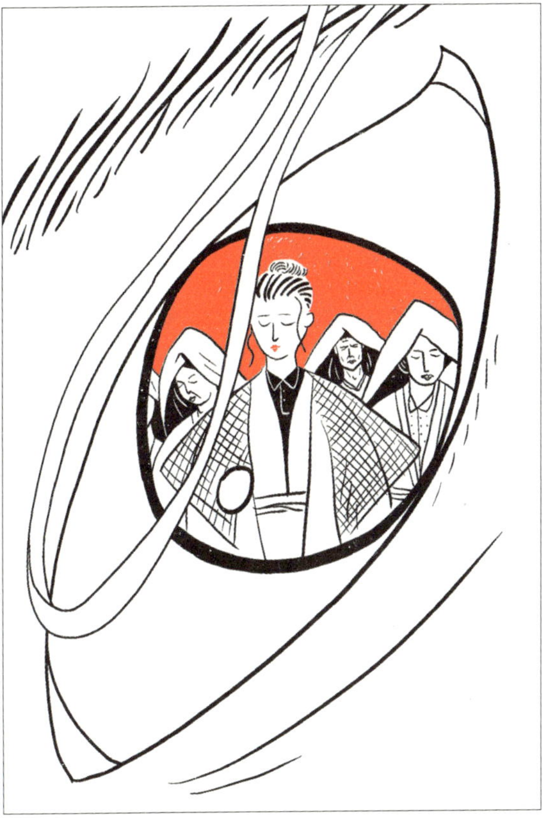

一

　　路上我和大陈换两次班，车开一宿到市区，见着了人影和炊烟。和主家约定的地点，是个老火车站，有两台黑悍马，醒目地停在广场上。我把睡后座的大陈叫醒，他摸摸板寸头，摇下车窗，迅速和车前站着的几个精瘦小伙儿，将手一挥。不知道的，还以为他唱大轴呢。一个胖子从停住的车里走下来，在他夹克服下，腰间扎孝。胖子有颗大痦子，栽着黑毛，种在滚圆的下巴上，还没相认，他和我握手，欢迎，刘老师，远道而来。胖子讲话有点儿憨，许是被脸上肥肉给挤的，眼睛眯成一线。可我记得电话里约活儿的是个老头儿。他笑，那是我爸，在老家等呢。后头跟的是乐队？我点头，说我们也是两台车，从五市过来。一有演出，我跑哪儿乐队跟哪儿，都老伙计了。除了大陈，是今年才加入的。大陈不知何时站到我身旁，说别客套了，是坐你们车，还是我们跟着走，怎么安排？胖子捋捋痦子上的毛，这位？我说，我师哥，姓陈，喇叭匠。大陈也和胖子握上回手，笑意矜持，十分拿派。

　　春天时大陈想招儿打听到我的住址，刚敲门，通过猫眼，被我又看见他那张长条脸，我第一反应，是抵在门上，同时和身后的齐眉比画，别出一声。隔门我和大陈说，你先下楼。他骂骂咧咧，对我老大埋怨，跟到我租的一个平房改的工作室里，好好叙了回旧。茶水小妹十指纤纤，坐下后，为我俩摆弄连套的几个杯子。小妹看茶，大陈看她，据我观察，五六年没见，这人秉性，一点儿没变。当年我们一块儿学习，吃喝，演出，他最后被戏团踢出门的原因是什么？那晚的大陈就像条野狗，到各个屋里东躲西藏，还想往女孩戏服里钻，让我给他找顶假发戴上。我叫他，师哥，你咋了？他往脸上拍粉的手颤颤巍巍，边画，边借镜子瞧门口。我又问了一遍，说，我指定能帮上你，这屋就咱俩，啥事儿你说。他一声叹息，都他妈来找了。武松组团了，我跑不出这狮子楼。我于是知道事儿还是坏在他作风上。越想越气，也到镜前上妆，准备下场演出，不搭理他。我气的是，大陈和我一同长起来的，我俩小时住的地方，相隔不到二百米。都被一样的水土养，吃一样的米饭粒，论戏功，他且比不上我，论长相，也没觉他比我强多少。无非是个头高点儿，谁让我发育到一米七，就到了天花板呢。大陈的优势是会使飞眼儿，会卖嘴儿。虽说，这都是艺人本门功课，可他就是能把台上本事也使到台下，更锦上添花，变成自己一门绝活儿。光我所知，这一年半载，团里和他牵扯的娘们儿就不下仨，我却还单蹦一人，找不着自己的一副架。有时晚上演出散了，我俩会一块儿到附近吃烤串，要啤酒喝。我劝他，定下心，可一个祸祸吧，你也做回人。他听不进，沾醉后，眼里东西暧昧，更不受禁。大陈手指蘸酒，不断在桌上画圈，一圈套一个，九连环似的。他自言自语，给自己打气，这个我真能整上。他再飞眼儿，我真能啊。

主家车前领，我们跟后，两台悍马开路，道上看不出阵势，等进了村，当真夹道欢迎，有跟拍手的，有跟送花的。车在村口开不下去，停就有人迎上，给胖子和跟车的几个小伙儿胸前扎上白骨朵。到了地方，我和大陈下车抽烟，解解一晚上的乏。胖子指点我们说，刘老师，村里最大的那个院，就是我家，都在家等你。乐意逛，你随意走走，不急，咱下午场。大陈问，午饭咋掂对？胖子说，你俩啥时去，啥时满汉全席。这个甭担心，好吧？我道声谢，回头安顿乐队一车，愿意吃饭跟去吃，愿意逛景，逛。都看好时间点儿。身后人四散，大陈插兜在村里转悠，不少孩子围着他走，一些大点儿的孩子则拿手机对准我，嚷嚷，就他，上过电视呢。我手里掐着烟，不想被人看见，好些事儿在脑子里转，闹腾不是一两天了，想独自消化消化。农村空气清新，植物都肃杀，枝干光秃，积着雪块儿，是我怀念的童年景象，心事不觉落些下来。远处茫茫一片，可不是雪，是漫长的白布盖在了帆布帘上，瞧去，棚上扎着成片白花白球白锦带，好大一场丧。唢呐连绵，悲哭不绝，一起一落，显得风景更静。我不回头，择道往前走，身后跟的人越来越少，风吹脸上，嘴唇都有点儿发干。经过的一户人家里，正放着熟悉的二人转磁带，《马前泼水》。磁带里，我去①的是朱买臣，在和现实差不离的风雪天中，唱朱买臣晚间归家，路上自得其乐：天下三尺鹅毛雪，山野荒郊断行人。砍柴驱寒心中暖，映雪读书更提神。这书中明礼仪妙趣无尽，讲伦理论道德字字重千斤。手

---

① 去，扮演（戏曲里的角色）。——编者注

捧诗书往前走,不知不觉过了家门。走过人家,我心皱皱着疼,猛吸两口烟,试图断念。

戏里唱,崔氏女强逼朱买臣写休书,离家门。在我眼前,直闪烁灵灵的那张脸。她两只窗似的水眼睛,过去瞧着,总疑心要有蝴蝶飞出来。更疑心什么山伯英台,商林雪梅,不止戏词里才能发生的事儿。艺术当真源于生活,未必比生活高出一截。我简直迷透了她。按说今天灵灵该跟我下演出的,因现实种种,她没跟着。现在这个时间点儿,她大约留在戏团,或是带几个师妹练活,或是和几个师弟逗闷子,最不济,是她又一人抱着酒瓶不撒手,东倒西歪在后台。我和齐眉已经谈好了离婚,风言风语她也听够了,不想跟我再挨这种日子。这趟来前,我俩约定,回去就离,等我把这趟挣下的钱,也交到她手里头的,往后俩人,各自撒由那拉。想到这儿,我又乐一乐,许是朱买臣唱多了,觉得谁都亏欠自己。可但凡我是崔氏女,这样没出息起外心的爷们儿,也何苦去留他。

大院好找,顺白布寻去就是,偌大广场似的围院里,灵棚架起老高。孝子贤孙抽空吃了饭,匆匆跪成两列,没劲儿号啕,也有劲儿哭唧唧抹眼泪。我其实不擅长出白活儿,这么说也许要遭师傅骂,毕竟是给人捧场的戏子,什么场合都该能料理,红的白的,可主家颜色来。可白活儿的确不好出,尤其碰上今天这种,喜丧。来前,胖子他爸跟我交代,这趟是送他家老老爷子,人活到快一百岁,吃饱饭后两腿一蹬,利落爽快,上了西天。你要不唱出点儿悲,于漫天白布都不合适;要也唱不出喜庆,则辜负叫戏子来演一回。喜丧喜丧,本就有点悖论,唱戏的得摸清是喜还是丧,拿捏好中间一根分寸弦儿。车上我直掂对这个事,和大陈也商量,这户,咱高低别出差错,哥俩平平安安挣钱,平平安安拔营。我心里还存的话,没说出口,想等回到五市后,再告诉大陈,即我接济你没一年,也半载了。这趟活儿后,师弟送你上阳关大道,咱互相别有往来。

大陈总也不知道,他多像颗定时炸弹。甚至觉得,在这个世界上,我和所有被他祸祸过的女人的老公们,心态不差多少,始终悬心,这人会把爪子再伸到什么地方去。会不会越是亲近,越是僭越,越是信任,到头越要喂我吃颗榴弹炮。进院后,我被主家围上饭桌,胖子和他父亲频频举杯,嘱咐我,点到为止,不用多喝,等会儿再发挥不好。酒我只抿了抿,专注填肚子,四下看,没见着大陈,又上哪儿玩儿去了。胖子父亲坐我身边,不是贴耳朵,就是拍我肩头,他人很瘦,脸色在最亲昵时,也不阴不晴,看不出笑模样。行走江湖这些年,遇上这样的主顾,最叫人怕。因你觉不出他性格如何,更觉不出他如何看你,满意还是不满意。屋里密密匝匝,我疑心这家不得近百口,问了,答我果然一百多口。村不大,举村都是一家,开枝散叶,散叶开枝,刚去世的老老爷子,是现今辈分最高的一个爷。他一去,村里等同一个小国家重新搞选举,一个主权的原则不变,但在分散开的子孙之中,还要看谁最尽孝,最得人心，谁也就最能接到往后领头的宝位置。吃饱喝足后，我看着大陈在门口站着，漫不经心擦手里的唢呐。问他，刚哪儿去了？大陈说，从村口走到村尾，见你垂头丧气，就没敢叫。咋，还因为那个灵灵啊？我说，嗯。他说，灵灵没多出色，小孩儿一个。嗓儿还没见亮儿呢，身段也一般。我看他，你再说？大陈嬉皮笑脸，她能成角儿，成大角儿，行了吧。我说，快上场了，主家没安舞台，让咱们在棺材前唱。上点儿心，别惹麻烦。大陈不信，就在那大黑棺材前？我说，对，一村人瞧着，得拼把子力气了。他说，想不到啊师弟，你也有不易的时候。还以为，到哪儿，你都有人追着扔赏钱。我白他一眼，大陈朗眉星目，按说在一批出来学艺的人中，他才该是那个角儿，如今他到底不是，只能弃了台前，到台下给人吹乐队，混营生。我还是想灵灵，几乎咬牙切齿，到屋后扎了孝带，戴上白帽头，等唢呐声起，跪在黑沉棺材前，破开号哭，将嗓子开了天，唱《哭七关》。这戏不哭就算白唱。我想到了和灵灵的哭七关，在阳间。一关人言，二关可畏，三关前生，四关今世，五关错遇，六关缘尽，七关未定。

七关没唱一半儿，在被我带起的哀号里，大陈直把唢呐吹散了营。

二

一身缟素的小媳妇站在廊下，半避着人，半露出脸色，头盘着，下巴颏尖尖。大陈喇叭吹失音儿的时候，我挪眼睛瞧，他正端详她，眼光是我不能再熟悉的，如递飞信，如诉衷言，眼神若能拧成一股绳，另一端，已系在了小媳妇腰间。我顿生股恨，想找个气口，给大陈递上一脚，过去挨揍还少是咋的？我这边哭咧咧，努力将唱声压过喇叭，猛拨一个音，更有意喊在大陈耳边上，吓他一跳。大陈装若无其事，嘀嘀嗒嗒吹下去，再看，小媳妇倒不见了。记得她穿重孝来着，是至亲才有的装扮，论关系，她和躺棺材里的老老爷子，该出不去五服。下午戏好容易散去，大陈臊眉耷眼跟在我身后，我领他去个没人地方，上来就是一腿，指他鼻子说，能不能看看地方？周围多老些人。你他妈真整出事儿来，我毁不毁，咱俩能出去这村？他没言声，拍了雪，自己爬起来。我继续撂狠话，一会儿就给你买票，还得唱两天，别跟我惹麻烦。他说，不走不走，这是干啥？大陈揽我一侧胳膊，从我兜里，掏出两颗烟来，再给递上火。我说，你是吃一百个豆儿不嫌腥。他笑嘻嘻，和我碰肩膀，碰几次后，许是在回味，脸色隐在越来越暗的天光下，模糊不清。大陈说，我这辈子来世上，就不是守规矩来的。我说，不守是你的作风，别带累我吃饭。他笑，屁玩意儿吧。我再揍他一把，从面前走了，感到没话好说。大陈和我确是两条道上的人，这辈子能和他有截交情，算我上辈子没积下德。

晚上还一顿酒，草草收尾，村里生活安静，不到九点，挨家挨户熄了灯。除了外头守灵的几个老爷们儿低低抽泣外，世界再无动静。我和大陈被安排住一间，大炕睡起来舒展，被褥都是新换的，闻着一股清香的洗衣粉味儿。躺下来，我简直怀疑，是又回到了小时候，枕在妈妈给我缝好的荞麦枕上，听她放的戏匣子里，声儿渐微弱，讲出的那么多爱恨情仇。大陈睡另一头，也不言声，我俩都不知道，谁更早醉了。手机传来震动，是灵灵。看她发的信息，话里不无埋怨，你就这么走了？走前，我是想告诉她一声的，但灵灵最近的确给我惹下不少麻烦，团里都劝我，冷冷她吧，小女孩儿一个，你越伤心她越闹，到时谁都活不好。你是柱子，你不能塌。说实话，白天里我赶路，唱戏，心思都不在家，老是幻想，灵灵在我走后，不是摸了电门子就是喝了药罐子，灵灵也许等不着我回来。其实啊，人与人命运里多重误解，往往是一句话的事儿。都说我们唱戏的，文化不高，四六不懂，给钱就是爹，要不怎么叫人骂下贱。事实哪儿如此。我们唱的，都是踏实得不能再踏实的戏词儿，若论真实，我是不觉得还有什么人，能比我们这行，更日日泡在真实里头。只需提防自己个儿，别把真实当生活，否则累人，更累己。毕竟唱一出戏，就活下一辈子；接一回钱，就短截脊梁骨，要在一日复一日的生活里，仍说服自己，你也是个人——

如此要付的辛苦，说来都是泪。思前想后，更不忍，想把心里话都倒给灵灵听，让她安心，更不让她受罪。

我打字慢，手指头粗，总得留心错字。不怕灵灵笑我没文化，怕她多心，觉得和她说话，我神儿不在家。我说，灵啊，安心等哥这趟回来。回来就娶你。灵灵说，我难受，我没想过人能这么难受。我再也坐不住了，起身穿衣服，要回电话给她。大陈没动，他似乎笑了一声，我也没在乎。出门是个小院，月光清白，照见院里栽的一排葡萄架，到冬全干枯了。雪没铲净，留出一条行人的道，天冷得厉害，我披件棉衣就出来，哆哆嗦嗦的，不能久站，于是边跑边跳，和灵灵说话。她真在哭，电话里声音嘈杂，似乎她刚带上扇门，稍静了一些。灵？我在外给人演出呢，别哭，怎么了慢慢说。没不要你，哪儿能？别哭了，啊。我哄的像是个任性的婴儿，而她根本听不懂我说话。到底怎么了，别让我跟着着急好不好，谁在你边儿上呢？我追问，听见灵灵不说话的时候，从其他地方传来的笑声，及笑声的回声。还在剧场吗？几点了都。我不傻，我什么都听得出来。压着火气，我重复道，踏踏实实，等我这趟回来，啥事儿都能解决。我这边儿都解决好了，你再等不用多，就两天，行不行？灵灵说，明天吧。我说，明天不行。你懂事，我家灵灵最听话。这两天没事儿，你正好背背词儿，回来咱还得唱呢。到时咱俩一块儿挣钱，一块儿享福，多美啊。

回到屋，大陈披了被子，在炕上坐，正点烟来抽。他的姿势就像前一刻还扒在窗沿上偷看,这一刻刚回了正。问他怎么不睡,大陈将身后那半边窗帘也拉开,月光洒在炕上,不点灯也能见着彼此的脸。他耸耸肩,神色有点儿忧伤。蓝灰色的气体在炕上蔓延开,飘在一切事物上面,和雪一个样儿,覆盖住心情。天上那一轮孤月,正如钓在驴子眼前的胡萝卜,引我俩抽抽烟,都伸头去看,先带期望,后带着消沉,再后是种沉重乏味的东西。大陈哼着《叹情缘》的调儿,手在膝盖上打点儿,并不唱出来。

齐眉长得不丑,他突然说,似乎回忆起什么,我和她见过几面,你忘了?真不丑,还不给你添乱,为啥非得离?别跟我说为爱情啊,幼稚。我不知道怎么跟他解释,就是因为爱情,遇上这码子事儿,哪儿有幼稚、成熟之分。但我的确也总想起齐眉,想起她平时在家做饭,背对我的身影;想起有时我说笑话,她眼皮不抬半下的敷衍。我很清楚,她心里在嫁我之前,早住进去了一个人。她一样清楚婚姻对我其实不公平,几年生活下来,她基本事事顺我意,不挑不拣,不苛求。我也曾想过,别人是不是都这样过下来了一辈子?戏是戏,生活是生活,没那么些牵肠挂肚,挂肚牵心。直到在这世界上,一个灵灵出现了。非让我去形容,好比你是个半辈子的盲人,习惯了天是一个颜色,地是一个颜色,而在某天突然见着,从没人和你形容过的色彩,你也不知能和谁说,因实在叫不准,这一抹亮色,是不是大家都见过,还是只落在了你的眼睛里。但我总算是饱尝了随之而来的一切。一切都清晰记得,不刻意,矢志难忘。去年,开春后一个傍晚,我和灵灵走在江边,天不阴不晴,下了整个白天的雨,刚刚停住。还能闻见叶子上清新的气味儿,空气微暖。江边空荡荡的,类似今夜,世界徒剩下一轮月,两个人。灵灵坐在白色大理石的桥杆上,活泼得像只小玉兔,跟我一句句学戏,每个拖音都被她不住在嘴里荡来荡去。她人更教我提心,毕竟晃着晃着,她身后就是大江。我上前拉她一把,手指刚接触,万事都奏效在了一瞬。虽说平日在台上,演出各式痴男怨女,搭档间搂抱摸手不能再平常,就那一下子,还是突破了古今。灵灵百灵鸟似的嗓子像被人掐住了喉,在潮湿的空气里,她愣瞧着我,半晌突然笑,笑完,咬住自己的嘴唇。

又是突然,记忆在我心里串到了不久之前。那天我刚下场,接着戏院老板的电话,让我赶快到门口来。原来是灵灵和齐眉碰上了,又才知道,齐眉是被灵灵约来的,灵灵有意当着所有人,给齐眉一个下马威。我到的时候,灵灵脸通红的,肿成了一片。齐眉不说话,灵灵也不哭,后者狠瞪着我。我猜得出,揍是灵灵有意让自己挨的,好让我心疼,更让齐眉看看,两人在我心中分量如何。齐眉撇开众人,向我走来,我怎么也忘不了她边走边甩两只手的动作,那么轻巧,仿佛刚扇了一只狗,要对狗主人有个交代。她问,你想我怎么做?我说,先回家。齐眉从没那么开心笑过,就是在俩人度蜜月的时候,也没见她那么笑。像是她刚看完了我一场演出,巴掌不是扇人扇红的，是拍巴掌拍红的。准备跟齐眉往家走，我稍转身，就听到灵灵破嗓子哭，高喊寻死。下午，太阳特别烈，我身上还穿着供人取笑的红兜兜，画着刻意裁短的黑眉毛，妆在被我抹去几次后，浑浊地晕开，成为我最狼狈的一次亮相，沿途谁人不笑。不回去瞅瞅啊？齐眉也笑我，猛地，泪水淌到我脸上。她最后看我一眼，不急不慢自己走了。我都忘了那天是怎么回的家，那天有没有回家。天黑后，世上只剩我和灵灵。她哭累了趴在一个小桌上睡，我则醉倒在一个灯光璀璨的地方，不知前世今生，哪儿有区分。

三

一千瓦的碘钨灯，高挂在头顶。灵棚里，入夜后视野清晰，甚至能瞧得清，每个跪下去的后脑勺上，是长一个旋，还是两个，反骨又生在哪一块。今夜是最后一场，如果不是主家非要求唱到十点开外，我本计划当天赶回去。我不断看时间，想为什么打不通灵灵电话，两天来，我打电话给很多人，都和我说没见着她，她没去过戏团，团里有她的演出全给换了下来。谁也不知，灵灵身在何地。彼此像都约定好了，在电话里宽慰我，小姑娘家，耍性儿，和你犟呢。我却有种沉甸甸的猜想，预感像憋闷许久的天气行将结束前，那块儿不容忽视的积雨云,清楚,总要落下点儿什么,到人头上来。眼前,是口阴沉的大黑棺材,一块儿风吹不到雨淋不着的厚棚布,在上头罩,往下,则垫了数十根松木头,怕雪还没化,棺离地太近,会生潮湿。乐队里那帮老伙计,吹吹打打,哭哭唱唱,唱到月亮星星都和人见了面,可当中没一颗,闪动着我的灵灵。我将焦虑都投入唱段,任愤怒、委屈、不舍,集体爆发,《十跪父重恩》,唱到七跪。七跪父重恩,孩儿在外爹担心。孩儿若是回来晚,老爹心急如火焚。站在街前把儿盼,盼儿早日回家门。我眼泪一重接一重,换叫好声连连。村人朴实,无不竖上大拇哥,叫胖子和他阴阳脸的父亲,也不住给我添赏钱。

哭着哭着,喇叭匠听不出换班儿,抹泪四下看,整一天没见过我师哥了。再细想,似乎从昨晚上睡半道,他起夜后,就没见人回。昨晚睡前,大陈将手抱在一处,枕到自己脑袋下,脸上不乏喜色,瞧住我在那边儿,抓心挠肝的样儿。这回他明目张胆地对我笑。我给他踹起来,没留意他多不对劲儿,当时我正沉浸在万种担忧中,慌不定神。我求他告诉我,师哥,你是过来人,是不是什么事儿都不会有?我俩能过这一关。大陈头歪着,看我说,来,告诉告诉,为啥会这么惦记一个人。你觉得,她也是这么惦记你?我说,你不知道,我俩情多深。他说,如果你不是角儿,你俩能深?我的这个师弟啊。大陈没乐,像在说掏心窝子话。他说,对灵灵,你了解又到多深?大陈盘腿坐起,审犯人似的,气氛有点儿瘆人。我看见他一双眼睛青黑,人也瘦没了当年的精气神,如今我遭的这些,在大陈来看,难免会不当事儿,他何止经过,简直都踩过、飞过、飘过了。对于女人,我俩兴趣点全不同,我一时不知道该说啥。大陈话里有话,似有悬念,我问,你听说什么了?他贼笑,不是和你吹呀,小姑娘天生,没有和我不亲近的。她们的事儿,也没我不知道的。但是师弟,我不预备告诉你。不是想跟你拿一把,是你帮衬过我,我记情。现在没必要推你一把,让你往无底洞里陷。师哥能做的,是劝你看开。没事儿,抓紧睡吧。明天还一天,咱俩谁都不要理会谁,专注各自领域就好。我还问,你啥领域?他盖好被子,头乖巧地露在外头,表情温顺又满足,他说,我的领域,从来富贵险中求。

九跪父重恩,父为孩儿操碎了心。为儿牵心去还债,累得爹爹病一身,走路把腰弯,迈步两脚沉。不几年满头白发,脸上尽添新皱纹。在棺材前跪着,我心坠得厉害,想快唱完了,这一程送别人家的老老爷子,可算送到了头。胖子再给我扔下沓钱。头一转,我像看见棺材动了一下。看周围,尽是埋头哭的后脑勺,离我最近的喇叭匠,也在身旁闭眼吹着曲儿。我定定神,接唱:十跪父重恩,儿不争气爹伤神。昨日恨儿不成材,今日恨儿不成人。眼下您老归天去,孩儿抱头哭声闷。想见爹爹再一面,除非去到梦里寻。棺材又动了,我停下唱。喇叭匠眼也睁开,我俩四目一对,确认彼此都没花了眼。

大阴沉黑棺猛往前蹿,哭灵的人往后惊叫,齐瘫在地上。我扔下手里竹板，立马撒腿跑。

小孩们最先沸腾，扯嗓子叫，可不好，诈尸了！主家人要拿主意，几十口人眼巴巴瞧着灵棚，瞧棺材分明先前好好地安置了，现今的确往外蹿出一段距离来，若没外力，是做不到的。棺材十分沉重，而底下铺好的松木棍，此刻成了滚轮，能使它被推动。胖子父亲喊众人闭嘴，指挥胖子和几个男丁，到灵棚后，合伙儿看看情况。胖子几人，使好眼色，齐力将棚顶上的厚布白花全掀下来，布一落，露出棺后瞠目结舌两个人，都衣衫不整，都双颊通红。他俩立时被围，小媳妇当先被踹倒在地，脸按进了雪里。跟着他们揍我师哥，拳脚如雪片，打出他好些血珠，也洒进雪中。

一群人把我师哥揍个半死后，胖子父亲叫人关门，远亲先回吧，剩下的事儿他们自己人料理。人都不走，院里闩了门，全扒在墙头看审，连上房顶的都有。胖子父亲脸上罩层冰，上前拽起躺地上的大陈的脖领子，问，谁认识他？知道这人哪儿来的吗？胖子指住我，姓刘的带的，是他师哥。我想逃，早没出路，眼前刚还给我叫过好的孝子贤孙，此刻恨不能要走我命。我不敢帮大陈一把，我带来的十几个人，面对此景也臊得慌，各自收好手上的家伙，远远避开来。这个时候，谁出头，谁挨揍。我想过了各种解释，说我和大陈其实不熟，说我也劝过，骂过他。说大陈是一时糊涂，这趟不要钱，咱算了，好不好？所有钱都不要了。我将怀里几沓赏钱给胖子递回，胖子没收，反手给我一巴掌，打得我也坐进雪地。胖子给父亲搬来凳子，后者当院坐定，清凌凌的月光下，周围声音都像哼哼。和大陈远远相望，我也看不清他一张脸。小媳妇刚被扒了裤子，和我按在一块儿堆。胖子拖死狗一样，将大陈也拖过来。几个男丁上前，给我们戴好重孝，将白斗篷披上。大陈眼看跪不起来了，他满脸满窟窿地往外冒鲜血，站他身后的人，则直扳住他肩膀，叫他塌不下去。胖子父亲抽上颗烟，看我们都跪在棺材和他脚底下了，像上了阴间公堂，周围戴孝的人，则为我仨相送一程。老头把烟弹了弹，说，继续，唱《哭七关》。你仨都唱，不用打板儿了，由我们使鞋底子打节奏，扇你仨脸。他说完眯着眼，烟气徐徐从他不阴不阳的瘦条脸上弥散，让我怀疑，棺里是否有着同样一张脸。他说，唱不完不许走，唱不好也不许走。唱不出动静来，你们试试。

几天里漫长的哭声，如今全赏给我仨，要尽情表演，发挥，开完羞耻的专场。眼前各站上一个主家人，手都攥着布鞋底，先往上啐了口痰，再预备抽。准备好后，等我起调，我唱。哭呀么哭七关啊，哭到了第一关。第一句四下鞋底子，啪啪扇得我，金星乱冒。第二句六下，身畔小媳妇本就光腿，直打哆嗦，又恐惧又挨痛，人后仰过去，两腿乱蹬。忘了唱到第几关，腥味儿从我嘴里蹿出来了，我双手向前撑地，嘴还没停，我很记得刚才胖子父亲提的要求，唱不出动静来，都不行。大陈动静可是越来越虚，转头看一眼，给我吓丢七魂和六魄。他没人形了。知道我们很难走得了,我也没指望,唱还是哭,说不明白:哭呀么哭七关啊——血跳出来,又几下鞋底子,打烂我的鼻子。

胖子父亲走到我仨身前,其余两人已昏死了。他让我好好地看着他,抬头,我看了。听他问,都是人,你们怎么做到这么下贱的?我说,我们错了。他又问,第几回了?我说,我不记得。他没说话,胖子给我一脚,我彻底栽下去,吃进了雪。断念前,鬼使神差,我眼前还是灵灵的脸。她也为我一样受过不光彩的打。灵灵,我怎么总有坏预感,咱俩要见不上?我怎么总有坏预感,却总在预感前,强行侥幸。我在许多事前,都想着拖延,不信它教人后怕的可能性。风在深夜凶起来。眼撑不住还是闭上了,可还能听到响儿,听见自己被人拖着,唰唰在地上摩擦的动静。听见快门声,小孩子们,那些曾给我拍过照片,羡慕我上过电视的孩崽子们,再拿出手机,拍下了我的此刻。听见挨家挨户,仿佛抱柴火来的声音,我仨最后被安排,都躺倒在火堆旁,闻见烧塑料的气味儿。一村之中,我的所有磁带,光盘,荣耀,尽数投进烈火,在老老爷子灵前烧了去。火光连天,照人间疯狂又明亮。大陈在我身边默默断了气。小媳妇在我身边失了禁,她奄奄一息。我魂儿也被烧了过去。血流进眼窝,听见满堂满室,孤魂恶鬼喊出来统一一声:杀——

四

灵灵很瘦啊。她缩在一只小小盒里，最后叫我见着时，里头装着她白骨烧就的末儿。

逃回来后，我长时间没去戏团。人言口口相传，出这么大事儿，搭一条人命，扯出一场官司，捂哪能够捂得住。我耳边总是乱得很。到身体恢复，能出去走走了，我去团里，看见节目单上冒出的，都是新鲜名字。老板在门口接待我，两手倒是握得热，顾及我的伤情和心情，不敢太摇晃。他委婉说，不用着急上戏。再等等，等开春吧。我同意，我已经破相，往后难登舞台。这趟来，其实是想替灵灵收走她留的东西。老板说，没啥啊。我点头，没啥好。我给你唱几年了？他掰指头数，快五年，得有。我问，五年，我拢共给你挣去多些钱？他目光机警说，你医药费可是我拿的。还有这趟乐队的开销，大陈的丧葬，好些都是我垫的。刘儿，咱做人得凭良心，啊？我说，啊。他捏捏我肩上的骨头，劝道，挺起来，别被打倒。我问后来到底怎么事儿，是谁跟灵灵说什么了，还是谁欺负她了。为啥等我回来，就见着她一捧灰了？老板赌誓，和他一点儿关系都没有。我说，我是没出路的人了，又给你挣过银子，你最好还是告诉我。老板酝酿来酝酿去，一星泪花在他眼里荡，挤下一行。他说，灵没受啥委屈。是她心窄，等不起了。我问，那你为啥哭？他说，哭灵灵该等你的。那天还是我发现的她，电话咋也不通，好些戏等着上，没法，我带俩人去了她住的地方。门没关，当下我就觉得不对劲儿。后来你也知道了，她飘飘荡荡的，拿一根绳了断自己个儿。这姑娘心思忒重，总和我们哭，说你和她逢场作戏，跟大陈似的，玩弄人感情。哪是这回事儿啊。我问，她这么说的时候，你们怎么劝的？老板眼睛瞪溜圆，看我好半晌。我懂问到这儿就可以了，他知道得不比我多。除了挣走我们身上几个钱，商人什么都不预备去知道。

身体好了，我染上新的毛病，夜夜发噩梦，总梦见有小孩啼哭，在雪地里，在屋棚后。对我这番遭遇，齐眉没说是报应，她照顾我仍悉心，和过去一样负责任，言谈总算是客气。深夜醒来，我梦见一口大阴沉棺材，无数次压上心口，闹得冷汗淋漓，睁眼再睡不着。从小屋望窗外，我想月亮，想谁才会是毁我一生那个仇人，又该到何处寻仇。我联想到团里每个人头上，咬定又推翻，想不出灵灵到底是被谁给欺负了。拳头发硬，我不高的个头儿紧着上跳，蹦得蛤蟆似的，想跳出困住我的顶，给天捅个穿，状情才好直抵灵霄，告去最高一层殿。夜晚静谧，教我感到陌生，当我不再是角儿了，夜晚将我从掌声和叫好里，把自己还给自己。我曾哭问齐眉，是不是你祸害的？趁我走，你要了什么招？她泼掉杯里的酒，到我脸上，说，你戏唱多了，你不值我耍阴谋。酒在脸上干掉，我又问，那谁值得？你心里早有一个人，在我去你家入赘前，你就有事儿瞒我。咱俩早不存重修旧好的希望了，我只是很闹得慌,觉得你们女人,心都藏着秘密。不爱我的,对我藏也罢了。爱上我的,也一样去藏。我不准备原谅灵灵,当你我也这么说。说完,我把酒往地上洒。齐眉无限怜悯望着我。本来我就不俊,如今眉骨塌一块,鼻子少半截,嘴里豁牙,身上拖残肢,往后若想活命,除了把自己打扮成个啐痰不羞,泼屎不恼的丑儿,哪儿有活路走。我哭得难喘上气,比去火葬场那天,见着灵灵化成烟和灰,清楚她再不能和我讲一句笑话时,内心更为摧毁。我说,总觉得,灵灵把我也给害死了,我骨头被人砸碎了。我的魂儿不在了。你明白吗?齐眉问,听实话?我点头,傻笑着看她。齐眉过去分得很开,总被我和鱼作比的两只眼睛,当夜闪闪发亮。她说,我真就没瞧得起你过。那天和你的灵灵在戏团前,其实她扇我,比我扇她巴掌多。可她不像我,她太依附你,其实她就想看你替她出次头,问题是你出了吗?我说,没。大陈曾和我说过一句话,我现在品出味道来,其实对谁,我也没了解过深。我深处想的,从来是我自己个儿。总在想我唱过的戏,经历过的几辈子,说穿了,爱感动我自己。我还老想感动一个世界呢,嘻。

齐眉说,那晚你能活着,就该感恩了。我问,活着就得感恩?她说,活着就得。这几年,我也总想死,每当去戏院看你在台上眉飞色舞,我都想死。我问,现在你活着,还感恩不?她冷笑,你活着,不也和瞎子差不多。感不感恩的,我早死透了。夫妻在一起几年,还没像今夜这样,推杯换盏,诉说心情。齐眉趴到桌上，眼泪落她一只胳膊上，蹭出晶莹一片。再过了会儿，她喝多了，瞧我乐说，她爱的人，也被人生生打死了。我真傻，我早该想到，多年来她恋着谁，又想起了，大陈死前的相貌。他明明已不信感情了，明明在他和齐眉之间，没有我和灵灵这种牵绊，可齐眉还是一往情深，以不足为人道的痴，爱一个不值得的相。我小心翼翼对待着眼前共眠几载的女人，可以猜想，当我活着从村里回来，还带回大陈的尸骨时，她内心是如何绝望，又如何深感荒唐的。

对彼此共同的怜悯，教我俩在散场时，肝胆相照了。齐眉将酒桌收掉，扶我回去睡，走前在我脸上丢下一张皱巴巴的纸。那是十一月的第七日，灵灵离开人世前一天，寄给齐眉，想转给我的信。在灵灵一生中，这是她最后一次给齐眉上眼药。语气既扬扬得意，又有别的东西。

哥，你说，我们拢共唱多少出戏啊？好些调子，曲儿，都是你一字字揉进我脑袋里。你是我的贵人，兄长，更是我师傅。可你很蠢，论天赋，我且比你高。当初第一面见，在戏团选人，你已是个角儿了，你看着我，打肿脸充胖子，说我唱得不咋好。进团后，知道你有家室，更知道，你过得不快活。记得那晚在桥边，你惊慌失措，像《回杯记》里，张廷秀多年归来，再见王兰英，受不了她半点儿审问和啼哭；像《包公赔情》，自知有违情面，想不出如何面对恩嫂的包公拯。更像《梁祝下山》里，咱俩唱了无数回的那出戏，呆头呆脑，不往歪处想的梁兄，山伯。你受不了我的眼睛。后来你多回说，很受不了我眼睛，而今想让你再看一回，却办不到了。不想对你说的，现在都该对你说，每一晚，都有魔鬼敲我的门。你不知道，魔鬼不长鬼相，你更不知道我一个人，在烈狱里泡了几重天。我累透累疯了。别人告诉我说，你这趟下场，是给人去唱喜丧。你总能料理得好，所有敏感的分寸，再没人比你捏得更稳当，你都能稳当地把椅子坐成炕。这丧，当也给我唱吧。哥，当你深打一躬，长跪月前，是替我，替你的灵灵去超度。记着多替我念一回。哥啊，灵灵困。

我打了漫长的一场官司，总要出庭，站在原告和证人席的双重位置间，诉说那晚在我眼里，发生过的一切。来听官司，替大陈眼泪涟涟的妇女少女，都好组成一营，庭散后，她们跟着我，细问当时前因和后果。还真有个小媳妇吗？她们不信。小媳妇出不了庭，她被驱逐出族谱，驱赶进了精神病院，我没再见过她。从法院往家走的一路，我心里不是滋味儿，春过完了，现在是春夏之交，想起雪的触感，漫天白布前，我手拿麦克唱出的哭灵，都似前尘往事。等这场官司落定，我人生也要重新洗牌，往后无非，下村，进乡，将先前在城里度过的热闹晚上，代成平静的早眠。再过几天，就到清明了，为谋生计，我又接下几个白活儿，预备随同行的十数个演员，挤一辆大巴车，浩浩荡荡开过去，过上有人看，没人赏的新生活。灵灵注定要成为我噩梦的一部分，虽然我也常怀念她的眼神，唱曲时她耍小性儿的情态和卖弄,但直到我死,她的死都是一个谜。我希望赶紧忘记,如人所愿,的确忘下了不少,再记不住,任何一本大套戏词。

　　齐眉今夜搬走,没说几点。进屋时门没关严,让我听到她正和人讲电话,讲着讲着,齐眉唱起来:海枯石烂不变更,长亭洒下离别泪,但愿早日得相逢。贤弟呀,梁兄呀,但愿早日得相逢。我听傻了,从不知道,齐眉也会唱,而且唱得好。披着怎么也披不挺括的西装外套,我倚在墙后,胡思乱想,往日和灵灵,同扮眷侣的画面闪现眼前,或许我真该终生为她哭丧,为她念透所有超度的经。人生常这个样儿,一辈子没说开的话,随盖棺论定,成为一辈子,解不开的结。齐眉最后腻声,向电话里道句再见。我简直乐弯了腰,瘸腿撑着我,形神并茂,像个上了台的丑儿,在台上搭躬施礼,舍不得下,只想听完满场巴掌和叫好儿。

三手夏利

她忙按住心口

几十年人生经验告诉她

这时间来的电话

充满惊悚色彩

每次接到它们

她都必须接受失去的发生

……

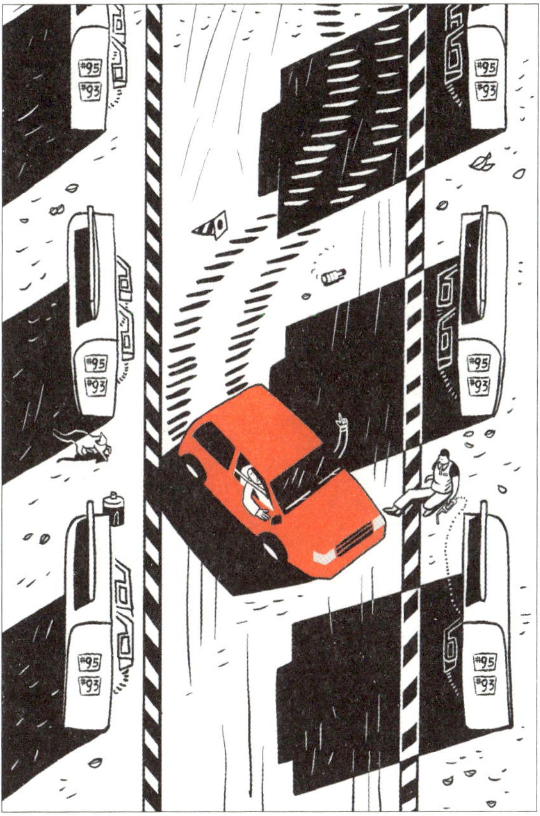
#95
#93

一

周一,吴天华做好了迎接客人的准备。地拖过,水果摆满,和洗净的茶杯放在一处,每只天青色的小杯子上,都反映出清早的光泽。吴天华唯独没主意该怎么打扮自己。在玄关放下一排拖鞋后,她坐在破皮了的沙发上,养的两只狗,妞妞和闹闹,都来脚边绕。她推推它们,怕狗毛粘上新裤子,等待中,又拿出手机,端详起节目组发来的卜文彬的相片。卜文彬穿件天蓝色衬衫,胖瘦、身量都合适,皮肤比她还白,两只肿眼泡,没精神地待在镜片下面,头顶徒剩几根白毛。他比她大十二岁,面相看上去是个福气深厚的好老头儿。吴天华没留神点了颗烟,她不知道对方抽不抽,若在她二十岁、三十岁、四十岁上,要像今天这样要去相看一个男人,都会想怎么好藏住自己的缺点。现在她不藏了,感觉起码有些事儿,不该藏。

门铃响,狗跟着叫。吴天华迎四人进屋,三个年轻的,一个年老的,不用说,最后那个蔫头耷脑的是卜文彬。年轻人里一个穿鲜红毛衣的小姑娘,热气腾腾攥上吴天华的手,嘱咐两个同事怎么站位。机器都架好后,姑娘笑靥如花,把卜文彬推到镜头前和吴天华站一块儿,夸,姨,你家真亮堂啊,呦,还有两只小狗儿。叔叔喜欢狗吗?卜文彬低头乐,喜欢。他两只肥厚的大脚掌挤在吴天华的小拖鞋里,走路有点儿局促,闹闹正紧着闻他裤腿上的气味儿。红娘坐到俩人当中,手里的话筒,不是递给这个，就是递给那个，面前有摄像头，让吴天华怪别扭的，感觉自己被当成了小孩儿。他们这个岁数的人，其实不用被虚头巴脑地介绍来，介绍去。她答完一个问题，紧着张罗别的，问摄像喝不喝水，问红娘一行咋过来的，坐车还是走路坐几路呢。卜文彬始终低着头，招手逗狗，在他没系严实的衣领下，露出一截挂钥匙的红绳。他还在脖子上挂着钥匙。红娘的又一个问题被吴天华忽略，她越过红娘，直接去够卜文彬的胳膊，你咋回事儿？她拿笑话人的语气问，怕丢啊？卜文彬把钥匙绳拽出来，像个让老师检查的学生，老师，就是个钥匙。老师，我记忆力不行，今天儿子把我带出来，说不能来接，等会儿我自己回去，怕给锁到外面。

红娘说，姨，你俩等会儿再唠。咱一步步来，节目有流程。吴天华又有点儿忘了摄像头，多年她走南闯北，跟各色人等打交道的本事，都在身上攒着，此刻很想使用。跷上二郎腿，她说行行。要掏烟，冲红娘耳语，你抽不？红娘看看两个摄像，他们放下手里机器，都笑了。吴天华说，这也不能播。那，吃水果。都我自己地里收的李子、杏，没打药，可有果子味儿了。红娘说，姨，你得让人说话。吴天华便闭上嘴。这回是卜文彬拿话筒，他说话没口音，慢条斯理开腔，我呢，先前是车辆厂工人，年年劳模，挺认真干活。家里就我和我儿子，都单身。我妻子是十来年前，肺病没的。我没啥不良爱好，爱走个象棋，不影响正常生活。红娘把话筒给吴天华，这回说吧。吴天华问，你们想知道啥?红娘说,照叔叔说的来。吴天华说,退休前,我在长途客运站当售票员,跑大车。有个姑娘,有个外孙。老头儿也走十来年了,也是肺病,但死在脑出血上,走得挺静悄。我爱好多,不知道良不良。可能影响生活,但要是不管我呢,就不影响。

卜文彬扒了一个又一个李子吃,他挺馋嘴,吴天华偷乐。红娘说,叔啊,别光顾吃。吴天华拿下巴颏点她说,我数呢,看他吃几个。卜文彬擦手,不吃了,问能不能下地走走。吴天华说,走呗。他背着手挨屋瞎转,一个摄像跟他,一个留下,录红娘和吴天华。红娘问,觉得叔叔人咋样?吴天华说,可能有点儿痴呆。红娘笑,姨,咋这说话。吴天华说,下象棋挺好,我不下,但好些老哥们儿都下,说下棋讲究一步看三步,能锻炼脑子。我建议呢,他最好把麻将也学上。麻将更活,还锻炼人察言观色。红娘说,你意思是,叔叔不太会看眼色。你这方面挺擅长呗?吴天华寻思下,我也得练。姑娘你多大了,成家没?红娘说,我……姨,叔叔其实挺抢手的,在我们台一挂上号,好些老太太去电话问。你看有劳保,有积蓄,身体健康,人谈吐也文雅,你俩一动一静,多合适啊。吴天华撇嘴,不当一回事儿。卜文彬转回来了,站到吴天华面前欲言又止。她看他,你想说啥?卜文彬说,想问你,李子搁哪儿买的?吴天华笑,我说他痴呆吧。说了自己种的,刚才听啥了?拿走吧,回你家吃去。她扑扑身上的衣服褶儿,相比拉近关系,吴天华更擅长对一段关系下总结，说，算了吧，你们感觉呢？

卜文彬不会玩儿，这点不行。她最后跟红娘这么说的，问题已经不是能不能成为伴侣，而是连和这人处哥们儿，都没意思，你们还没明白我诉求。红娘说，姨，咱这岁数，不求稳定？我不太信你这个理由啊，叔叔是家里条件，还是颜值，不可你心？吴天华说，他年轻时应该挺耐看的，现在凑合。但我不讲求这个。红娘也泄气了，说吃喝嫖赌那样儿的，我们也不能给你找。吴天华冷笑，姑娘，干工作几年了，理解人能力没有？红娘说，我是不明白啊，咱俩差四十岁。吴天华说，我在你这岁数上，不这么唠嗑。我会耐心听我不明白的话，脑袋得转啊姑娘，不能老让别人顺你转。红娘起身说，咱走吧。她招呼两个在阳台抽烟的摄像动身，其中一个既劝她，也劝吴天华，说他听半天，有点儿明白了。姨，他拧了烟头，你其实是，想找个幽默的老头儿，对不？吴天华眼神温柔，凝视对方，你咋理解幽默的？男人说，说话受听。他逗不了别人能逗你笑，让你心情轻松。吴天华一声叹息，可惜啊，小伙儿。她说，我和我姑娘这辈子都没碰上你这样理解人的。不行你俩往一块儿走走呢？她示意红娘，后者拂袖而去。

节目没播出，吴天华给电视台去几次电话，抗议此事。她觉着应该播出，让别人知道，老年人有她这样的，除了求稳求感情，还求点儿别的，什么来着，心情轻松。不播出不耽误她跟周围人输出这场经历，卜文彬吃得一手红汁儿，不住嘴塞李子的场面,她播讲得活灵活现。生活里什么样儿,她那天表现出来的,就什么样儿。她想卜文彬也没隐藏自己,这点很好,但也许俩人是缺了头回见面的客气。姑娘晚上来陪唠嗑,听她说完,埋怨不休。说幸亏没播,没给她丢人。咋想的,还电视相亲?你也不缺老头儿啊。我王叔,李叔,你们秧歌队那谁的爸爸,可别让我替你记了。愿意往前走一步,谁也没拦过你,可你不能这么闹。酒过三巡,吴天华委屈着,我闹啥了?你们还是不理解我诉求。姑娘摆手,得得,就这句絮叨。谁也不理解你的诉求,你上访去吧。姑娘一走,吴天华站在窗后,看着黑色吉普驶出小区,风驰电掣,姑娘开车手法颇有她当年雄风。吴天华过去也开一手好车,往北去草原,往南到沿海,总在最痛快时候踩下了刹车,没能一直跑下去——这是近两年她给自己人生下总结,认定的最大遗憾。

二

岁月是什么,人生又是什么,在被她拿到地里糊墙用的报纸上,有篇文章讲这些,吴天华看下去了,还在心里转几转。文章说,岁月是坛美酒,人生是装酒的容器,那人呢,是酿酒的?酿给谁喝?吴天华不禁去想自己这坛酒,都同谁分享过。女儿当然是一个,可吴天华始终不明白,为什么她爱女儿，事事第一个想到女儿，却从未在对方那张如今也长出黄褐斑的脸上，看见过领情。枯苗之间，吴天华坐下来，蹬开脚上孙子不穿了的运动鞋，突然很想亲近土地，躺在上头。她躺了，在阳光下晒着，继续想酿酒的事儿。打退休后，她订了不少报纸，看了不少电视节目，里面总会谈到，父母子女之情。她想辩解，我们那代人，其实不会爱孩子，不叫宝贝儿，不会亲亲，太忙了。我们忙着生存，忙生存下来后，比别人家过得再好点儿，这贪吗？吴天华不信理论，觉得有严重的误会存于其中。而这种误会，她见过太多。如果不是到老了发闲，根本也不觉得是个问题。她还想起了老伴儿，想他在世时的样子。眼下她住的那幢楼房里，老伴儿过去总背对她，坐在床沿，戴上花镜孜孜不倦研究他那些X光片。她会对他说，研究自己啥时候死呀？人生最后阶段里，老伴儿总痴呆着儿童似的眼睛，面对吴天华，像面对无解的一生之敌。

父女俩都怨自己，怨恨藏不住，没法儿藏。要是她晚生三十年就好了，就能想去哪儿去哪儿，把车随意开上一段公路，到大漠里扎营，见不着谁，谁也就不怨谁了。吴天华常这么想。虽说平时跟麻将桌上的老姐妹儿，你家长我家短，唠得闲不下嘴，独对这桩心思，吴天华隐秘极深。她认为，这太小儿科了。只有像现在，躺在离城市十几公里远，这个她在女儿默许下动用储蓄，买下的小农家院里，吴天华才好无所顾忌地想好些可笑的事儿。对着太阳，她一会儿睁眼，一会儿眯上，不断傻乐。屋里广播没关，一再强调，说众志成城，说万众一心，她隐约知道一点儿现在情形不对的事儿。最近她在小区里溜狗，保安看她眼神不善，可没敢当面和她提。他们找到她姑娘，姑娘又在晚上过来，问吴天华，你就没观察观察，现在街上别人什么样儿？吴天华说，这两天冷啊。你屋子热不热？姑娘厌烦，说你不戴口罩的事儿。你得戴，这样上街谁不烦你。吴天华说她知道，有疫情，不严重，在武汉呢。姑娘声调拔高，你到底能不能听明白话？戴口罩，难理解吗？吴天华沉默地看她，最后蹦出一句，滚你妈的。姑娘滚了，吴天华自己看新闻，抽烟，寻思别的。当年她们姐四个，都在世的时候，一旦吵架，也这么互相骂妈，都占不着便宜，但乐此不疲。

她知道自己说话不好听，这辈子成在嘴上，亏也在了嘴上，可谁也别想改变她。吴天华给自己倒上半杯白酒，入夜家里从不开灯，借电视的蓝光，屋内明暗闪动，好几次，她就在沙发上睡。狗会躺在她破了大脚趾的袜子旁，半夜蠕动，被她冷不防踹一脚，还动，人和狗都在午夜寂寞地哼哼。闹闹最近反群，黏人厉害，每天就期待着出门看看新鲜物，好散它的精力。翌日吴天华醒来，早忘了口罩的事儿，擦擦哈喇子，她像清洗桌台面一样卖力清洗自己的假牙，戴稳当了，领狗出去。出门，才记起口罩。街上的确没有不戴的。老娘们儿冬天怕冷，没疫情也戴，不足为奇；现在连大小伙子也戴上了，每人嘴巴都糊一块儿蓝布，见着吴天华和她的狗，见病原似的，紧躲忙逃。吴天华清楚往后真得戴了,这事儿不难,只要他们别希望她把两只狗嘴也糊上。抱着知错就改,明天再改的态度,她特意带俩狗去了远一点儿的地方转。走上沿江修筑的大坝,工作日四周肃静,她带着闹闹跑了跑,妞妞则始终跟脚边。妞妞老了,眼睛都发白,走走路就停,像不知道自己落在了哪儿。后半程,吴天华抱着妞妞走,坝上没人,有人她也不怵,放嗓子唱,九九,那个艳阳,天来哎哎哎哟,十八岁的哥哥——唱着唱着停下,当她看见,恨不能八十都有的哥哥,正站在前方路上,老熟人似的对自己挥手,嗨,那个谁!

吴天华走近了笑,能不能讲点儿礼貌,哪个谁。卜文彬脸红,两手揣进棉衣口袋,还戴顶鸭舌帽,上面写两个吴天华能认识的外国字,OK。自俩人上回见面,过去已有半年,由夏入冬,彼此却都感到熟悉。卜文彬说他常来坝上遛一遛,尤其礼拜一到礼拜五的白天,就他自己,相当自在。吴天华和他找了个路边的椅子坐下,同望一片银装素裹的洼地,江水没有浮沉,冻得很结实。他手揣口袋,看着鼓囊囊的,原来是戴着棉手套,还往兜里揣住。吴天华看他就乐。没话的时候,吴天华放声大笑,哈哈哈哈。卜文彬脸更红了,你精神真好,他说,那天我就瞧出来了。吴天华眼睛飞他,那天你咋那么完蛋,到家儿子没批你?卜文彬承认,批了。她问,批啥?卜文彬说,说我贪吃,惦记你的李子。吴天华没笑背过气去,不是,她说,这事儿你也和儿子讲?他说,得讲,儿子现在是我监护人。说笑间,吴天华一张瘦条脸上,肉渐渐坠下来,透出她也不知道啥时来到的同情。卜文彬是她最不希望成为的一类老人,可当现在这样看着他,又总叫吴天华想起她那研究 X 光片的,绝望的老伴儿。

她发现卜文彬衣服口袋里,鼓囊不说,还簌簌发响。问他,藏啥呢?卜文彬真一副藏着掖着的样子,不好意思,话打上磕巴。吴天华追问,他只好解释,我口齿不灵,平时练一练。他到底掏出来了一卷打印稿,标题《长江之歌》。吴天华拿来瞧两段,词儿挺硬,朗朗上口不说,光看都让人心潮澎湃。她念着念着,想起来了,外孙课本里有过这篇课文,当时孩子在她面前,还激闹呢,作崩溃状仰倒沙发,说,姥,我万念俱灰。吴天华问他怎么灰的。外孙说,背诵全文。此刻卜文彬却在她面前,声音由磕巴到连贯,由胆怯到激昂,脱稿背得一字不差。卜文彬忍不住从椅子上站起来,面对茫茫冰野,把吴天华和世界都甩到后头,帽子脱了攥在手套里,背影岿然不动。吴天华瞧着他头上几根白毛,都随风摇曳,随诗念出了长江蜿蜒的形状,经风一吹,成为气魄。她像个乖顺的学生听卜文彬朗诵:

你从雪山走来

春潮是你的风采

你向东海奔去

惊涛是你的气概

你用甘甜的乳汁
哺育各族儿女
你用健美的臂膀
挽起高山大海
……

朗诵完,卜文彬发现吴天华根本没看他,默默把帽子戴上,跟两只狗摸脑袋,丢下一句,妹子,我先走。吴天华点头,走吧,留联系方式。卜文彬说,不用,有你电话。说完,看彼此一眼,有种微妙的革命感情,就这么各回各家。回家后,吴天华反复转一个合计,她到底是为什么突然看上这老头儿了。朗诵并没多浪漫,几十年比他会玩儿会浪的老爷们儿,不胜枚举,都成她生命中一厢情愿的过客,如今一个个又老、又秃、又见痴呆,浪的那几个,还落下一身疾病。相比之下,卜文彬似没有特别。可她非想给他安个特别。又是半杯下肚,枕着重播新闻睡觉,听到武汉,说形势不容乐观,只有您减少出行才安全,十四亿人才安全……那些漂亮年轻的面孔苦口婆心,没一个不以她姑娘的口吻说着话。此时此刻,借助酒劲儿,吴天华倒很想对姑娘说,妈动心了。妈这种感觉,不太安全。动心不为别的,为他今天朗诵时脸上的小孩儿模样。我没想到,千人千面,连一个人也会有一千面。

卜文彬就像大漠里一段没怎么被人探索过的,陌生的路。当晚梦中,吴天华梦见卜文彬,他们都老,却都穿上外孙的校服。课堂中,卜文彬被点名抽查,背诵《长江之歌》。等他背完,屋里一人不剩,只有她,还骂骂咧咧给他鼓响巴掌。受宠若惊的卜文彬,张口结舌,打出一个嗝儿,从嘴边淌下紫红色的果汁儿,离近了,他张口都是李子味儿。卜文彬对吴天华鞠上一躬,转头将他脖子上的钥匙绳,套到她的脖子上。

三

一周后一个工作日下午,天光暗淡下来,吴天华家的二楼窗下有人喊她名字。家里狗跟着叫起,开窗户看,吴天华见到一个不认识的男人。四十上下,体格不小,戴灰棉线帽子,五官在见着她时全被笑容挤在一起,瞧着面熟。男人身后停一台夏利车,没熄火,暗红色的,车身脏兮兮,落不少刮痕。他从车上陆续取下豆油、大米、两箱啤酒,笑着跟吴天华打比画,哪个门儿?以为是女儿的朋友,吴天华打开门禁,听男人敦实的脚步声抱东西越响越近。男人把东西都搬上来,在地垫上蹭脚,哼哈出连续不断的白气,说,姨,真不好意思。知道你讲究礼貌,可在外面找你的时候,必须喊你大名。关键我不知道这楼里几个吴姨啊,我爸嘱咐我好几遍,东西得亲自送你手上,才算交代。吴天华整整头发,没大用,她穿了条破绒裤,一边腿上一个洞,要多憔悴,有多邋遢。她还有点儿紧张,当得知男人就是卜文彬儿子,这趟来送年货,也认认门儿。小卜能看出来,吴天华是下午觉刚醒,顿觉冒失,连说就不坐了。吴天华缓过劲儿说,起码坐下喝口水。你不待,姨心里不明不白的。

小卜坐了十分钟不到,话说得很明白,让吴天华觉得,节目没播出,真是个好事儿。她那天对卜文彬不够客气,对所有人都不够,以为自己到一个岁数,就能享受岁数的特权。事实却像那天红娘对她说的,世界上还有好些人是和你不同的,去忽略他们,有时很残忍。卜文彬没记恨,她就挺高兴,想不到卜文彬还这么感谢她。聊了天知道,卜文彬和儿子俩人过生活,爷俩也会像吴天华和女儿一样,说好些没对错、没结果的话。卜文彬告诉儿子,他第一眼就看上了吴天华,知道对方没有看上他。现在他没别的心思,只想交一个像吴天华这样的性格的好朋友,因他觉得,自己一辈子过得无聊。他不属于会唠会玩儿的爷们儿,被人冷淡惯了,连小卜母亲都嫌弃了他几十年。他希望能和吴天华一起度过一段时间,从她身上学点儿什么。吴天华点头,说她大概懂。小卜起身要走,吴天华让他把东西拿回去。她还没开始带卜文彬玩儿呢,没必要这么早交学费。小卜说,姨,我爸知道你会开车,想让你教他开车。我这台夏利不打算要了,太旧太破,也拉不上活儿。你们留着玩吧,先放你这儿。吴天华更惊恐,这怎么行。小卜说,姨,听我说完。上周我爸坐公交吧,让人赶下来了。现在这个疫情,大家都害怕,他上车没有绿码,身份证也总忘带。人家赶他,他没说啥,说个好嘞,自己往车下走,我听了挺心疼的。说让你教,其实也就是陪陪他,你开车,带他各处转转。他岁数大,上道我更不放心,不像姨你,看着就年轻爽利,心眼儿也活。

小卜走了,夏利停在楼下,吴天华怎么也想不到现在竟会属于自己。她打电话问姑娘,夏利现在值多钱。姑娘说她也不懂,等回头问姑爷。姑爷得知车是三手的,年头已久,此前小卜也跟吴天华承认,除了能跑能刹,不剩啥功能了。姑爷说,三五千吧。吴天华下楼看车,拿小卜留的钥匙开门,座儿又冷又硬,烟灰积蓄在每一个卡槽,玻璃上鸟屎斑斑。她几乎是颤抖着去摸车上的一切,心说,老天爷呀,你咋那么知道我想啥,那么惯着我呢。我是真想大跑啊。她熟练地拧火,听发动机就跟他们这个岁数的人一样,发出运行前呼哧带喘的咳嗽声,胸腔逐渐蓄力,好能平稳说出一些没人听的话,继续跑它慢当当的泥土路。和过去一样,手稳,油离配合,挂挡,拔营。开着这台三手夏利,她顺小区不大的面积,转上四五个圈儿,见自己后视镜里的脸,门牙随笑容一咧,龇龇出来,也那么闪光。姑娘当晚过来,对吴天华说,赶紧让他来把车开回去,这事儿不太对。吴天华说,放心,我不让卜文彬开,我就是教他一些原理,我开,带他遛。姑娘急了,你也不能开。你照还在我家,我拿着扣分用。吴天华说,那你还我,明天就还。姑娘以老师一眼看穿小孩心思的、不遮掩的轻蔑问,你到底咋想的？吴天华也急，碍着谁了，我咋想的，碍着谁了？

卜文彬穿着第一次见她时的衣裳，羽绒服脱下扔后座，里头是小格衬衫，配枣红色毛背心，他这次把钥匙绳好好地藏在了线衣里。吴天华也打扮打扮，坐驾驶位上，打趣儿地看他，今天你咋过来的？听说坐车让人赶下去了。卜文彬把兜脸的蓝口罩取下，手在两条腿上边摩挲边说，走路。我老忘东西，还老想着出门。吴天华问，在家待不住？他说，不知道干啥。吴天华说，看报，看电视呗，手机也有不少好玩儿的。快手你不看？卜文彬说他就会打电话。想看别的，手机老让他交钱。他一点啥，手机就让他买啥。吴天华说，我反正是不买。但电视上好些东西看着还是不错的，我身上这件外套，你看咋样？卜文彬扫了一眼，黑棉服，看着像领导穿的。吴天华说，巴黎货。电视上说，刘涛同款。知道刘涛谁吧？他说不知道。吴天华一声长叹，演媳妇的。老卜啊老卜，你太封闭。卜文彬又不知所措地揉自己的腿。吴天华最后问他，想去哪儿？今后我就你司机。卜文彬不假思索，上大坝，爱看江。

坝上总那么安静，卜文彬下车掏出他的朗诵稿，这次是《沁园春·雪》。吴天华留在车上，听卜文彬的话，不跟着他，让他自己走，自己念，享受没人笑话他的一段时间。她也给卜文彬准备了个小礼物，或者说课件。一本她到新华书店买的《机动车驾驶员考试科目一通用教材》，信手翻翻，吴天华发现变化挺多，她也需要学习。外头起风，卜文彬小跑回来，吴天华把书交他,嘱咐说,第一页,你看二十分钟,二十分钟后考你。咱一页一页学。卜文彬乖顺地翻书,看书的时候,他后背坐很直,聚精会神。吴天华把从家带的洗好了的冻柿子,摆在旁边,俩人就这么开着一条窗缝儿,在封冻了的自然里上他们的老年大学。卜文彬眼皮略往上翻,回答吴天华每个提问时,他都想得慢,想尽可能一遍过,好准确答出来。答对了,他吃上吴天华准备的冻柿子,小心拿牙嗑开外头的冰皮,吸果汁喝。柿子清甜的味道在车里溢开,吴天华也馋,拿起一个,和他一块儿吸。吸溜声不绝,时光跟着倒退,让她想起小时候放学回家,和邻居家孩子一起分享,那个年月里难得的零食时刻。他们当时比谁吃得慢,好能延续美味。现在他们则比谁吃得更干净,更体面,像提防着衰老。怕它通过生活里每个细节,每次将自己打倒。

四

他们竟成了彼此晚年意外的好朋友。吴天华想,可能她再也不需要别人关心,不需要被人需要的一种感觉。冬天漫长得像过不完,年已经过完很久,这是个很没滋味的新年,让人忧心忡忡,怀疑自己在创造一场灾难的历史。吴天华每天期待的就是开车,在市里泥泞的街道上,她和卜文彬以无人知晓的雄心壮志，超越每个无论车还是驾驶员，都年轻得多的路上的对手。吴天华坚持自己付油钱，虽然除了拉卜文彬到处玩儿之外，平时她不开这台夏利，吴天华只是在享受给车加油的过程。感觉她真拥有了这台车，还能在加油站工作人员看到她摇下车窗的脸时，露出的诧异表情中寻回一种满足。对方会问，姨，车你开的？寻思谁呢，漂移着进来了。钱从腰包里掏出，吴天华递进对方一双棉手套里，说，不是结冰，我能漂得更带劲儿。一旁的卜文彬拎着身上的安全带，心有余悸，偷看了吴天华一眼。吴天华温柔问，老卜，又吓着了？卜文彬说，我在习惯。他说话还总会低头，臊眉耷眼一笑。在和卜文彬相处越来越多的时刻里，吴天华得出了判断，即一个和自己完全不同的灵魂是怎么过完了另一种人生的。他也会被人喜欢，被人当珍宝呵护着，可很多时候，他自己不知道。

闹闹、妞妞紧贴着吴天华的腿和脚，不知道几点了，吴天华发现自己又睡在沙发上。她最近容易困，也许是白天心情太好，也许是和她那些养在地里的苗儿达成了共识——她们都对眼下不抱期望了，想着多睡点儿，等春天到来，冬眠成为安心的选择。醒来她看到还亮着的电视，新闻早放完，现在是某个访谈节目的重播。窗外比室内显得还亮，月亮大又圆，感觉离人间很近。四处是熟悉的安静，电视里还絮叨着说话的几张嘴，都像默片演员，认真对他们的台本。吴天华去厨房烧水，知道这个点儿一旦醒，难再睡得着。她准备等到天再亮一些，趁清晨无人，到小区里自在地带狗玩一会儿。狗都老了，都不爱动，妞妞的眼睛最近生了问题，看着浑浊，里头白色的东西在扩大。听到吴天华叫自己时，它总生硬地把头转到另一个方向，可能耳朵也不好了。吴天华泡上茶，捋着俩狗的皮毛，想找找哪个台还播电视剧。这时候，电话响起来。她忙按住心口，几十年人生经验告诉她，这时间来的电话，充满惊悚色彩，每次接到它们，她都必须接受失去的发生。方向盘在手，但再也不听使唤了，吴天华只能看着车窗前的悬崖越靠越近，看到自己坠下去，在黑暗里发出蛤蟆吐泡一般的呼救声。就如一只跳不灵便的老蛤蟆，电话里她跳过去，怯声问，谁啊？小卜声音哑着，姨，我爸走了。吴天华说，哦。什么时候的事儿？他说，今晚上。送医院已经不行了，让我带给你两句话。吴天华想想说，等我拿笔记一下。小卜说，好，话不长。吴天华进屋拿纸笔，端端正正搁在腿上，手直打哆嗦。小卜说，第一句，早认识你就好了。吴天华笑了笑，哎。小卜也笑一下，说第二句是，现在认识也不晚。吴天华想她这时候应该掉眼泪，可眼眶很空，许多时候都这样，父母葬礼上，姐妹葬礼上，和老伴儿见的最后一面上，她眼都干涸得，像杀人犯。

　　吴天华说想现在过去，送老头儿最后一程。小卜劝她不要来。吴天华问，为啥？我能帮忙啊。他说真不用，我就带两句话，还有很多事儿要处理。我现在安慰不了别人的情绪了，姨。小卜反复道再见，吴天华只好说，到底让我把车给你开回去。小卜说，不要了，也是我爸的意思。往后你开车的时候，能想起他这个老朋友。她问，你们在哪儿？我不添乱，看看他，行不行？小卜忍无可忍，不用。电话这么被挂掉。吴天华充耳不闻，往腿上套棉裤，披她那件巴黎货，黑漆漆的，这个场合正适合穿。打开车门，车里就像个冰造的世界，冷硬，没半丝温度，她半天拧不着火。吴天华想，我差了一个重要的步骤。摸出口袋里的塔山，她给自己点一根，另一只手也拿一根，点好后，搁车窗上。老卜不抽烟，听他说起过，曾经抽，在他出了一件大事儿后，人很多习惯都变了。当时听他说起，吴天华也像现在这样，在车里抽烟，打量卜文彬那张已显露出老年痴呆的脸，艰难去信，这么个人，还能经历大事儿？卜文彬说，曾经我一天两包，真的。吴天华给他递烟，示意抽上口看看，好知道他说的是不是真的。卜文彬摇头，戒就是戒了。吴天华又说起她在青海开车的事儿，讲述一天开三百公里，牦牛围着她车转圈圈，其中一只把整个牛脸都贴在了她身旁的玻璃上。吴天华边咳嗽边乐，指着表情木讷的卜文彬。真的，她开怀大笑，牛就你这死出。

卜文彬说，小华。后来他总这么叫吴天华，像叫爱人，更像在部队里，称呼一个战友。他低声叫她，我发现，最近和我在一起，你特爱笑。吴天华点头，是，你招笑。卜文彬面带微笑，我前妻，和我一块儿生活这么久，很少看她因为我笑。儿子也是。有时他们娘俩说上话，笑个不停，我一加入，笑就没有了。我挺悲哀的。吴天华有种冲动,想抱抱他,看到卜文彬毛衣下软和的小肚子,觉得抱上去一定很舒服。卜文彬先发制人,突然拽上吴天华的胳膊,把她往自己怀里塞。吴天华给他一撇子。他粗喘气说,我都这岁数了……吴天华说,是啊,这岁数打你一撇子咋了,老登。拿你当哥们儿,你拿我当啥。他问,小华,你不喜欢我吗?吴天华整整头发,将带来的水果都收进塑料袋,永远扔在了后座。她开车送卜文彬回家,一路上,谁也没说话,卜文彬有点儿出神。到小区西门时,他转向她,在车里腾高屁股,笨拙地鞠了个躬,小华,我向你道歉。第一次跟你录节目,你是因为不会玩儿,才没看上我,我以为你不是正经人。吴天华说,好,就说到这儿,往后别提茬儿了。谁是什么样人,嘴说没用。明天吧,拉你去我地里看看,虽然现在天冷罢园了,你去看了就知道,我过日子很本分。我自给自足,不馋爷们儿。他说,我期待明天。柿子我能拿两个走吗?吴天华下车给他拿,卜文彬接过,仍哆哆嗦嗦弯腰,转身往家走去。吴天华望了他背影一阵,一种说不清的滋味萦绕心头,想她或许还是在对待卜文彬时,不够客气。

得知卜文彬死讯的午夜,很快变成了早上。找不到地方也联系不上小卜的吴天华,开着老卜留下的三手夏利,穿行于城市的楼房,开向郊外的菜园。她思考车是三手,也许冥冥中有因缘,人和车一样,被反复交易,经三回手,是合理的结果。青年时磨过自己一回,中年也磨一回,到老年,她无比渴望结束，却仍怀最大希望，车程能落得漂亮。她知道国内有地方已经封城，国外情形更乱，好些人被困住，正承受孤独和饥饿，她还是更信过去活人的老办法，自己种，自己收。交朋友和种庄稼，都总有收获，别管命是什么。吴天华再没跟人赛车或去竞争晚高峰的能力，可野心不落。保持驾驶，眼下就想以她的速度自由自在。

寻金之旅

母子俩偶尔从赵本山小品中错过眼神

一人占一截炕头

都冷不丁暴露彼此满满的提防

仿佛中间留下的大片空间

该给许多亡魂留位置

……

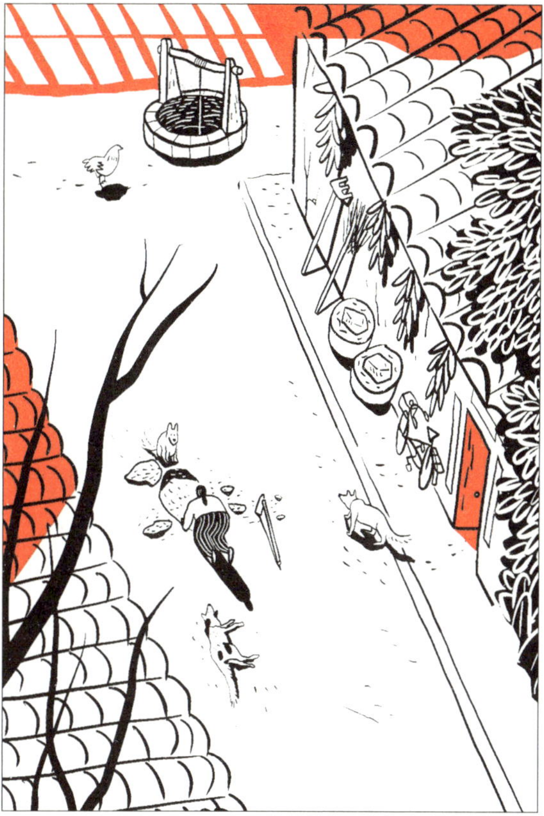

一

李燕生站在病房，望着身上插满管子的儿子，感觉他被撞过的头异常巨大。她两眼蜡烛般抽搐闪烁，没点儿情绪透出，叫房间里其他病人和家属，断不好她是什么人。大夫进来，她赶忙问，人咋还不醒？谭凯早上就被推到楼下做了一堆检查，回来后丝毫未动。大夫是个中年男人，留一撮小黑胡子，说该醒了，昨天他就这么说的。李燕生躲开，让护士给谭凯输液，袖子褪上后，露出儿子干瘦枯黑一条胳膊，护士不住拍打，费劲儿找血管，针扎三次，还没成功。李燕生问，刚毕业啊？她说话尾音很重，只听嗓音不看脸，还以为是个大老爷们儿。护士被吓，回身看脸，更惊得发愣。李燕生长了张动画片里专吓小孩的巫婆相，尖鼻子，吊梢眼，嘴唇抹得鲜红，和儿子一样，她也干瘦的，穿了身不合年纪的，紫花紫朵衣服，戴遮檐呢子帽，身上一股狗味儿。护士板脸，说血管不好找，太细。李燕生乐，那也不能往死扎我们啊。

没人爱搭理她。病房里她一会儿走走那个床，一会儿瞧瞧这个床，自言自语好几句，始终没能开始一个话题。李燕生推推谭凯，想让他别把床躺得这么满。谭凯不动，她偷摸搬他的脚，在床尾给自己找下个能坐的地方，缓缓往外运气。外面天光暗了，走廊有人叫自己，李燕生瞌睡着，被对床的人推了下肩膀，听声儿是二姐来了。

李桂生买了苹果、香蕉，塑料袋稀里哗啦响动着，都搁在床头。从长相看，她和李燕生一点儿不显亲近。李桂生体胖，红脸，还有点肿眼泡。李燕生让二姐坐她刚坐的地方，站着径自扭动会儿腰。李桂生不坐，看着躺在床上的外甥，手总想摸摸他，不敢动。双眼很快通红，晕出泪水。李燕生在旁感慨说，啥都摊我头上了。那么多骑车的，就他翻了。上哪儿说理去。李桂生问，肇事的呢？她说，没司机，他个人撞的。喝了点儿猫尿。李桂生看见妹妹嘴边有丝冷笑。几十年间，她不止一回见过李燕生这样的表情，每回都让她不是滋味儿。毕竟是姐妹，比起旁人，她还能记起李燕生早先的样子。十八九岁时，李燕生是三姐妹里最俏的一个，用清秀形容更合适。三妹身材细溜，过去扎俩辫子，不爱笑，爱自己琢磨事儿。还有份体面的工作，在子弟小学教语文。她讲课时，所有经过窗外的都好往里多瞧两眼，就希望碰上她给孩子们读课文。有回李桂生也路过，听到从她们这个工人和农民混血的家庭中走出来的三妹妹，竟在朗读那些句子时，仿佛天外来客，莫名来到了她们家，来到这个小地方。她那时讶异地看李燕生，以给人传福音的语气，安静传播生活里的美。

大夫怎么说？她问妹妹。李燕生思考了会儿，说没大事，脑震荡好像。检查都做了，现在就等人醒。我估计啊，还是没醒酒。李桂生又问，睡多久了？李燕生说昨天下午送的医院，到现在没睁眼睛。去你妈的，李桂生搡她一把，这叫没醒酒？自己儿子啊老三。李燕生也动怒,还想咋的,看这么久了,给我腿疼的。愿意管你管,我屁股后一堆事儿。李桂生瞪着她,早该知道这种结果,不免怪自己,还是被两个姑娘的话牵绊住了腿,才没第一时间过来。姑娘们都在电话里摆清了态度,拒绝掺和跟三姨有关的所有事,劝母亲也别费力不讨好。护士进来训,要打回家打去。还是刚才那个扎针失败的小姑娘。李燕生别过脸,任由二姐把女孩手给拉住,焦躁压抑着,姑娘,你给说说现在病人是啥情况,咱下步治疗有啥策略没。护士说,得问大夫。你是他妈啊?李桂生说不是,指指李燕生,她是。护士翻了白眼,对谭凯输液的瓶子说,眼瞅就滴答完了,得亏我来看看。当妈的不知道叫人?李燕生被这句话点燃,回嘴道,你们不收钱啊?让我看,你们干啥吃的。李桂生催护士先给换药吧,她瞧见旁边几个床上都默默看戏的样子,觉得很丢人。李桂生很明白,遇事儿指不上李燕生,要不,她也不会经历了一番思想斗争,还是决定管闲事,老三在医院不可能待住。李燕生爹妈奶奶在心里骂了个遍,"不管了"这句话随时准备冲出嘴,李桂生尽力不和妹妹一般见识,多去记昏迷中的谭凯的好。在谭凯小时候,李桂生看过他两年,那会儿孩子多白净,多招人疼。不像后来,谭凯回李燕生身边了,再见到,都不敢认。谭凯脸蛋儿紧绷,不能碰,碰就喊疼。孩子脸给冻得,水铃铛一样,肉皮儿都快掉了。李桂生总也忘不了,那年冬天在妹妹家里见到的一切。冷锅冷灶,掀开锅盖,里头是不知道冻了多少天石头一样板结的饭团，谭凯直喊饿。问他家有什么吃的，谭凯从热水盆里捞出把红豆搁进碗，倒上酱油，不等泡开，狗一样埋着脸吃。往后，李桂生每当看到电视里，对贫困山村孩子的采访，便会联想到谭凯吞红豆的样子。感觉早过去了的穷困，不防备要卷土重来，不知什么时候，悄然落她身边。

小胡子大夫再进病房，向李燕生确认，还没醒？谭凯一直没醒。他问谁是直系亲属，出来谈下病情。李桂生让妹妹赶紧去，李燕生跟大夫到办公室坐下，茫然盯着他让她看的那些片子。大夫列的大部分专业名词，她不懂，他见多了，也不指望她懂，在重点事儿上加了重音，说了手术和手术费。李燕生问有没有保守点儿的办法。他为她能说出保守二字惊讶，跟着确认，放弃治疗？她说，得治，主要我看他身上，也没啥伤。是不是脑子坏了？大夫擦擦眼镜，再戴上，严肃地看她，对，不治就坏了。脑震荡你知道吧，现在怀疑是什么地方有血块儿，栓塞了。他给她比手势，一根手指代表血管，突遇了另一只手攥成的拳头，血不流通，容易憋傻。李燕生眼珠半天一转，显得也不机灵了。大夫说，一楼交款。她把眼珠转回给他，说拿不出钱来。七八万？他看她值不值七八万。大夫请她出去，李燕生屁股从椅子上挪开，没回病房，往楼外走。憋一白天了，她挺担心平房里的那些狗，更担心村里什么人会在她不在的时候，溜门撬锁，闯进家去。

回村车上，李燕生吃着在住院楼楼下买的烧饼，不住往下掉渣儿，眼望街道，跟自己念叨一些话。儿啊，个人有个人的劫，说到底，娘能帮你过几关？还看命。她能设想，等知道自己走了，二姐会在医院骂开什么话。二姐还会哭开，李桂生始终比自己有本事在，好发动群众，群众也爱被她发动，爱站在李桂生立场上想问题。当妈的又跑了，二姐得鼻涕一把泪一把地说，床上躺这小伙儿的妈，是我三妹妹，大半辈子人往外跑，不知道啥是责任。兴许她又会谈起红豆泡酱油和脸冻的水铃铛，这类旧账来。李燕生不是蠢货，清楚儿子不能变成傻子，真成傻子了，磅最后都得加她头上算。不行就等最后一刻，她再出面。她咬定这个主意——事儿还能缓。李燕生更多盘算别的：六条狗得出去放，两家房租得登门要。那个一直欠账，欠到年根儿底下的老五，也该想下一步对付他的办法了。上次李燕生下最后通牒，再不还账找人拆他房。老五答应还本金，不加一点儿利息，不然也准备告李燕生放高利贷，政府不解决，跑她家自焚。李燕生记着自己上回是怎么治他的，想想就乐，饼渣儿在喉咙里卡着，咳嗽半天，咳得周围一圈人直往后车门跑。当时她摘下帽子，摔到老五院里，扭出头顶给他看，去你妈的，烂透了，我怕烧？老五是吓着了，待她把帽子扣好，转正当，走出门，身后还一时半刻没有动静。李燕生一脑袋癞，那些蜈蚣窝似的丑陋的纹路，都盘旋头顶，扭曲的身段儿会在每个见过的人，噩梦里钻进，钻出，钻更深的地方。

　　手头一下的确拿不出手术费，可即便她有能力卖房子卖地，帮儿子脱险，内心也有根深蒂固，难化开的部分。她又感慨，如果谭家秋活着，情况会不会比现在好。几十年中，每当艰难时刻，丈夫的脸重现眼前，李燕生总要跟着想起他拖残腿，爬出屋门的动作。她和十年前一样无可避免去恨他。每当撞见谭家秋爬出家门——她都会想，他还是死了好。好在啊，谭凯现在是昏迷了，动不了了，如果不是他被撞，是有人被他给撞了，他还手脚健全着，定会翻箱倒柜，在家掘地三尺，给自己掘出活路来。到那时，她连拦他都没法儿。车晃晃荡荡停住了，李燕生在大福屯下站，迈完最后一级台阶，寒风怒卷，围巾没戴密实，刺得她脸沙疼。仿佛又听见父亲在耳边最后的几声咆哮，令李燕生转头对风冷眼。父亲活着时知道，金子就藏在三姑娘手里，三姑娘手可难掰动。她喃喃道出那句被她当成寿命，当成了活法儿的话，我没啥可还的。四十年前，都快活不下去时，父亲曾代表全家，跪下给李燕生央求，姑娘，拿点儿金货出来吧。她摇摇头。父亲旋风似的起身，跟刚刚乞讨的样儿，判若两人，不客气甩给她个耳刮子，怒喝，给你命，不知道还！眼前，是通往村里平房的土路，每个水坑都沤出被风吹散了的酸臭。李燕生掏钥匙开铁门大锁，六条狗齐在院子里分高低声部，交织哀嚎起来。她心中坚定一遍，没啥可还，打死不还。从生命开始，就没人教她还情的道理，往后，日子损失套损失，命运更未对她还报。说到底，她亏谁？亏几亿几万，几千几块，几分几厘？啐。

二

谭凯相片还压在玻璃板下，共两张。一张他留寸头，脸上鼻涕或眼泪不知道，脏兮兮弥漫一片。李燕生摸玻璃，仿佛能摸在儿子砂纸似的皮肤上，打几岁开始，他皮肤就不像个孩子的了。相片里，七八岁的谭凯憨笑着，和谭家秋买给他的小三轮站在一起，手扶车把，背景是紫红烂漫的花圃。花是她一棵棵栽下的，从市里买回种子，遵循时令，拿好肥悉心伺候，一年年等待，盼它们开出生命力旺盛的骨朵，每片花瓣都写满她对谭家秋的求爱。那阵子谭家秋刚被中学解聘，原因是思想，问题是路线，她一直不懂他的脑袋。夜里她搂上睡着的儿子，不发一点儿动静，默默去看纸壳糊成的灯罩，射出的一点儿光线，和丈夫专心躬弯的腰背。丈夫一笔一画写他的材料，写写就哭，发现李燕生没睡，会气急败坏把被子掀了，要李燕生跟他到院子里，对月亮起誓。一次两次，一年两年，她忘了自己什么时候开始烦。往后，谭家秋的病腿越来越重，越看越不好，直看得她满园花儿谢了，儿子三轮车不见了，红砖破了，屋顶漏雨没法修了，他还在专心写材料。李燕生和他商量，不告了，行不行？谭家秋往她脸上啐，叛徒，投机分子。她听过唾面自干这个词儿，找不出语境用，现实给了她活学活用的机会。在脸上囫囵抹去丈夫的痰后，李燕生隐隐闻见血腥味儿，不愤怒，仅仅恶心，连从学校带回的卷子，她也越来越没精神打理——此前，在子弟小学，领导每来听课，必去她班上。人人远近闻名，都想听听仙女是怎么播撒仙音的，听闻有个李燕生，能把所有不要忘记的斗争，都念成人一生不要忘记的承诺、誓言，矢志不渝的，意志至高的信仰。任何话，但从她红口白牙里念出，就有山风、溪流、高云、深峡的效果，让人忘记她也是生在泥土和蒸汽里，每天由鸡鸣叫醒，还得小心翼翼伺候一个失了智的残疾丈夫。应付完领导，李燕生不止一次回家撞见，谭家秋在锻炼儿子站军姿，拣树枝当枪，训练射击时的瞄准动作。问他，练习打谁？丈夫推推比酒瓶底儿还浑浊的眼镜片，对墙壁回答，关键时，给自己一发。

后一张相片她不太爱看了。成年后的谭凯站在广州站前，像个民工，掐腰，骄傲得不行。儿子穿了件鸡心领黑半袖，瘦骨嶙峋，眼中透小气，也透股狠劲儿。那是杀了爹妈都能自圆其说的眼神。从五岁的前一张，跳到二十五岁后一张，中间发生多少，李燕生没大意思回想。现在六条狗都回来了，一个个在炕上兜转，都跟母鸡似的，趴伏下，黑眼珠对着她望。畜生口里未必在叫妈，却还是让李燕生，久违地心头一软。

李燕生打开壁橱，找出半瓶白酒，上次喝它，为借胆量，好去找一个痞子要账。对方出来没多会儿，不太适应社会，再回去蹲蹲也不怕。她得想招儿让他怕。那次喝掉半瓶，李燕生站到镜子前，做出门准备，在头上帽子之外，又扎了条纱巾固定，想谭家秋曾教导过她，越是隐秘，越显重大。要学会给自己造势。她要头上的怪物被包裹得越密实越好。担心效果不够，又在家宰只鸡才去。鸡血洒在裙子上，腥味儿扑鼻，李燕生就这么沾着血迹，头顶阿拉伯人似的头巾，杀向了城乡接合处的，自由鸟网吧。里头烟雾弥漫。痞子问候说，姨，你屁股长脑袋上了，胖这个德行。李燕生说，小崽子，先出来。俩人站到网吧外的街道上，面对夜色中一道道行驶过的车灯，各自板紧面孔。痞子说，姨，你不用这样。我跟小凯关系不错，他好些事儿都我扛着呢，你这么算，咱俩没账了呗。李燕生说，我没儿子。痞子说，是，你没下过蛋。还有事儿吗姨？我网上杀人呢。李燕生说，我没儿子，养了几条狗，跟儿子一样。你喜欢狗不？对方点头，喜欢，咋的。她走近一步，喜欢狗肉不？痞子说，犯恶心。李燕生说，可惜了，我刚杀我俩儿子，肉嫩超呢，还没脱骨。你闻，身上有它们味儿。痞子盯着李燕生，四周也看看，笑一下说，对不住姨，我真不怕人装疯卖傻。杀狗有啥了不起，有本事你动人类。李燕生开始摘头纱，到她要摘帽子时，街上一辆车没有，路灯半明半灭，该换灯泡了，痞子此刻真想出点儿钱，把全市灯泡齐给点上，让黑夜灿如白昼。李燕生招他来，孩儿，天暗，你近点儿，看小凯他妈是怎么从头烂的。痞子眼睛快速闭合，他看见，再不想看了，嘟囔说，我得跟小凯唠唠。李燕生劝，没用，我谁面子都不给，只图钱。老婆子不惜命，你还年轻，为三万不值当的。我扫听了——你媳妇在糖酒大楼，儿子在青云小学。他说，姨，跟我玩儿这个？绑好了脑袋，李燕生道，没五万，你结不了账。玩儿？谁有我下注大。你年轻，宏图大展，现在就想把自己埋土里，早了点儿。

这次她喝掉剩下的半瓶酒，记忆连到谭家秋生命最后一年，他不告状了，瘫在炕上不是骂天，就是骂李燕生种的菜叶，不如先前水灵，能吃出鸡屎味儿。他骂，李燕生跟着问候丈夫远在山东一支、据说书香门第的祖先，给每人头顶都安上清朝十大酷刑，用嘴折磨一遍，怎么灭族怎么来；更骂丈夫活死残废，再胡咧咧，连菜叶都省了他的，直接喂土。纸人儿似的谭家秋，盛夏穿一件窟窿连窟窿的黄背心，拿泡了狗尿的被子卷住两条光腿，到底没学会闭嘴。他蚕蛹般挪来挪去，暗中攒够意志，趁李燕生不在家，总拼尽全力往外爬。爬的时候，每只李燕生豢养的狗，都成他一道防锁线，直到这个昔日的知识分子被狗尿不胜其辱，撞死在后院井口上。血留下浅浅的一痕，儿子回家经过都没太理会。谭凯午饭没吃，从学校跑回，胃里空得慌，地里几只蛐蛐叫声此起彼伏。他热，精神也饱满，盘算下午不去了，满脑子都是得钱的门道儿，闯世界的想法。去怂恿睡在井台上的父亲，语含温柔，爹，知道你憋屈，胳肢窝该洗了，味儿太大。爹，不逗，你也少骂我，我可一直站你那边儿的。状该告，为啥不告？还白让人打折条腿了。男人有血性，我妈不懂。那啥，你先帮我一把，我自己可能掀不动。等成功了，咱俩远走高飞。

十四岁的谭凯，目标是鸡圈外被十来块碎砖掩盖的角落，那里据说藏了太姥姥的金子。而李燕生早布下八百个心眼，在鸡圈前后，浇满水泥。谭凯不知道父亲存没存过这个心思，像他想的，再窝囊也是男人，男人都有自由自在的心愿，实现的前提是，经济先自由。谭凯不会知道自己往后十年的创业之路，将来得坎坷而荒诞，什么打眼、放炮，那些他吃遍辛苦，于江湖里练就的偷术，随电子货币普及，都成了该进博物馆的老皇历，后来他只能去偷井盖和电瓶，偷偷就进宫。那天推搡父亲两下不醒后，他更兴奋，没人瓜分才好呢。李燕生不到晚上不会回来，顺利的话，他能找到那批金子，找到新的生活新的理想，新的一条人生之路。

天全黑了，谭凯钻头、锹、镐都使过，什么也没挖出。望着一堆碎砖废土，他后怕地去后院，继续推井台上已不是人的父亲的身体，谭家秋僵硬至极，没有动弹。谭凯后退一步，坐在地上，才知道父亲死了，哇哇号哭。哭得最恐怖时，铁门晃荡，狗叫此起彼伏，李燕生终于回来。

到家后李燕生摸摸这条狗的脑袋瓜，喊喊那条狗的小名，教导它们不急不躁，坐下说话。没人知道那天下午，她又发生什么。她去了市里收账，遇上从未经历的事儿。对方给她递茶杯，俩人越端详越眼熟，李燕生叫出，陈主任。陈主任是她小学的上一任校长，年轻时有点儿地中海，现在头发缠头顶，丝袜似的，随风招展。当认出放账的是李燕生时，陈主任不再废话，把钱一沓沓塞进她的布口袋。一盏茶后，他凝望李燕生两肩过去存有粗辫子的地方，那里如今空荡荡，李燕生梳了个乡村女人常见的短发。陈主任先是摸她的手，再摸她肩膀，摸到了他最想摸的地方，男人胡茬林立的下巴咬住她的后脖子，简直像提住了三十出头的李燕生，作为一只野猫的神经柱。他嘴里吐出饱浸茶味儿、烟味儿的浑浊气，安慰她，明白，谭家秋是个拖累。你当教师，还放高利贷，知道的，是你想养一家，想做个好女人。不知道的，以为你爱财，爱很多财。燕子，你看看我。李燕生不只看向陈主任，还看到他一堂红木家具，看到他家厨房比她所谓卧房还体面。眼前扑朔迷离，更能看到当年手捧书卷的谭家秋，于一众知识青年里半抬不抬眼的样子。陈主任喘粗气按住她的手说，燕子，燕子，给我念篇课文呗。恋爱也好，婚后也罢，谭家秋从不叫她媳妇、老婆，他总是欲言又止，有时干脆不说事，一声声叫燕子。

燕子！不知道哪个声音从哪个维度呼喊，喊声冲破头顶的灵霄，她一时冷汗淋漓。被折磨透了的李燕生跟陈主任告辞，在固定线路上，坐公交车回大福屯。李燕生忧心忡忡。眼前不断掠过自和丈夫相识，到诞育儿子，风风雨雨几十年。窗外，她的视野从新奇的楼层，一公里一公里地接续上，逐渐靠近了少年时一家生活过的土院。姊妹三个，加上老父母，都曾活在如今她和谭家秋住的房子里。谁想父母后面都成了工人，带两个姐姐离开，只留她这个单薄老幺，和姥姥守在农村，靠卖瓜果梨桃维生。比二姐晚一年出生的李燕生，那年十五。今时三十五岁的她看见景物变换,想起姥姥,想起后者咽气的时刻。姥姥死在后来她和丈夫、儿子,日日安睡的炕上。那晚无比漫长,姥姥一会儿呕吐,一会儿清醒,告诉扎着粗辫子的外孙女儿燕生,我最心疼你。李燕生跪着,攥紧姥姥僵硬已难回弯的手掌,听她黏着嘴唇,努力把话说清:金埋土里走,金在火中游。你八字火势焰焰,能降住金货。可不到绝路,最好不动它们。燕子,姥把一切留给你,知道为啥?李燕生泣不成声,因为我孝敬,一直伺候你。姥姥讲出三个字,命不好。说完撒手人寰。两天后,李燕生才通知父母,姥姥躺进院里杏树底下了,穿戴干净,没有遗言。她想不到今夜一样漫长。

狗都乖顺趴下了,只有谭凯抽抽搭搭,坐地上哭。她转了好几圈才意识到儿子不对,他不安静,而谭家秋今天很安静。李燕生问儿子,哭你爹呢?谭凯痴呆一样张开大嘴,说,啊。

三

没人来给谭家秋吊唁,也没场体面的葬礼,葬谭家秋比当年李燕生葬姥姥,还来得平静,却在她心里放出连场大火,每到夜里,摸上冰凉的炕沿儿,她都如摸见油锅的热边儿,立时收手,挠着皮屑不止的脑袋,说不上哪儿疼。她问谭凯,为啥你爹要挖金子?为啥没挖出来碰了井?谭凯埋怨,都因为你。李燕生说，不应该啊，我对他不错。谭凯说，咋不应该，你不给他拿钱告状，不给他请律师，花路费，连衣裳都不给他换。我爹走得多不踏实。李燕生怕起来，她也觉得，谭家秋的怨恨徘徊在院子里。有时大中午，她活儿干累了坐垄上休息，会恍惚看见地里一截枯木头，隐隐动弹，像人拖着残肢往外爬。她想让谭凯晚上多回家住，多陪陪她。谭凯点烟朝她乐，你说你，多有意思。李燕生不明白。谭凯说，我小时候，你眼里没我，就一个他。别人看我跟野孩子似的。后来他残了，死了，你又想起我，那么怕他，你啥道理？李燕生眼圈泛红，的确没人懂自己。不算谭凯，就是父母、姊妹加上死去了的谭家秋，都从不懂自己这个人。可她的确爱过他们，别管持续多久。李燕生没像姥姥一样给谭家秋埋在自家地里，坟挺远，她愿意走远路去看他，待上一俩小时，薅薅草，擦擦碑，跟丈夫嘀咕。别人都好说，对你，我是不是还挺对得起？一聊又远了，可如果不从远处寻觅，谁也不知道人是怎么活成不像人的。

谭家秋跟人近密的方式是指责人，好比他第一回在子弟小学遇见读《红楼梦》眼泪汪汪的李燕生老师，张口就来，你的世界太窄，你们世界都窄。他傲，不合群，名字常被单拎出来作为攻击对象，受批评时，谭家秋瘦弱的脖子始终扬得高高的。二姐李桂生嘱咐她，少理这人。李燕生没反对，却容易多看他两眼。不被批评时，谭家秋反而低着头，仿佛很珍爱他脚上那双布鞋，视线长久停在贴近地面的地方。他喜欢各种各样的石头子儿，认识什么萤石、火石、嫩江石，在他屋子里有一筐这样的玩意儿，他打磨它们，不雕形状，干磨，将时间大量消耗在上头，没一个朋友。有天他拿了个白石英块儿，到子弟小学门卫，托人交给李老师。李燕生被那块儿石头迷住，找他去问，哪儿弄来的？谭家秋关上门，和她坐在他仓房改的小屋子里，把石头筐翻过来，倒到脚边，燕子，喜欢什么随便拿。李燕生说，我都不认识。也不认识你，你该叫我李老师。那年她刚十九，大姐二姐先后出门，往李家提亲的人不间断，父亲和她说起这事，她总像在听他说往年的收成。父亲如今穿起工装，不当农民了，爱上白酒和象棋，日常背着装螺丝刀虎头钳的军绿包袱，游走大小车间，脸上添出不怒自威的沟壑来。父亲说，今年你必须定，不然我给你定。李燕生说心里有人了，姓谭，在给人烧锅炉。父亲说臭老九，你想都不要想。李燕生白天在学校教小孩，放了学又去仓房当谭家秋的小孩，听他教给她《死魂灵》、大仲马和什么什么伯爵，越狱过了黑山。俩人瞒天过海把事儿办了。第一次领谭家秋回去时，父亲把李燕生直接从屋里踢出去，不知道捎带脚，也给了肚子里谭凯一记重创。谭凯出生时难产，谭家秋反复转圈，围着在床上叫死叫活的李燕生，往下滴答汗。她垂死之中瞧他看，谭家秋一张白脸，眼仁儿飘散，仍满地寻摸什么。李燕生想让他拉拉自己的手，谭家秋的手比她的还凉，碰一碰放开了，不断自语，我是他妈罪犯。

谭凯有惊无险出生，他们这个脆弱的三口之家，走在街上,一个比一个见虚弱。待李燕生抱着快两岁还成夜啼哭的儿子,终于下狠心回娘家时,二姐李桂生眼泪不绝。她边骂你这个死老三,边招呼里屋的母亲,妈你醒醒,燕生来了。母亲半瘫了,跟父亲一块儿搬到二姐家住,二姐夫不说什么,是个厚道人。大姐一家则跟丈夫搬去西安,走前也没和她见着面。李桂生给谭凯灌了点儿米粥,将家里近半年情况告诉给妹妹说,不用你操心,你也没长心。李燕生说,是,知道你们看不上我,自打我嫁谭家秋,就自绝于人民了。不是真没法子,我不来。李桂生问到底出什么事儿。二姐和母亲都在端详她,李燕生知道她现在不好的样子会让家人稍解解气,她瘦得脱腮、干黄,背见驼,脸上好几块儿黄斑。李燕生说,谭家秋让个精神病给打了,腿可能要废一条。现在跐脚能走,学校不想让他去了,还想让他烧锅炉,不管干啥,孩子都没人照看。李桂生问,为啥被打?李燕生说他嘴欠,细处不说了。谭家秋不信那人是精神病,所以要告,要证明犯人精神正常,必须担负责任,他不能白白被严重伤害。现在他没日没夜写材料,一脑门子官司,快把自己逼成精神病。想到丈夫,李燕生就掉眼泪,坦白说,对于儿子,她心思的确少,谭家秋才是她活在世上那条根。她不知道怎么和别人说这种心理,日子越苦,她越借这心理找糖吃,忘了儿子才是个该吃糖的小孩儿。李桂生咬牙,行,我帮你看一年半载。李燕生提出跟二姐算钱,亲兄弟还明算账,现在都过得不易。母亲替二姑娘答,桂生,去拿本儿,姐俩儿立个字。李桂生说拉倒吧,李燕生盯着母亲一双寒森森的眼,后者似乎知道点儿事,她姥死前就真没留话,留下点儿什么?李燕生和二姐把条儿打好,一个月多少钱,一季度一算,将嘴角挂着黄米粒的儿子塞过去了。临走李桂生劝她多待会儿,等爸回家。嘴上不说,老头儿其实惦记她。李燕生说,不用。李桂生又问她,不亲孩子一口?李燕生说,不亲了。

儿子不在家,晚上再听不到他的哭声,谭家秋还是一宿宿躺在炕上,瞪干眼珠,打死不睡。李燕生无限温柔,用手胡噜着丈夫单薄的胸膛,让他顺气,别老计算仇恨。谭家秋拉开手边的灯,让李燕生也醒,在炕上盘腿坐好。他拿出枕头下的自诉书,一字字念给她,请李老师修正。8月21日,下午3时许。我从家出门,路过龙华路二百商店,想买一瓶洗发水。王抚民见我和店员议价,出言挑衅,说我占着好地不浇水,说我家地里藏着国民党电台,说我意图拿洗发水贿赂厂长,想调到北京,继续教书,荼毒人民。他说不出荼毒,说茶毒。为求理解,此处我帮他理顺语言。按道理说,我不该因他几句不实事求是的话,就出手打人。但法官大人,谁在这种情况下还能保持理智,不打人?别说我还没打过。王抚民做混混久矣,个人卫生很成问题,人也懒惰,据我所知,少有人看得上他。但这绝不证明他不是个精神正常的人。他当时骑在我背上,让过往群众听我驳斥,我说一句,他便怂恿周围人乐一句。可悲可叹,君子之言,居然贻笑大方!我被他用随身携带的钢条,抽疼了腿，又被骑坐，仍能做到对答清楚，问心无愧。法官大人，我的回答如下，不知是否有助案情，但或可澄清我的人品。我说，第一，我爱人不是块儿地，不用浇水，新世界的光明雨露哺育着她，夫妻相敬如宾；第二，缺乏常识，电子设备埋在地下，不利使用。夏季北方多阵雨，若我真保留了国民党电台，不会藏地里，我哪儿也不会藏。人民为证，我是个孤独人，无帮无派无后台；第三，我的确留恋教书岁月，一生梦想去北京，但没任何走旁门左道的想法，烧好锅炉，温暖人民，是我确立了的人生价值观，何来荼毒一说？综上所述，我没忍住，回手了，万分后悔，但已付出代价。反观犯人王抚民，还游荡于市内大小街道，影响我出门。

　　李燕生帮他改措辞，认为自诉越可怜越好，不用这么铁骨铮铮。毕竟谁也不像她这么心疼他。她一口一个当家的叫，谭家秋很鄙夷这个叫法，好像你就是块儿地，他说，没个人主见，管被使用就完了。向她要钱的时候，他还会叫两声燕子，但不论何时，谭家秋都腰杆挺硬，没半点儿拿人手短的客气。随着李燕生两腮越来越抽，家里鸡越来越少，有次谭家秋又拄着双拐，提白酒摇晃回来，她再忍不住，将酒瓶砸稀碎。李燕生说，还不如你玩儿点石头呢。咱不告了，行吗？答应的话，我跟你说个秘密。谭家秋瞧着砖地上炫目的玻璃片，直合计，那是不是更璀璨，更没被人发现过的奇石？人的酒量，纯粹被不顺遂给调养出来，没人知道回家前谭家秋给自己灌下多少，又听进几耳朵别人的刻薄话——打残疾后,他一年年锲而不舍的自尊心成了周围住户不变的笑料,他们打趣他,像打趣一个喜剧演员,动辄模仿谭家秋,拐腿走路,谈论家国命运、个人尊严。而王抚民,不知怎的没音信了,公安局也说查无此人。一个疯子的失踪,等同一块肥皂多生的泡沫,没就没了,曾经存在,多出什么?谭家秋不肯作罢。在他天书般汪洋几十万字的自诉书中,关于王抚民个人的记述,不能再丰满鲜活。看到这些,李燕生会在白天里被吓住,疑心丈夫的精神状况。当他写的已经不是王抚民刘抚民,而是彻头彻尾捏造出的人,李燕生恨不能抱上谭家秋双腿,以头抢地说,喜欢花儿吗?喜欢不工作吗?只要你别再祸祸我日子,我把最大一笔财富都给你,把咱家栽成植物园,花不用土,搁大理石垒。谭家秋不信,咱家还有财富呢?她抹把眼泪,将头转向鸡窝后,一块常年被烂透了的苞米秆沤出的肥力过剩土地,靠南墙三步,靠东墙五步一颠儿,十字画标,一米之下,藏有花布包。解开来,里头金手镯金戒指不稀奇,金算盘金剪刀谁见过?过去地主家嫁姑娘的老家什,只能眼见为真。李燕生当年把金货一件件从姥姥怀里接过,还没来得及商量怎么给藏好,姥姥便带着对她命运不好的点评,游西方去。

  当夜她扯着丈夫软塌塌的手臂,往埋金的地方蹲下。月朗星稀,地里一片茂盛,小动物小虫子不舍昼夜在庄稼间叫唤,遮挡他们的秘密。李燕生狠叨叨亲了口谭家秋的嘴唇,豁出命说，哪怕你什么都不干，我也愿意养，为我有这个。说完她直接拿手开挖，挖到深处，指甲里陷进潮湿点儿的泥土了，从土里露出一块碎布角。谭家秋拦住她。他寻思说，原来你爸说的，不全是编排你的话，咱家真有金子。燕子，为啥困难那几年，爸来找你接济，你没给呢？李燕生想不到他问这个。夫妻俩坐在地头，抬头黑茫茫一片，除了纸糊的月亮，像每晚谭家秋点灯熬油借的一点儿光照，余晖洒到人间，不是十分见希望。她说，咽不下心里那口气。谭家秋不说话，看着挖出来的坑，看着花布角，听她反问，凭什么？我有的时候他们开开口，就能跟着有？金子对我很重要。没你的时候，我甚至舍不得埋它们，金子凉哇的，被我一宿宿搂着睡，因为老觉着自己热。你不怕，我啥都害怕，不信谁会在我没有的时候，也分自己的出来，帮衬我一把。说穿了，我让人给丢怕了。谭家秋说，利己主义者。她说，批啥都行。我愿意拿一包金子买你的嘴。当家的，你安分点儿，只要时候好了，我准把儿子接回来，把你腿治好。你愿意上班上班，不愿意就在家当爷。我对教书育人，说实话，没兴趣，不太想干，学校里也不全是好人。他有点儿听明白了，说，不然王疯子也不会那么埋汰我，什么叫，占着好地不浇水，外头谁给你浇水了？李燕生害羞答答，自己也不明白咋回事儿，想到了什么。陈主任曾给她写过两首酸诗，写完他就调走，走前，还给她抽屉多塞了一首。燕子姑娘，你的眼睛是小河，涛动一下，我动一下……她攥紧谭家秋的手，扳过他一张长条脸，想这是难得的，妇唱夫随时刻。怕她再亲自己，谭家秋就义一般歪着嘴。

四

刚从李桂生那儿被接回时，谭凯红光满面，像年画里的娃娃，对母亲喂给的鸡蛋、豆浆，一概硬气，拒之千里。后来他翻遍整个家，却找不着吃的。他推炕上的父亲，醒醒，帮帮我。谭家秋双眼紫红，乱掀被子，死人滚远！谭凯围绕着李燕生栽下的串红和牵牛，照样学会啐痰，死花滚远！他给它们隔着薅秃，在开最灿烂的时候，手里没饶了任何一朵，认定花没资格开盛，好像它们占了他的肥料。谭凯在母亲的小学里念书，作为职工子女，本该享尽照顾，不知怎么一日日的，他听不到老师爱护的话语，反听进许多来自同龄男孩的嘲笑：衣服破不知补丁？中午带饭，酱油泡红豆，忆苦，够牛的……谭凯想嚷开，说曾经他鸡蛋豆浆都不稀罕。现在他一夜夜想它们的滋味，想到肚子擂鼓一般，半夜准点儿奏乐。在送他回家前，二姨曾别有用意地说，回吧，你妈比谁都富裕。回去你就当少爷了。谭凯失望至极，发现两处根本不是同一档次的生活，说天上地下都不为过。他堵过深夜归家的李燕生几次，堵住就哭，说他饿得多么难受。妈，我饿得想吃狗饭了。李燕生问，你爹呢？谭凯说，在写状子，花了至少十度电。李燕生对父子俩一视同仁，老幼不分，嗤之以鼻。她掏掏口袋，今天去外县，没收回钱，一场生死仗下来，收了债主身上满口袋毛票才走人。八角伍角，够谭凯买多多的白馒头，可儿子还张手，说想吃糖三角，校门口有蒸的。谭凯形容着，同学当我面儿吃，糖都流脖子上了，还抹下来舔。他不能不魂牵梦绕。李燕生说，你看我像不像糖三角。他说，妈，我希望你是。李燕生冷笑，小崽子，和你爹一样，吃人不吐骨头的玩意儿。听着，残废才管人要钱，妈不能一人儿养俩残废。谭凯往后一生迷恋镜子，要不断在镜子里确认，跟身边人确认，他看着残缺不？不可能残缺，当他大了学会偷，甚至还长出别人都没有的第三只手。

李燕生整日不在家，谁也摸不透她行踪，早出晚归，像个特务。她辞职后，半年过去，谭家秋才知道妻子工作性质的巨大变动，从教书育人，到放贷吸血。他没多怒不可遏，流了半天眼泪，等放账回家的李燕生进门，问，是不是因为我？李燕生不置可否，是又咋的，不是咋的。谭凯在院里骑着靠谭家秋赔偿金买来的一辆铁皮三轮，每次都用嘴发出山呼海啸般的嗖嗖声，让谭家秋忍不住扒窗，看他是否真去了远的地界。又过去几年，李燕生拿出一小笔金货，到市里兑了，盘下一个杂货店，两间村里老房，平平稳稳的，没收多大利息。谭家秋得知啐她，地主婆子。她擦掉丈夫落她脸上的痰，招呼儿子过来擦汗，半大小子，还想要啥？儿子说，你养那些花，要能养出鸡肉就好了。都香,可花没有肉香。李燕生拿尖指甲捏住儿子脸说,不准动家里鸡,要不你爸打死你。谭凯听了有点儿蒙,鸡在爸心里这么重?谭家秋没任何表示,只一个劲儿慨叹。他不常出现在院子里,一双木拐被李燕生想起就锁柜里,每次都当他面儿给取出来,也还能在他睡着时,再给锁回去。李燕生搂着儿子及早进入睡眠时,谭家秋桌前总亮着灯,这是他一天中,难得的尊严时刻。过了夜里十二点,李燕生轻叫两遍,当家的,别整了。谭家秋回到炕上,不搂妻子儿子,搂他的木头拐棍,背过去睡。李燕生会对他后背再嘀咕几句,叫几句,眼看话没进了一左一右的呼噜里,她利落起身,给拐锁起来。

自打知道李燕生手里有金子,知道了她不做教员后,谭家秋发自内心看不起身边的女人。观感是相互的,他越是在桌台前点灯熬油写臆想的状纸,李燕生也越没心情等候。她甚至想,如果腿瘸都不能阻止男人把钱花在无用功上,持续败家,那么拿铁链给锁上,是不是能更好点儿?起初遇见那些戴前进帽,比她看着还鬼祟的律师出现在院里时,她不说什么,谭凯觉得很有趣儿。爸爸和律师叔叔在地里一聊,就一下午,双方都激动,手势随唾沫上下飞。谭家秋喊,必须死一个。律师劝他,同志,事儿能落个定刑就不错。其实定刑对你好处也不大,想实际的,还是该多赔钱。律师总在面对谭家秋的精神状况时感到支撑不住,他们四下鉴定这个家,怀疑打长期官司,谭家秋是否有本钱。谭家秋耳语对方,我老婆是大地主。说完,他头离对方很远,露出不透底不行,而透底又相当为难的意思。一张张传票送到李燕生手里,她渐渐精通于算账,发现自己凭后天养就的泼妇劲头(有时真冒生命危险)攒起的富裕,就这么轻而易举被家里一个瘸子,奉送给了法院里一场接一场的演讲会——出庭日子来到,谭家秋必洗头,穿最板正的衣裳,让法官和律师全由他漫长的自诉,沦陷进昏昏欲睡。他们边打哈欠,还边得劝他冷静。面对空荡荡的被告席,见谭家秋跟见着自家邻居一样的法官,终于被腻歪得忍无可忍。他没法和谭家秋谈,便找李燕生。电话里,对方开口介绍,我是某某法院,按理这个电话不该给你家属打。但你丈夫的行为,已经影响我们司法工作。强烈建议,有钱也不是这么烧的,该看病看病。

李燕生刚走出一户要账的人家门口,今天这家,不是耍无赖的老爷们儿,而是可怜巴巴,一人拽仨孩子的中年寡妇。寡妇求情无用,哭号无用,回厨房取来菜刀,架脖子上,眼里透怨气,意思是,逼死我吧,死了不缠你都算我这辈子白活。李燕生没被她吓住,几个孩子哭泣的样子却让她想到谭凯。她有好些日子忘了谭凯的存在,忘了她也是个母亲。她平时出来进去,能注意到,曾经被悉心打理的花圃,只剩草棍儿了,不知道消灭它们的,恰是父子俩此消彼长的绝望。谭凯还是小,她在回家路上想,事儿能缓,等她赚够了,会好好教育他的。问题是谭家秋。谭家秋四十好几,什么也改不了他的脾气了。他就是注定来拖累死她的,像那条残腿拖累他自己。

儿子睡了。李燕生发着怔说,我不想捆你。谭家秋还在写,孜孜不倦,每次上庭对他都像上过一次学习班,要学的多,而课程都被泡进仇恨里,分数高低跟人失智的程度直接挂钩。他怎么从来不想,外头钱那么好赚?一家用度哪儿来?儿子学费哪儿来的?地撂荒了,吃食从哪儿来?他只想自己的状子和不公平,满脑子战斗,让李燕生真心觉得,王抚民该再次出现,把他两腿都打残。不,一定必须,给爪子废了吧。那样谭家秋就不会被疯狂的右手矢志不渝支配,不断写下某年某月,某次伤害和恩仇。谭家秋封上钢笔帽,瘦骨嶙峋的身体晃荡在薄背心里,侧身看她,捆我?李燕生说,我算看明白。这个家,要么你死,要么我死。我累,姓谭的,人不能这么祸祸人。谭家秋说,你有癔症啊?我都抓不着你人,天天到处跑,看我问吗,管吗?还成我祸祸你了。她从身上掏出几张单子,都是开了票的收据,律师费不是每天有,但每月来一回,也能抵消他们这个小家,一两个月的生活质量。她站到地上,头发披散,手直哆嗦,不明白自己怎么会说这样的话,可还是说了。她哭不出来,面对眼前的男人,不住地痛恨。李燕生恨自己,当初怎么被一颗白石英块儿,糊住眼睛,怎么就被个基督山伯爵,给催眠神志的。她从没骂过他,这一次,骂出来了,往后俩人便只能骂着过。谭家秋被李燕生嘴里冒出的生殖器官和性生活,吓得眼冒金星,他反复开钢笔帽,盖钢笔帽,哆哆嗦嗦,你个泼妇。李燕生给他算着,过到如今,他拢共往她身上扣的帽子，花样翻新，小将都没他词汇量足。从利己主义，到投机倒把，到地主婆子，吸血贩子，现在是个颇有感情意味的词儿了，泼妇。她回道，你是废物。谭家秋眼圈又红，总会这样。她拦着他试图摇醒儿子的手，拦不住，谭家秋爬进院里，试图叫醒狗。狗吠声响起来了，谭凯眼皮晃荡，也跟着坐起，看到外头还黑天，窗外父亲群魔乱舞，一人就是八个，又哭又笑，又叫又拍手。李燕生无话可说，给儿子胡噜上眼睛，睡你的觉。

　　谭家秋死了，她起初万分轻松。儿子也跑了，外头五六个女的来家里闹，全不是正经，她不管，自己岁数也大了。狗一辈辈地死，陪着她守老家院，金子仍是她最重大的秘密，当儿子撞车昏迷了，秘密随父母也好，丈夫也好，都成了死物，没人知道她怎么成了远近闻名的活招牌，借钱就找老李婆。她平时真不催你，可到了日子，你不还，她真要弄死你。李燕生喝热了，摘下帽子，摸去脑袋上癞癞巴巴一圈接一圈，跟蚊香似的，伤口化脓后结痂，结痂后化脓，周而复始，也找大夫看过。大夫并不客气，直言道，多少讲究点个人卫生。让她感觉白花了挂号的十块，就这？她自己也有数。只要不是癌，不是绝症，烂就烂吧。谭家秋走了，她更肆无忌惮，每晚搂狗睡觉，它们身上也一块儿没毛，一块儿长毛的，一圈圈癣，跟着往人身上蔓延。李燕生最怕碰见老熟人。陈主任死在河北，走前俩月还给她去了电话，叫燕子，燕子你能再给我读篇课文吗？我透析呢。李燕生再无能从主任身上获取的，便说，老登，安心去死。而谭凯在外地学偷,进了广西一回看守所,浙江一回看守所,感觉南北都被儿子游历遍了。过年他回家,母子俩偶尔从赵本山小品中错过眼神,一人占一截炕头,都冷不丁暴露彼此满满的提防。仿佛中间留下的大片空间,该给许多亡魂留位置。从李燕生姥姥、父母,到她唯独爱过的精神病丈夫,都摊平、晾晒在了这铺炕上。谭凯不住抽烟,李燕生没看到似的,闻见味儿不错,还伸手要。不行给我一条吧,她死皮赖脸,给你养多大了我。谭凯眯眼说,我咋感觉,我像赝品。说实话,我是你和我爹生的不?她僵住了,话从儿子嘴里问出,的确冒犯她。她登时干号,村里鞭炮沸天,都盖不住她号,谭凯于是赔礼道歉,妈,我瞎说。李燕生心里说不。没人往好道儿上想我,儿子也是。

现在谭凯什么都不想了。他躺了整两天,不睁眼睛,小胡子大夫说,再躺下去,人真傻了。最后一点儿白酒喝完,老院、老转,半生在李燕生眼前晃荡,从医院回到家,也不过一个晚上。一晚上却有接二连三的电话,从李桂生到李桂生的两个姑娘——她们张口叫声三姨,是最客气的话了。她们想说的,都还是你不配做妈,不行让凯哥早发送吧,少遭点罪。李燕生说不出话来,电话一个个被挂断,最后是医院来的,语重心长着,生死关头,儿子多年轻,多俊啊。她咧嘴笑,是啊。她也老觉得,就这一个儿子,他多俊啊,继承他死爹,脑子比谭家秋更好使,天生会骗人,尤其骗小姑娘。四海之内她皆有孙子,只不过不想认。儿啊,要不是我儿,你该多好。

李燕生这辈子,拢共动过三次用光金子的念头。第一次父亲代表全家,在困难年月下跪求她,她当时想,饿也不是一两天,一两个月了,人还能再饿,也许饿着饿着困难就挺过去,而金子花完是没有的,事儿能缓;第二次丈夫病腿恶化,大夫说想成为健全人不可能了,但能往好了治,不影响寿命和其他机能,换更高的生活质量。她想着质量已经是个残废人的质量了,不可能下手术台就变得健步如飞,事情坏了,往下除了更坏,没好转,不如不花这个钱;第三次便是眼前。谭凯的脑子,不抓紧治,要憋成死脑子。这是最后一天,他脑细胞已经死好些了,每秒钟都在死,你在杀机会——儿子要成傻子了,李燕生终于认命,缓不得。每次挖金,她都要摸摸它们,亲亲它们,又再封上布包,套塑料袋,原处放回。这次她真要使它们啦,老伙计,最后一回,往后没法去稀罕。曾被谭凯破坏过的泥地,被李燕生徒手挖了很久,从东南到西北,深夜到日出,越往深处,土越湿软,最后感觉连手都要在里头泡丢了,可金子走了,走到很深很远的地方去。除了土块和只有谭家秋认识的石头子儿,人撕心裂肺,什么也没挖着。

海山游泳馆

当四面无人

空旷的游泳馆里水声都消弭了

只有少女的笑声

说起恐龙和宇宙

嫉妒和骄傲

那些话和鱼饵一样在水里浮游着

钓出一个又一个美好的约定

……

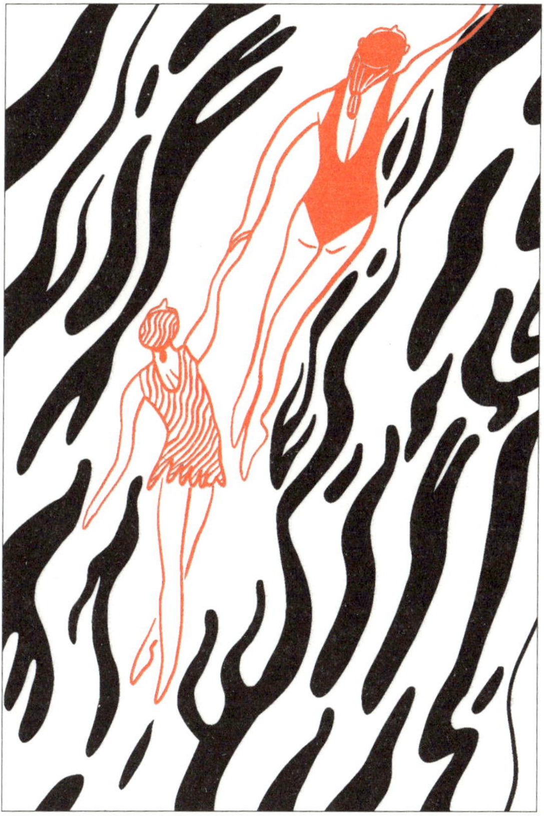

一

我妈总是鼓动我,该培养一项持之以恒的运动,没事出出汗,解解乏,关键对身体好。一旦熟练掌握了,是伴随一生的技能。人在运动中忘乎烦恼,何乐不为?我思来想去,也就游泳还有点儿意思,湛蓝的水波里,和海龟一样浮游向前,不想动的时候静止也行,也是漂浮的状态,女孩子泡在蓝水里,会显得脸白。市里游泳馆不多,我小学的时候,除了工人文化宫前的大游泳馆,只知道一家海山游泳馆。它就开在我家对街,一条小巷子里,门对门是一所培智学校,巷子里暴土扬长,过的都是三轮。牌子上写的是游泳馆,但你跟司机报地名,得说去海山浴池,因为去那儿基本都是洗浴的,游泳有点贵,搓澡合算些。我家住的是老楼,取暖困难,一到冬天三口人洗澡,是件麻烦事,花洒是后安的,得一直用手举着,关键是水不热,屋里室温也不高,洗澡伴有感冒的风险,除了我爸害羞,死不在人前脱衣,我和我妈都渐渐更愿意去外面洗,不遭罪。我们当然要去海山游泳馆,去了两次,前台忽悠我妈说,不如办张卡,游泳洗澡搓澡一条龙,比纯洗浴合适。看你这姑娘,多适合培养游泳。我不知道她是咋看出来我适合的,我那时不白,也许该多在水里泡一会儿。我妈和我一样兴致盎然,当天我们就去百花园,那个小批发市场,一人置办一身泳装,两个游泳镜,我还要了个打水板。卖货的也忽悠我们,你买游泳圈,孩子一辈子学不会游泳，老箍着能行吗？得把腿在水里抻开扑腾，孩儿，你抱着打水板。我抱着了，他扔掉手上泡在塑料袋里的麻辣烫，现场指导我，孩儿，到水里你也这么抱着，想象你遇难了，这就是船上掉下来的甲板。我妈有点不爱听，我倒是入了情境，听他继续说，想象后头有鲨鱼追你，大浪赶你，眼前不远就是沙滩。抱着它冲，冲上岸时，压着它就跟压着床垫似的，多喧腾。我妈说，撑死十块钱，不跟你讲了。他顿时不给我讲了，我意犹未尽。

　　回家后我缠磨我妈，什么时候真去游泳啊？开始计划挺好，说明天下班带你去。到明天下班我妈没回来，有酒局，后天、大后天也一样。等她醉眼迷离，踩响我家楼道里的声控灯，用脱下来的跟鞋大晚上砸门时，我爸还没怎么着，我火了。她看见我卧室床上放着那块打水板，自己飘飘然压上去，嘀咕说，挺硬啊，不咋喧腾。姑娘？姑娘离妈近点儿。我问她怎么不穿鞋。她说回来路上把脚割了，没看见地上有块儿碎玻璃。我凑近看她的右脚，大脚趾附近的确有道鲜红的口子，我爸默不作声，去拿酒精棉。我走到他俩面前，低着头，双拳攥得死死的，酝酿要说的话，呼吸加剧，胸腔鼓胀。我妈终于注意到我，说，姑娘，妈压了你的打水板了。我问她，什么时候去游泳？你说个准日子。她笑嘻嘻的，你定。我说，明天周六，你不上班，明天必须去。他俩对视一眼，我妈说，姑娘，妈脚坏了，下不了水。我说，前天你脚不坏，昨天你脚不坏。我看你是故意的。我爸没替她说话，他看戏呢，但道理渐渐在沉默中归向了我妈，她的伤千真万确，冲澡都费劲，在洒满消毒水的泳池里泡几个小时，的确不合适。可我当时心里只有不服气。她提议说，让你爸带你去。我爸立刻说不，在泳池边上展示他的大白膀子，他不愿意，我也不愿意。我又把头低下了，眼泪照计划行事，滴答下来不少。她一定还没醒酒，不然也不会答应我，我妈喝醉的时候，我俩不论辈分，能论点儿道理。她把我两手攥到身前，抓我去碰碰她的脚，我没碰。她叹息说，非得去吗？

我爸说她惯我，他不管了，周六是他铁打不动的游戏之日，基本一天，从早饭到晚饭，都在电脑桌前解决。我妈在她受伤的脚趾上套了一块塑料布，用皮筋扎紧。我们过条马路，拎着全副装备，到了海山游泳馆。虽说来过两次，可两次都是来洗澡，不往里面走，今天往最里面走了，就有种高人一等的感觉，尤其在更衣室里换泳衣时，旁边的小女孩紧着瞧我，问她妈妈，她凭什么穿这个？我把那件新买的，像我小时候学跳舞用的练功服一样的裙子，从柜里拿出，慢慢给自己套上。腰上有圈裙边，胸口画着小黄鸭子，泳衣整体是深蓝色的。有点儿买大了，带子总是从肩膀上往下掉，我得刻意挺着腰板，像个芭蕾舞演员一样走路，戴着我同样深蓝色的泳帽，露出宽阔的脑门儿。我妈还在研究她的脚趾，皮筋扎得太紧，脚趾不过血，有些发白了。我俩走过热气腾腾的浴室，穿过没开灯的休息大厅,沿一条狭长的走廊,一直到尽头,视野开始白茫茫。一个中年妇女穿短袖短裤,坐在板凳上把守关卡,看了我和我妈的手牌,说,今天来游的不多。先过消毒池,泳池转弯就是。我茫然地点头,脚终于离了拖鞋,踩在白瓷片上的感觉让我兴奋。我妈在前头走,蹚过了深到脚腕的消毒池。我搀着她,眼瞅着有水漫进了她脚上的塑料膜里。中年妇女眼尖,问,咋的,脚不行啊?我妈巴不得有人问,让我脸红。听她说了原委,我脸果然红了,中年妇女却说,来都来了,顺孩子意吧。是啊,再没人过来游,她家就得黄摊子。我妈领我拐过弯来,蓝色世界豁然出现,水是平静的。

我抱着打水板,踩梯子下水,我妈先下去,在底下接我。可她早晚得放开我,一放开,我就开始叫唤,那时我身高一米三左右,踮脚勉强能把头露出来,脚一旦放平,水从四面八方涌来,钻进我的鼻子、耳朵,打水板没有屁用。我妈托着我起浮了几次,我就像只陆地上的树懒,挂在她水中的躯干上,感到冰凉和恐惧,再看远处的深水区,简直如汪洋。上半身精瘦,露出两片排骨的救生员站在沿上,盯我俩半天,说,大姐,你这孩子容易呛水。我妈说,你不是管救的吗?我寻思先让她感受感受。救生员说,别感受了,我怕来不及。我妈下了水,就开始享受水,她好久没游了,想游个痛快,此刻她脚上的伤仿佛转移给了我,我感觉自己全身上下都有伤,和水不相容。他说,可以让孩子自己去上边小池子游,上边水浅。我俩挺惊喜,早说有儿童游泳池啊。我爬上梯子，冻得打哆嗦，我妈在水里则像个黄棕色的泥鳅，一会儿西游，一会儿东游，绽放出少女的笑容来，远着跟我招手，说，你自己上去，先学学。都不会游呢，净耽误我。二楼是个不完全的平层，面积不到一楼一半，有两个小池子。我怎么看怎么觉得，那是泡澡的浴池，水也不蓝，像温泉，热乎乎的，有浑浊的砂砾。我钻进小池子，站起来，水刚到小腿。我试着用打水板练习，让自己在水上漂起来，可池底的瓷砖轻易就能贴着我的腿，不用打水板，想淹死也实属费劲。我一人练习着，一楼逐渐来了几个人，能听见我妈和别人聊天时的笑声，有男有女，他们似乎约好了，要从泳池一头一起游到另一头，竞赛正要开始。救生员在底下喊，开始！他似乎在掐表。小浴池里越来越陌生和安静。我试着踢了两下水，水声泛起来还好，水声一停，身后没鲨鱼没打浪头，像人原本就在沙滩上，怎么游，都搁浅。

　　我趴在二楼的栏杆上，往下瞧，宽阔的蓝泳池里出现了个伶俐的身形，蝌蚪一样，被人安放进水里，就能自由自在摆动两脚，腿并在一处，如灵活的尾巴。我妈和几个大人都游在她身后的水浪里，她游到头，没多逗留，立即折返，等她游回到浅水区，我妈他们还在返程的中段。我看见那个救生员把一条白色的大浴巾递给她，她一蹿坐上池边，披着浴巾，两只细白的脚在水里无聊地打着。我妈摩挲一把脸上的水，泳镜卡到脑门上，问她，姑娘几岁呀？她说十一，说阿姨我认识您。我和李芜是同学,上次您不是来我们学校演讲吗?有印象。我妈和她并排坐着,说太巧了。我姑娘也来了,应该让她和你学游泳。你叫什么?她说,我叫杨洋。我还没来得及躲,我妈抬手就指上了我,像盲打的一枪,我在楼上人没动地方,但有些部分,已应声倒地。她说,李芜完蛋。在浅水池游呢。你去找她?我在楼上对杨洋僵硬地招着手。杨洋在楼下仰头看我,她穿着一身黑色的连体泳衣,已有少女的曲线,站起时,从两腿的肌肉上水珠直往下滚。她白皙的圆脸上也有水在滑,滑下她圆翘的鼻头,像打了个滑梯。她扑哧一笑,眼仁黑黝黝的,连着两道浓眉,比在学校时更好看,像个异族少女,似乎游泳是她与生俱来的本领,除此外,她还掌握剑术和狩猎。她又在岸边做了几个训练动作,和我妈告了别。穿好棉服,我和我妈走出海山游泳馆时,她紧着往我脖子上缠围巾,连我的嘴也缠上,我说话呜呜的。我妈说,你抱着块打水板,在楼上站着,两边肩带都滑下来了,你不知道?看见同学也不说话,就知道傻笑,跟对面培智学校孩子放出来了似的。我矢口否认,我没傻笑,那是冷笑。我妈问我,为啥冷笑?我想了半天,都快到家门口了,呜呜地说,幸亏她没上来。我冷笑,把她震慑住了。我妈看了我一眼,才想起问,上面啥样?水好不?我把围巾拉下,呼了半天气,里面已经湿漉漉的,带冰碴儿了。说,还是深,幸亏带了打水板。那啥,漂我已经学会了。

二

从海山游泳馆回来第二天,我妈脚上的伤发炎了,肿得很厉害。她总想以此责备我,每次都被我一句话顶回去,那你还在水里紧着游呢。我俩好些天互不搭理,我对游泳不再惦记,失去了幻想中的兴趣,倒是穿泳衣的杨洋,她身体曲线的样子还常在我眼前出现。在学校里我早注意过她,市里有个春苗艺术学校,每年都去几个小学里,招培养的苗子。校长是个方脸的年轻人,常戴副墨镜,进门也不摘,走几步皮鞋站定,像在舞台上亮了相,总是睥睨众生般看着我们这帮孩子。我被选去的那次,站在第一排,肩膀向后挺得生疼,墨镜男走到我面前时,我还笑了笑,露出没长好的门牙。他眉毛挑了下,视线很快掠过我。后来很长时间我都后悔自己不该笑,该冷峻点儿。可杨洋也笑了,她就站在我后头,从镜子里我能看见,她笑的时候嘴角轻扬,混血儿般的大眼睛里放出星芒,跟有蝴蝶飞过去似的。他久久看着她,我也是,听见他怀着颤抖的喜悦说,姑娘,让我培养你吧。

我哭了一场,我妈在家养伤,一直睡到下午。下午她醒来时,我已经在家了,对着包铜的老式窗框,不住把眼泪往上边抹,一擦一道痕。她问我怎么回事,我把事情讲给她,我妈很快就回答了我困惑的问题,说落选是因为我体态不好。我问,什么是体态?她在床上坐起来,厚实的上半身昂首挺胸,目视前方,带着规整的笑意说,看妈妈。我看看她,说杨洋不是她这样,她挺自然的。我妈问,杨洋?游泳那姑娘吧。我说是。我坐到床边,靠着她的腿,把头倚上去,不想说话了。

我选在下一个周六,独自去海山。我妈给我把包装好了,在我棉服口袋里塞了个她不用的小灵通,叮嘱我,到了来电话。她给我三小时,三小时内我必须回到家。我爸试图讲价,两个点儿吧,两个点儿够她游的。他还想送我过去呢,我和我妈都没让,最后勉强同意,他可以在三小时后,到海山游泳馆接我。那个在游泳池前把守的中年妇女看见我一个人时,则没那么不放心。她眼前一亮,说,孩儿,来了?你妈脚咋样?好像她是我一个失散多年的大姨,问候得亲切又坦然。我说,好多了。差点儿跟着说,家里都挺好的。她亲热地替我把鬓边掉出来的头发往泳帽里掖好,问我是不是和小伙伴约着来的,说她早来了。我心里一颤,下意识想溜。杨洋不能算我的小伙伴。她一人游呢吗?我问阿姨,她似乎乐得有人跟她聊一会儿,哪怕是小孩儿也不耽误。我在浅浅的消毒池里一直站着听她讲,毒消了好一会儿,知道原来杨洋每周六都会来游泳。原来那个救生员就是教她的老师。她现在不用人教了,作为一门爱好,她掌握得已相当熟练。救生员总是怂恿她,可以往专业上发展,杨洋的父母不同意。我想我知道他们为什么不同意,所有知道杨洋在泳池外一样有光芒的人都不会同意,太多大人争着培养她,感觉选择多了,也是种困扰。

拐弯我就看见，那的确是杨洋。她正兀自在蓝海里浮游，救生员今天不在，整个场馆里就她一个人，屋内高高的举架，消毒水肃杀的气味和她在水里画着线的影子，都让我觉得孤单。我没叫她，还是抱着打水板，上了二楼。我在小浴池里一声不响地泡着，听楼下的水花。我像能看见自己五六岁时，和妈妈第一次去澡堂里，遥远的雾气中的脸。小小的我在水流里站着，妇女们谈话，传来的每一句回音都让我如置梦中，那是任何人不会懂的感受，感到人人都在无尽的蒸汽里，暂时逃离了世界。有人突然叫我，李芜。我看见杨洋就在我面前的楼梯上，正踩完最后一级台阶，我哗啦一下从水里站起来，温度从全身降到了小腿，水位也只到那里。杨洋瞧瞧地面上她自己的脚，瞧瞧我说，怎么来了不游呢？我问，你知道我在？她说她知道。她下到我的小池子里，脚在里面暖和着，人坐在池沿，令我顿觉这池子或许就是拿来泡脚的。我一言不发，她又看了我一阵，问我为什么不下去游一会儿。总在这儿泡着，你永远也学不会。我说，不爱学。她说，那你还抱着打水板。我急于结束对话，搪塞说，你下去好好游吧。我再泡一会儿就走了。我其实是来洗澡的。说完我就后悔了，圆谎比撒谎更费事。我何必再加一句解释，谁会抱打水板来洗澡？培智学校的孩子也都不至于。她果然想想就笑了。

我从最简单的开始教你，怎么样？杨洋歪头看我。我说，不学。她问我是不是打算一直在这儿泡脚，毕竟来游一次也不便宜。我转头时，杨洋偷偷把我的打水板抱进了怀里。身后传来她一溜小跑的噼啪声，人很快跳入了下面的泳池。我追过去，在岸上掐腰，往水里喊，干吗呀你。杨洋在水里吐出一口水，笑嘻嘻地说，下来，你的板儿也在下头呢，过来拿。我看着那块淡粉色的塑料板正在她手边漂浮，要是我能像那块板子一样，轻易漂起来就好了。我连漂还没学会，我和杨洋的距离，分明是差出十万八千里，还有富余。她没要我的打水板，兀自游到我脚边，双手扒住池沿，憋了一口气，头埋下去。我看着她修长的身体在水面上完全铺展开，从水下漂到了水面，手臂和双腿都能接触到空气，感觉整个人是比板子还轻盈。她漂了一会儿，双腿一蹬，头钻出来，说，很简单，你一定能学会。下来试试。我转过身体，开始下梯子，脚后跟最先感到了冰凉，感觉有人在碰我的小腿，指尖也是冰凉的，杨洋在水中抱着我的腰，我又紧着想扑腾，听她安抚我，说，想象你周围是空气，水一样的空气。

我既想挣开她，又不敢。她比我高一个头，能在水里站住，透气不困难。我不行，可我又不能像盘着我妈一样，盘着她。我后悔自己为什么要下水，水里的我连冷笑这种基础防御都做不出，不龇牙咧嘴就不错了，想喊救命的冲动在嗓子眼儿里一直跳着，都跳累了。杨洋将我引到池边，简直是命令我，把手搭上，搭沿儿上，松开。我说，松开沉底儿了。她突然消失，我扑腾来扑腾去，抓不着她的身体，一口水呛进来，人却在往高走,有人在水下托着我的腰,将我硬生生举出了水面,我腾出来的两只手立刻抓上了,她希望我抓住的池沿儿。杨洋呼哧带喘,下另一个指令,把腿离开地面。我说了,你是在像水一样的空气里。把腿抬起来,你不会倒,只会漂浮。如果你不能漂浮,你觉得刚才我是怎么把你举起来的?

杨洋就在我身后,我感觉到她,见不到她,我在她说的水一样的空气里,感到近乎失去知觉的自由。腿一旦离开地面,像再不属于自己,它飘着,属于其他的太空,好像我也正在另一太空,顶着防护头盔,知道只要闭上眼睛,什么也无法与我成联结。杨洋对我说,李芜,你漂起来了。我张不了口,张口还得进水,但我能听见她说什么,也能感觉到,自己的确轻盈得前所未有。我把腿蜷缩起来,脚尖掂到了瓷砖上。她问我,刚才漂的时候,你想啥呢?我说,想让更多人看见。她坐到了梯子上的一级,没说话,只朝我笑着。我问,你是不是觉得我有点儿笨?她说,你不是笨。是放不开。游泳最能让人放得开,所以我总来游。只有游泳的时候,四肢都伸展了,才像我自己。我说,反正你在哪儿都有光彩。即便你不像你,也总有人喜欢你。我不一样,我总得训练自己,要么挺直腰板,要么挤个笑。连我妈都说,我体态不好,和你天差地别。她目不转睛看着我,仿佛我说的是她不懂的语言,良久,她又笑了。李芜,你看看我。我怎么不是目不转睛看着她,看她的腿在水里变形了,像两根插在水杯里的吸管,位移出不同的层次。她腿上有模糊的花刀,我揉揉眼睛，怕自己看错，她配合地把腿扬起来，说，我腿上着过火。前年，五福小区着火，我自己在家，往楼道里跑的时候，没跑及时，腿被燎了，人也倒在楼里。送我到医院时，腿还不如现在呢。我说，那你可挺勇敢，还敢往出露。她说，藏不住，总得露出来。在水里还好一点儿，别人只能看见从我腿里打出去的水花，水花总是漂亮的。我说，你是漂亮的。你是我见过，最漂亮的女孩。杨洋愣了会儿神，突然又跳进水里，我们面对面站着，如果她不这样做，我都没留意我已经能在水里站住了。她试图拥抱我，借助水的浮力，我们靠近彼此时，若有似无，像梦中的接触。

我爸准时来接我，杨洋没跟我出来，我几乎是依依不舍，看她在泳池里继续来回着，独自去浴室冲洗身上的消毒水。见着我爸时，我已经全副武装，在路上他问我，游泳入门了没有。我说入了，还想来，想每周每天都来。他挺诧异，穿着红色羽绒服的笨重身体在我前面走，提着我带的粉色洗浴兜，一言不发。我追着他，俩人没再交谈，等进了家门，我妈还在床上看电视。她把音量调小，亲吻我走过去时仍红扑扑的脸蛋，说，姑娘你运动运动，就见好看。

三

后来我路过春苗艺术学校，看见杨洋的照片在门脸上挂过一阵子。很快那张她穿着紫纱裙的艺术照又不见了，像一种幻觉似的，我好像总能在城市里发现杨洋的身影。和我妈聊起这些，她都会问我，杨洋是谁？直到她脚伤完全养好了，也没再陪我去过一次海山游泳。我说，杨洋是游泳馆里游泳的女孩儿，上次你们游比赛，她把你们都赢了。她还被选上了春苗艺术学校，要当小明星。我妈说，没觉得你俩关系多好，你怎么总提她？我说，我俩是朋友。只不过在学校里不打招呼，见面笑一下。在游泳馆里，我俩如影相随，我到哪儿她都跟着。我妈说，那挺好，还怕你总一人去游，孤单呢。我说，杨洋也这么说，过去她每周六一人去游的时候，是孤单。现在我也去了，她教我游泳，我给她做伴，我俩各取所需。我妈说，最近你话又密了，还爱蹦成语。我说，人生苦短，知音难求。我妈给我脑袋一下，说，当着我，别说人生苦短。我比你还短，没知音不活了？

我们这里夏天过得快，秋天就更快，只有冬季无比漫长，眼下树又开始掉叶子了，海山游泳馆门前的土路上，积水有封冻的迹象。我和杨洋每周六风雨无阻，在泳池里相会，游泳我学得不怎么样，她渐渐也不怎么锻炼我，两人更多时候只在水里浮着，漂着，说漫无边际的话。杨洋今天来得晚。她从门里进来时，我正把脑袋埋水里练憋气，试了好几回怎么在水下不戴泳镜，也能睁开眼睛，我看到杨洋是这么做的，她这么做眼睛一点儿也不疼，我不行，眼睛睁开了，幻想更多，恐惧也跟着来。杨洋在我头顶附近站着，没叫我，估计怕把我吓着。我喘一口气，从水里露出脸，瞧见她蹲着看我，问，折磨自己个儿呢？我说，你怎么才来。她说，本来不让我来了。我爸带着我妈，忙活搬家呢。我说，等我上来跟你说。她说不用，扑通跳下，溅我一脸水。我看见了一个和往常略有出入的杨洋，她背靠着池沿，平静地站在那儿，两道眉上每根眉毛都清晰可见，脸色苍白。一手摘了泳帽后，露出新剪的男孩一般的短发，十分利落，她用水湿的手捋了下额前的头发，那些发丝立马分开来，跟上了发胶似的定了型，垂下单薄的几绺。我问她，你头发呢？咋剪成这样了？她问，不好看？我说，好看是好看，你很难不好看。就是不知道你怎么想的，留得好好的长头发。她说，嗯，我要去哈尔滨了。

杨洋一动不动地瞧着我，眼神和她打开的肩膀一样，一览无余，十分坦荡。我想了想说，去吧，大城市好玩儿得多。她说，你怎么总惦记玩儿。城市大了，泳池多了，很难再像现在这样，我和你霸占一个大泳池，想怎么游怎么游，想怎么待怎么待。我咽了几口唾沫，刚才憋气没憋好，鼻子里进了水，现在已到达喉咙，没拦住，仍在往下滑。她低下头说，我再教你点儿啥吧。她朝我游过来，说，自由式你会了，学蛙泳？我说，啥也没学会，憋气都不会。她笑了笑说，是她没教好。她说我已经入门了，会漂，我们一起在水上漂的时候，她在水下偷着瞧，我漂得很好。我忽然发现，杨洋耳朵下面有块凸起的形状，和她小腿上的伤痕接近，一块红一块白的，红白交织着，像被打混了的两样粥，凝结在皮肤上。感觉自己该说点儿什么，如果此刻不说，以后很难再找到能开口的时刻。我说，你比我想象的更勇敢点儿。她说，还行吧。说着用手碰了碰耳朵后的疤痕，说，大火也烧到了这儿，我一直用头发盖着。要到新环境了，不知道为什么，不想总藏着掖着的。我妈说我是小精神病，你觉得呢？我问她，还烧着哪里没有？她说，有，往后一点点往外露。说完她又笑了，和那天我在排练室镜子里看到的笑容一模一样，我不知道杨洋为什么愿意和我讲这些，就像不知道为什么她在一开始就选择亲近我。她说，李芜，我们以后也许见不到面了。我们会念初中、高中，然后是大学，现在是我们人生最接近的日子。你把手给我吧，我们一起漂一会儿。我把手伸出去，握着她，她就是我的池沿，我的陆地。我们互相借助彼此的力量，在寂寞的泳池里安静漂浮，我紧闭双眼，察觉到她水下的视线，鱼儿一样游过我的面前。

　　三小时很快要到了，我俩还站在浴室的水龙头下面，脱去了泳衣，任水流浇着头顶。杨洋在唱歌，她已经唱了有一会儿了，我一直听不清，也不想去听，那些咿咿呀呀的声音在浴室的蒸汽里，像睡梦中的伴奏带，加深告别的痕迹。她关掉自己头上的花洒，替我收拾带来的沐浴露和浴花，跟我妈一样，有条不紊，装进我的浴兜里。她并没走，挤进我的花洒底下，碰着我的手臂。她的皮肤温热而光滑，反而是我的，浇了这么久，还凉丝丝的。我看着她的脸，水流划过她的脸，杨洋面带微笑，我不敢去看她身上其他地方，从来我们游完泳，在一起冲澡，总是各洗各的，加上雾气缭绕，只闻声不见人，从没认真注意过。她的眼神像鼓励我去看，去发现，我却说，你走开。她说，李芜，你不要哭。我说我没哭。她说，那把你的花洒也关了，看你脸上还有没有水。我说，你走了，我再也不来这儿游泳。谁求我，我也不来。她说，反正这儿也快黄了。我说，赶紧黄。我不像你，有更好的地方去。我这辈子也不游泳了，再好再大的泳池我都不游了，我看见泳池里的水，就犯恶心。我回头把花洒拧紧，拿上自己的浴兜。她跟着我出来，有点儿打晃，不知道是不是在浴室里站久了，人缺氧，我们都有点儿打晃。从各自的柜子里拿好衣服，一件件套上，她戴着顶鹅黄色的毛线帽，搭配同样颜色的长围巾，我俩装束好，面对面站着看，想起一年前在此相识的画面。我兜里的小灵通不停在震动，一定是我爸在外面等着急了，他又进不来，现在应该很急躁。杨洋把我嘴上的围巾拉下来，说，你再跟我说句话。我说，别把我忘了。她说，我不会。往后我每次游泳，都会想起你，什么时候你也想我了，就去游泳吧。水就是空气，我们泡在一样的水里，呼吸一样的空气，我们距离不远。我说，知道了。我还是先走,我不知道杨洋每次是在我走后,过了多久才离开。我爸在游泳馆门口抽着烟,看见我,把烟头一甩,气得磕巴了。你,你,你怎么回事你?

我也不知道我怎么回事儿。杨洋走了以后,我再没去过海山游泳馆,也不再和我妈提到那些怀疑在哪儿见到她的想法,杨洋和海山游泳馆似乎命运共通,当我不再念着它时,它静悄悄地在城市里消失,人们再打车过去,只说去培智学校对面。那里如今的地方,是一家私人妇产科医院。偏僻的位置就适合开这么一家医院,毕竟,谁又能想到在条黄土道里,曾藏有一片寂寞的海。我面前的咖啡已经凉透了,关于杨洋和游泳的回忆似乎只能到此为止,我当然还见过她,但那已经不属于这个故事的范畴,它属于现实的狗尾续貂,如果可以,我真想抹去它。再见到杨洋,是在哈尔滨一家商场里,我和我妈因为来哈尔滨办事,逗留了几晚。当时我们正在一楼的鞋架间漫无目的地挑选,说有一搭没一搭的事儿,杨洋一直走到我面前,按理说,我应该对她的突然出现感到惊讶,我们却都很平静。她说,李芜?我说,杨洋?大家各自笑了笑。她说,你来逛街呀?我说,你也来啊?她自己来的,也许在等人,看了眼手表急匆匆地和我道别,我盯着她的背影看,我妈正在试鞋,瞥我一眼,问,碰上同学了?我说是杨洋。她没听清,也是不在意,紧着让柜员再给她换一双,这双小了,挤脚。杨洋的背影完全走了形,很难让人信服,她学过游泳,还游得很好;她是个明星,起码在我们都灰头土脸的年纪里，公主似的光彩夺目。我一下子想起她在换衣间最后和我说的那些话，如果以后想念彼此了，就各自去游泳。看来她没怎么游，起码没坚持。我不能责备她，因为我也没再下过水。长大成人后，我习惯把自己包得严严实实，回避他人的注视，说话三思而谨慎，愿意将自己在一个安全的环境里放好了，稳当不摇晃。我妈说，人得掌握一门运动，为了能在生活里喘口气，也为了能在紧张的环境里，暴露自己的本真。人能暴露自己的时刻，总是太稀少。现在我胡思乱想，如果和杨洋重回到水里去，我们能一起游多远。海山游泳馆不复存在，很多事都不复存在，但水里该有我俩的痕迹在。当四面无人，空旷的游泳馆里水声都消弭了，只有少女的笑声，说起恐龙和宇宙，嫉妒和骄傲，那些话和鱼饵一样在水里浮游着，钓出一个又一个美好的约定。我们看着打水板逐渐漂远了，再不需要它。那一年，我们是彼此的陆地和海洋，山川总有改换，可山川始终都存在。